繡韶華 一

莫風流 著

繡韶華 一 目錄

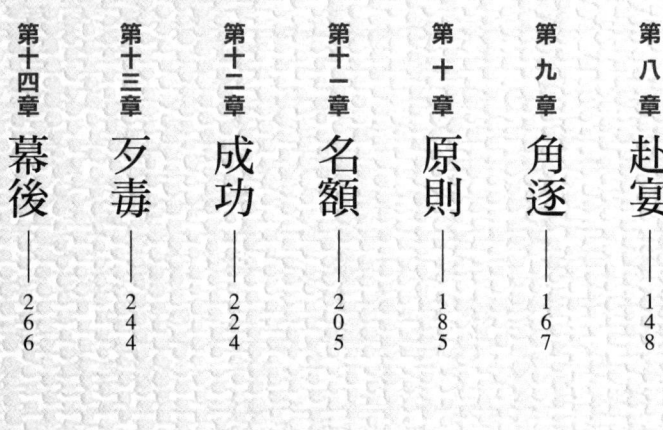

第一章 繡娘

七十年前，蒙古人入關，開啟了外族統治時期，史稱「元」。

三十年前，中原各地掀起戰火，漢人不滿暴政拼死反抗。

二十年前，蘇正行定都平江府，定國號「後宋」，就在同一年，出身草莽的趙之昂與他劃長江而治，定都應天，國號為「周」。

自此兩人聯手對外，經過近六年的征戰，將元人徹底趕出中原。

然而，一山難容二虎，元人走後蘇正行與趙之昂決裂，近十五年的內鬥開始，幾年後趙之昂不敵，丟失了應天倉皇將都城遷去燕京，與蘇正行一南一北猛虎相峙。

三年前，原本一直處於劣勢的趙之昂，忽然如虎添翼，不斷反撲，今年初春蘇正行與長子戰死山東兗州，次子蘇季被俘，自此，戰火紛飛三十年的中原，終於平靜。

後宋樹倒猢猻散，朝廷一夕之間瓦解，蘇正行的後人以及家眷悉數被殺，平江府再沒有蘇氏一族的蹤跡。

沒了戰火的大周慢慢的恢復著生機，四處歡歌笑語，張燈結綵。

應天城中的錦繡坊亦是如此，門口大紅的燈籠在六月的豔陽中熾熱如火，一陣風吹來，燈籠晃了晃，啪嗒一聲掉在地上，隨即有道尖利的聲音喊道：「劉老六，把燈籠掛好了，要是再摔了，我要你的命！」

劉老六是個駝背，弓著腰撿起燈籠，點著頭不迭的應是，「這就換，這就換。」他說完一轉身，就看到一輛馬車在門口停下，有個婆子率先跳下來，他頓時笑著行禮，「邱姑姑回來了，這一趟辛苦了。」

「還真是，我這把老骨頭都快散了。」邱姑姑說笑一句，回頭朝馬車裡喊道：「已經到了，趕緊下來吧！」

話落，就看到車內探出一張圓嘟嘟的臉，一雙大眼睛滴溜溜的轉了一圈，「姑姑，這就是錦繡坊嗎？真大啊！」

「是呀，蔡姑娘快下來吧！」邱姑姑一臉驕傲，第一次看到錦繡坊的人都是驚嘆的。她自七歲進錦繡坊，從一個學徒做到今天的大師傅，熬過了所有美好的年華，可是她不後悔，為了錦繡坊，為了蘇繡的手藝，熬完一輩子她都願意。

蔡萱提著裙子跳下來，又朝車裡面招手，「阿瑾，妳快來看，錦繡坊好大呢！」

「來了。」嬌嬌涼涼的聲音，讓人頓時散了幾分燥熱，隨即一隻修長的手扶在門框上，女子含笑下來，身段如柳，眉目如畫，淺淺一笑，青澀中透著柔媚，讓人心頭一顫。

連邱姑姑都忍不住多看了一眼。

不多一會兒工夫從小小的馬車裡下來了五位姑娘，齊齊的站在她面前。

「走吧！」邱姑姑算不得多滿意，因為以前招學徒的時候只要七、八歲的小丫頭，這一回從平江府帶回來的最小的十三歲，最大的都有十五了。

年紀大了就容易生別的心思，做事不專心。但好的是，這五個人都各有底子，她親自驗過了，可以少費點神。

五位姑娘擠在一起對著錦繡坊的牌匾評頭論足，蔡萱道：「我阿哥說，這是聖上在應天時親自題的字呢！」

「這有什麼，等有機會我們去織造府，還能看到一個更大的牌匾，也是聖上題字的。」

阮思穎掩嘴而笑，眼裡都是期待。

竇嬈淡淡道：「錦繡坊是專門給織造府送繡品的，聖上題字不稀奇。」

幾個人都點著頭，興奮不已。

蘇婉如也抬頭看向了牌匾，就看到匾的中間一點修補的痕跡，她嘴角微不可見的翹了翹，是譏誚。

當年趙之昂丟了應天逃去燕京，這裡的牌匾立刻就撤了下來，沒想到時隔十年他在燕京登基，錦繡坊居然還能將這塊牌匾找出來。看來，這裡的當家還有未卜先知的本事呢！

「阿瑾，妳快點啊！」蔡萱過來拉她，「邱姑姑說先帶咱們去住的地方，咱們同住一間吧！」

蘇婉如回神，點了點頭，「好。」

其他幾位姑娘都朝她們看了一眼。

一行人進了院子，錦繡坊原是前朝異族公主的府邸，所以很大，佔地足有百畝，前面幾個院子和小樓都用來做工，她們從角門走，一路不斷能碰到年輕的小姑娘。

從七、八歲到十來歲的，入了花叢似的看花了眼。

穿過層層疊疊的房屋，走了彎彎曲曲的迴廊，蔡萱跟著邱姑姑嘰嘰喳喳的問這問那，蘇婉如抬頭朝西北看去，腳步微頓。

西北面有一座九層的塔，塔的八面角掛著銅鈴，在微風中鐺鐺響著。

那就是登月塔啊，她眼眸微瞇，手緊緊攥成拳頭。

一行人在一處六間房的院落停下，邱姑姑指了兩個空著的房間道：「妳們五個往後就住在這裡，每個院子都有四個灑掃的婆子和四個小丫頭服侍，有什麼事可以讓她們做。」話落又掃了一眼幾個姑娘的手，「在別的地方做事，都要妳們勤快，可在錦繡坊裡，妳們的手除了繡花，不用做任何事。」

這裡的料子都是珍品，繡品都是要進宮的，手粗了糙了刮花了料子，就是打死了她們也賠不起。

「是。」蘇婉如跟著眾人一起垂頭應是，看了眼院子裡的粗使婆子，想著等會兒打聽一些事。

邱姑姑在她面上掃了一眼，沒有再說什麼轉身進了院子。

蘇婉如跟蔡萱並著胡瓊月三個人一間，三張單人床，一組桌椅，除此之外什麼都沒有，可就是這樣蔡萱也很高興，坐在床上道：「總算到了，以後咱們就是錦繡坊的人了。」

胡瓊月沉默的選了靠窗的床，將自己的包袱收拾好，拿著水盆去院前的井邊取水。

「阿瑾。」蔡萱一見房裡沒了別人，立刻低聲問道：「妳和她認識嗎？她也是平江府的人嗎？我怎麼沒有聽說過平江府還有繡娘擅湘繡的呢？她是哪個師父教的？」

蘇婉如收拾中間的床，她沒的選，兩頭都被人挑走了，心不在焉的回道：「我不認識她，妳要是好奇，可以去問。」

「我才不要問。」蔡萱搖搖頭，看著蘇婉如。

一件洗得發白的葛布短褂，下面是條芙蓉色挑線裙子，裙襬繡著幾朵蕙蘭，枝葉翠綠，花朵鮮活，她是內行人，一眼就看出這幾朵花不簡單，在車上時她趁著蘇婉如不注意還翻了看過，幾乎看不到線頭。

這花，就算是她的師父也要費點功夫。

她暗暗驚嘆，又忍不住打量蘇婉如的面容，十四、五歲的年紀，肌膚白嫩細膩，尤其是那雙眼睛，流轉時透著瀲灩的光，澄澈的能照出人影來。

明明出身平凡，可舉手投足中雍容矜貴，獨特的氣質是她從未見過的，所以越發的心癢，想要知道蘇婉如的身分。

「妳家住哪裡？我怎麼從來沒有見過妳？妳今年快十五，那定親了嗎？」蔡萱一副打破砂鍋問到底的架勢。

「我鮮少出門，況且平江府那麼大，沒見過也很正常。」蘇婉如笑笑帶過，抓了話語權，「妳呢？這麼惹人喜歡，親事上肯定容易得很。」

蔡萱沒意識到她的問題不但沒得到答案，還被蘇婉如反客為主，笑咪咪的道：「我定了，我娘說等我在這裡做滿三年工就將我贖回去成親，我表哥家是開肉舖的，能養活我。」

三年，她的事若是順利，過幾日就會離開這裡，「提前恭喜妳了。」

蔡萱就笑了起來，面頰微紅。

收拾好，蘇婉如也拿水盆出門，正好與回來的胡瓊月迎面撞上，兩人像陌生人般擦身而過。

一個粗使婆子幫蘇婉如打水上來，清澈的井水倒映出她的面容，她突然感到一陣茫然。應天她其實很熟，在現代它叫南京，大學四年她就是在這裡度過的。可是本該熟悉的，卻又都不是她熟悉的了。時移世易，她不僅穿越了，還必須隱姓埋名，忍辱偷生。

「妳說，邱姑姑會讓我們什麼時候開始上繡架做活呢？」阮思穎也過來取水。

阮思穎十四歲，常熟人，與錦繡坊簽了六年，等約滿後就能離開。

蘇婉如斂去眼中的失落，淡淡一笑，「應該很快吧！」不然買她們來做什麼。

阮思穎點頭，正要說話，忽見邱姑姑匆匆進來，見著她們兩個便道：「將其他幾個人都喊過來，去前院。」

「是。」蘇婉如應了一聲不多問，和阮思穎一起去喊大家。

蔡萱問道：「知道姑姑喊我們什麼事嗎？」

蘇婉如搖頭，和胡瓊月對視一眼，將水盆放好，三人一起出去了。

「姑姑喊我們，是今天就要開始做活了嗎？」蔡萱像隻小鳥一樣在前面嘰嘰喳喳的問著，其餘四人跟在後面。

「衙門來人了。」邱姑姑走得很快，解釋道：「每個月衙門都會來清點人數，一會兒妳們過去不要喧譁，點過人頭記了名字就沒事了。」

蔡萱不以為意的哦了一聲，蘇婉如卻是心頭一緊。

胡瓊月無聲無息的走過來，挨著她低聲道：「不要說漏了嘴。」

蘇婉如沒理她，慢走了幾步。和來時一樣穿過了迴廊，她們到了前院，偌大的院子裡已經站了一兩百人，清一色的女子，只有她們是新來的，站在最末位。

人前，一位約莫四十出頭，有些白胖的婦人站在臺階上問道：「邱姑姑，今兒帶回來的五個人都來了吧？」

邱姑姑上前行了禮，「回掌事的話，都來齊了。」

掌事姓段，和邱姑姑一樣自梳了，終生不嫁。

這時，腳步聲紛沓，四名穿著豆綠官服的男子進來，皆是膚白無鬚，其中最年長的一位，往簷下扶椅上一坐，其餘三位兩人立在後方，一人立在左側。

段掌事朝坐在扶椅上的人行了一禮，「朱公公，人都到齊了。」

朱公公嗯了一聲，立在左側那人手捧一本名冊清了清喉嚨，道：「咱家按例點名，喊到的就應一聲。」

眾人垂著頭應是。

那人正要點名，忽然又有匆匆的腳步聲傳來，來人湊到朱公公耳邊低語幾句。

朱公公臉色一變，招來段掌事吩咐幾句，段掌事立刻領命辦事。

「邱姑姑，將妳今兒帶回來的人提出來，侯爺要親自過問。」段掌事說完，心裡好奇不已，鎮南侯功高無人能及，聽說聖上本欲封他做異姓王，可他說自己太過年輕，封侯建個門戶光宗耀祖就足夠，所以才賜封鎮南侯，可聖上卻覺得虧欠，隨後又補償了個太保的閒職。

這樣高高在上的人，怎麼會突然來錦繡坊？難道……段掌事直冒冷汗。

邱姑姑也是愕然，頓了一下才應了朝著蘇婉如她們道：「妳們五個到前面來。」

蘇婉如心頭一跳，手臂被胡瓊月抓住，她轉頭就看到對方白著臉壓著聲音道：「蘇婉如，不要忘了妳現在是繡娘，而非公主。」

「管好妳自己。」蘇婉如蹙眉拂開胡瓊月的手。

胡瓊月抿唇陰冷的盯著蘇婉如的後背，若非她們的命運被捆綁在一起，她絕不會跟著蘇婉如。她父母早亡，所以自小在宮中長大，皇上和皇后都寵蘇婉如，她這位表小姐卻永遠都是她的陪襯。

這一路她常在想，「後宋」沒有了是有好處的，因為蘇婉如現在和她一樣，從天之驕女變成了低賤的繡娘，甚至蘇婉如還不如她，因為蘇婉如學的是蘇繡，而她是湘繡。在錦繡坊裡最不缺的就是會蘇繡的繡娘，任她手藝再好，想出頭也難如登天。

想到這些，胡瓊月又道：「我管得好自己，但妳不要想著報仇的蠢事。」

兗州一戰的主帥就是鎮南侯，她怕蘇婉如沒頭沒腦的去報仇。

「就算報仇，我也不會連累妳。」蘇婉如譏諷的看了眼胡瓊月，她這個表妹應該很高興後宋亡國吧？至少她們的身分沒有了高低之分。

胡瓊月鼻尖冷哼一聲，防備似的站在了蘇婉如的身邊，「知道就好！」

「不要說話。」邱姑姑輕聲呵斥，「得罪了鎮南侯，連我都保不住妳們。」

蘇婉如和胡瓊月應是，不再出聲。

沉穩一致的腳步聲傳了進來，興奮的議論聲頓時不絕於耳。

「是侯爺，侯爺來了！」

「侯爺上個月進城的時侯我去看了，他就坐在馬背上，一身盔甲氣勢非凡，真真是當世的大英雄啊！」

繡娘們一個個面紅耳赤，滿目含春的看向門口。

蘇婉如皺眉抬頭去看，就看見半丈寬的院門，一行配著大刀身高健碩的士兵踏步而來，雖只有十幾人，卻是步伐沉沉，氣吞山河。

她愣了愣，隨即看到一行人之後的男人，二十上下的年紀，一身黑色錦袍，龍行虎步中那長袍獵獵生風，颳來陣陣鐵血煞氣，令人不由得呼吸一滯，彷彿置身於金戈鐵馬的硝煙戰場，好半天回不過神來。

一直聽說鎮南侯沈湛，只以為他會是一個粗鄙大漢，沒有想到竟是這樣的風采，難怪繡娘們滿眼的迷戀，恨不得撲上去。

沈湛進門，目光在數百女子身上一掃而過，雖一言未發，但那股凜然氣勢卻壓得所有人低下頭，大氣不敢喘。

「叩見侯爺，侯爺萬福。」朱公公領頭，所有人全都呼啦啦的跪了下來，蘇婉如跟著，不敢亂動。

沈湛大刀闊斧的在椅子上坐下，「起來吧！」

「侯爺有事只管吩咐一聲，怎敢勞您親自過來。」朱公公是織造提督司公公的乾兒子，司公公是聖上眼前的紅人，將來是要回宮做掌印太監的。

所以這一個多月，朱公公在應天耍足了威風，就連江陰侯見著他，都要伏低做小給足他面子。

「聽說今兒從平江府招的繡娘到了？」沈湛開口詢問，聲音不高不低，卻透著威嚴。

朱公公捧著茶親自奉上，「中午剛到，總共五位姑娘，都是十四、五的年紀。」

沈湛接了茶喝了一口，又隨意的擱在朱公公的手中，「人呢？」

朱公公就跟捧著祖宗排位似的，小心翼翼的端著。

這時，跟在沈湛身後的江陰侯世子韓江毅走過來，在朱公公耳邊低聲道：「蘇正行的嫡女逃了，平江府正在緝拿。」

手裡的茶盅晃了晃，朱公公差點兒沒抓穩，蘇正行的嫡女不是正法了嗎？怎麼會逃了？後宋的餘孽，還是位正兒八經的公主，這還得了，難怪鎮南侯會親自過問。

朱公公立刻回頭對段掌事道：「還不趕緊將人帶上來讓侯爺過目。」

要是真讓後宋公主混進錦繡坊，不但他吃不了兜著走，就是他乾爹也要跟著倒楣了！

段掌事見朱公公臉色不對，也沉了神色，回頭對蘇婉如五人招了招手，「過來！」

蘇婉如的心一下子跳到了嗓子眼，冷汗從後背滲出，她好不容易逃出了平江府，難道要在這裡送命？

心裡想著，她跟著蔡萱往前走，身邊胡瓊月的腿一軟，差點兒跌倒，蘇婉如伸手扶住她，迅速道：「站穩了。」

胡瓊月的手極涼，微微顫抖。

「回侯爺，就是這五位姑娘，今兒中午剛到，請侯爺過目。」

沈湛坐著，瞇起眼一一掃過，最後目光落在蘇婉如的頭頂上。

如芒刺扎在身上，蘇婉如渾身火灼似的。

嘩啦一聲，沈湛身後的侍衛抖開一張畫像呈上來。

沈湛接過畫像掃了一眼，忽然起身大步下了臺階，從蔡萱、竇嬈、阮思穎身前走過，最後停在蘇婉如面前，看也沒看胡瓊月，聲音沉且厲，「抬頭！」

畫像，他居然有畫像！蘇婉如的心怦怦跳著，甚至都不敢去看一眼畫像到底是什麼樣子，手心裡都是汗，她徐徐抬頭，卻是撞進沈湛深不可測的眼眸中。

世人都說沈湛是閻王，在他眼中不存在男人、女人甚至孩子，他會區分的就只有敵人。這樣一個手上沾滿了鮮血的人，果然是滿身煞氣，讓人見之不由膽寒。

沈湛也看著眼前的少女，十四、五歲的年紀，皮膚白得透明，泛著玉一般的光澤。一雙烏溜溜的杏眼嵌在巴掌大的鵝蛋臉上，眸中彷彿有水光流動，微微一轉，媚態頓生。烈日之下她被曬得雙頰通紅，讓人恨不得立刻給她找個陰暗處，躲著，護著。

蘇婉如不敢與其繼續對視，便錯過了沈湛打量審視的目光中，還隱藏了別的情緒，她一顆心跳到了嗓子眼，視線移向他手中的畫像，隨即一愣。

畫像上的女子穿著桃粉的裙子，身材矮小極胖，肉嘟嘟的臉上幾乎找不到眼睛，只有兩隻朝天的鼻孔格外的惹眼，這哪裡是她，根本是一頭穿著裙裝的豬！

嘴角不由自主的抖動了一下，蘇婉如不動聲色的垂下頭。

什麼人畫的畫像？她縱然鮮少出現在人前，可也是美名在外，怎麼會有人將她畫得這麼醜？不過幸好畫的不像，她的一顆心漸漸放了回去。

「有些像！」沈湛打量著，「妳是平江府人？叫什麼？定親沒有？」

蘇婉如愕然，懷疑沈湛的眼睛有問題，她的容貌雖非傾國傾城，可也能入眼，和畫像上天差地別好不好！而且她是否定親與他何干？

「民女蘇瑾，平江人士，未曾定親。」蘇婉如真不知該為沈湛的話感到高興還是氣憤？

不等她想完，沈湛已做出決斷，「是有幾分江南美女的姿態，比這後宋公主美了不少。」

他是不是忘記重點了？明明是在核對畫像，一轉眼就誇起她來，蘇婉如不由在心裡重新審視了一番沈湛。

朱公公也壯著膽子走來，掃了一眼畫像，「這丫頭確實生得不錯，比後宋公主好看許多。」

只要能保住性命，沒讓沈湛發覺破綻，蘇婉如對別人的評價已經無所謂了。

「嗯。」沈湛將畫像交還給侍衛，又深深看了垂著頭的蘇婉如一眼，「後宋公主肥胖如豬，性子惡劣驕淫，若是爾等見到畫像上的女子，速速回稟，本侯必有重賞！」

眾人應是，又紛紛看向畫像，忍不住的小聲議論，「沒想到後宋公主這般倒胃口，難怪後宋會亡，單從一個公主身上便能窺見一斑。」

肥胖如豬？惡劣驕淫？倒胃口？又多三個新詞，蘇婉如頭垂得更低了。

沈湛吩咐朱公公，「這畫像就留在你們這裡，張貼在門口，好叫爾等細細記住。」

朱公公連忙拱手應是，命人將畫像貼在了門口。

蘇婉如抬頭看了一眼，那張醜陋的畫像旁邊，明晃晃的寫著她的名字——蘇婉如。

真是刺眼，她面色複雜的收回視線。

「倒是忘記了，還另有一事。」沈湛拍了拍朱公公的肩膀。

半邊肩膀酥麻，手指不受控制的抖動，朱公公疼得眼淚都快出來了，都說沈湛喜怒難料，是典型的兵痞，今兒他是感受到了，就這麼一拍，他半邊身子都快廢掉了。

「侯爺有事請儘管吩咐！」朱公公不敢動，弓著身子說話，聲音顫抖。

沈湛在椅子上坐下，翹起二腿腿，手中不知何時多了一方手帕，桃粉的顏色一看就是女子用的，「帕子破了，找人修補好，十日後送還給本侯。」

「是。」朱公公小心翼翼的接過，呵呵笑道：「這繡工如此精湛，繡的人也一定是位手巧玲瓏的姑娘。」

一條帕子能特意讓人修補，那肯定對沈湛意義非凡，又是女人之物，朱公公自然要溜鬚拍馬一番。而且沈湛這次來應天，聽說聖上有意讓他物色江南世家閨秀做鎮南侯夫人的。

朱公公話落，底下的繡娘紛紛抬頭去看那方帕子，一個個豔羨不已。

「搶來的女人，是否手巧玲瓏倒是不知道。」沈湛視線又落在蘇婉如的臉上，「不過生得倒是撩人，嗯……就像你們這位繡娘，讓人見了就忍不住想要疼愛一番。」

果然粗鄙！蘇婉如氣得指尖發抖。

一邊胡瓊月看了她一眼，心底有些幸災樂禍，別人不知道她卻是知道，後宋雖立朝不到二十年，但蘇家原本就是鐘鳴鼎食之家，皇后林氏更是徐州百年世家嫡出的小姐，規矩極多，對子女的教養向來講究。

蘇婉如自小吃的是進貢的精米，用姑蘇山的泉水浸泡蒸煮；穿的是江南織造衣料，就連一雙襪子，繡娘都要仔仔細細的不敢留上半個線頭，就怕硌著她的腳讓她不舒服。不僅這些日常之物，連身邊伺候的人也是皇后精挑細選的，和她說話都必須輕聲細語，生怕聲音大了驚著這位天之嬌女。

所以胡瓊月明白，沈湛這句話對普通女子而言是讚揚，對世家小姐是羞辱，到了蘇婉如這裡就等同於奇恥大辱。

要是從前，依蘇婉如的脾氣，雖不至於殺人，也定然要讓沈湛脫掉一層皮。

「侯爺好眼光。」朱公公被沈湛前半句話嗆了一下，思索一瞬決定接他後半句，「女子如花初綻，青澀中透著嬌媚，欲拒還迎，確實最能撩人心弦。」
啪啪兩聲，沈湛撫掌贊同，「朱公公身雖殘，心倒是健全，有眼力。」
朱公公臉上一陣青一陣白，卻還得道謝，「謝侯爺誇讚。」
「既然沒有逃犯，本侯的事也辦完了，就不多留了。」沈湛起身大步往外走，「本侯的帕子要找個嬌美的繡娘縫補，若弄砸了，你們就提頭來見吧！」
不疾不徐的一句話，卻讓人心頭大駭。
隨著他來的十幾個侍衛也魚貫而出，沈湛負手走在前面，貼身侍衛閔望笑嘻嘻的跟著，低聲道：「侯爺，方才公主臉色很難看，怕是氣得不輕呀！」
沈湛只是冷哼一聲，傲然出門。
「奴才送侯爺。」朱公公慌忙抬腳跟過去，在門口恭送，只等沈湛一行人走遠，他才抹著汗回來，手臂的痲還沒有消退，這會兒腿也嚇軟了。撲通一聲，在椅子上坐下來，猛灌了一口茶，一抬頭就看到了隱在人後的蘇婉如，眸色晦澀難懂。
段掌事走過去，指了指門頭貼著的畫像，「公公，您看侯爺今兒來，真的只是為了這件事嗎？」
朱公公將帕子遞給段掌事，「這位主兒的心思猜不透，妳就照著面上的吩咐辦吧！若真有事，不還有咱家。縱然咱家兜不住不還有提督公公在，天塌了也輪不著妳去頂！」
「是。」段掌事雙手接過帕子。
「這帕子趕緊找人小心修補。」朱公公心力交瘁的扶著小內侍的手起來，「今兒咱家也累了，這名也甭點了。那位蘇繡娘妳且留著，等咱家吩咐。」他要回去和司公公回稟今兒的事。

「是，公公您慢走。」段掌事應了目送朱公公離開，等人一走，她才攤開手中的帕子，隨即臉色微微一變。

蘇婉如掃過段掌事手中托著的帕子，就見帕子上繡著一隻小貓，配色很好，看得出繡工也不錯，只是那貓有些奇怪。

她待再看，忽然就被人擠了一下，一聲不高不低的聲音傳來，「狐狸精！」

狐狸精？蘇婉如不解，她剛在鬼門關走一圈，回來怎麼就成狐狸精了？

難道就是因為沈湛問了她幾句話，所以她們認為是她勾引了沈湛？

蘇婉如無語，回頭去看撞她的人，就見一位長相清秀的繡娘輕蔑的看著她，冷笑道：「生得好也只是以色侍人，低賤！」話落，帶著一眾繡娘，轉身而去。

「這人怎麼說話的！」蔡萱過來扶著蘇婉如，「阿瑾，妳沒事吧？」

「我沒事。」蘇婉如搖了搖頭，「我們也回去吧！」

胡瓊月也走到她身邊，試探的問道：「妳和鎮南侯認識？」

「不認識。」蘇婉如很確定她不認識沈湛。

不認識？胡瓊月一怔，打量著蘇婉如的臉，紅撲撲的透著少女的嬌憨和嫵媚。

如果不是認識，那就是沈湛看中了蘇婉如的美貌，她忽然就想到蘇正行在世時常掛在嘴邊的話。

朕這一生最得意的事，不是建立了後宋，不是擁兵百萬，而是皇后給朕生了阿如。朕的阿如是這個世上最貼心，最聰慧美麗的姑娘。

她很嫉妒，卻從小就知道，在外貌上她遠不及蘇婉如半分。蘇婉如就是那種，只要她願意，就能吸引所有人的目光，或嬌憨，或青澀，或嫵媚，她信手拈來轉換自如。

胡瓊月冷哼，這世上所有的男人都是一個德行。不過有一點很奇怪，尋常她們出門都是戴著帷帽，所以見過蘇婉如的人確實不多，但既然是尋人畫像，那就應該是見過的，又為何畫了一幅這樣奇醜的出來？

胡瓊玉抿著唇，有些慶幸卻又可惜。

沈湛只是追查後宋公主，那麼是不是意味著她這位郡主根本不在他列查範圍？她是不是就安全了？

胡瓊月心裡七上八下，段掌事也是心神不寧。

邱姑姑走到她身邊，「掌事，我找人時都核實過的，她父母兄長都是老實本分的人，應該錯不了。」

「朱公公的意思，再等幾日看看侯爺可還有後話，說不定……算了，走一步看一步吧！」

邱姑姑眉頭緊蹙，「有一就有二，掌事，您一定不能開了先河啊！」

那往後在世人眼中，錦繡坊不就成了和醉春樓一般的存在了，實在是奇恥大辱。

「這事稍後再說，妳先隨我來。」段掌事捧著帕子，帶著邱姑姑去了後院。

另一頭，蔡萱還在嘰嘰喳喳說個不停，「鎮南侯是世間少有的大英雄，聽說他在戰場上特別勇猛，能以一當十呢！」

蘇婉如想到掛在平江城樓上數千顆將士的頭顱，沈湛於蔡萱是英雄，於她卻是惡魔。

「他不是一般人，也不是尋常女子配得上的。」竇嬈冷哼一聲，掃了一眼蘇婉如，「就算得了青睞也不過是個妾罷了。」話落，她避嫌似的快走在前面。

「誰說要做妾了？我只是就事論事罷了。」

蔡萱想上前理論，卻被阮思穎一把拉住，「算了，竇姐姐有口無心，妳就別跟她計較了。」

蔡萱個性爽朗，想一想便也不計較了。

大家陸續回到院子裡，阮思穎和竇嬈一間屋子，在院子的西面，蘇婉如三人的在東面，進門時胡瓊月坐在床上收拾針具，看也沒有看她們。

蔡萱拿了水盆和蘇婉如道：「我去打水回來洗洗，剛才曬了一身的汗。」

「好。」蘇婉如頷首，坐在桌前上倒了涼茶慢慢喝著。

胡瓊月這才抬頭看著蘇婉如，「妳仔細想想，真的不認識鎮南侯？」

蘇婉如掃了她一眼，「要是認識，我們還能在這裡說話？」

胡瓊月蹙眉，她知道蘇婉如說的是對的，沈湛要是知道她們姐妹的身分，肯定是直接殺了，又怎麼會留在錦繡坊，「那妳來錦繡坊到底是為了什麼？」就在剛才，她腦中忽然跳出這個懷疑來，之前她從沒有細想過。

蘇婉如沒答話，來錦繡坊的目的，只有她和杜舟知道。她要去登月塔裡找一只錦盒，錦盒中有一塊如月令，母后臨去前告訴她，如月令可以召出皇室暗中養的三千護龍衛。她現在無人可用，而杜舟又進不了錦繡坊，所以只能自己來了。

不過，這事她不可能告訴胡瓊月，直接轉了話題，「邱姑姑應該會來找妳，妳坦白應對即可，不必藏頭露尾，免得引起她的懷疑。」

胡瓊月知道她不會說，所以沒有再追問，「妳怎麼知道？她找我做什麼？」

蘇婉如根本不用回答，因為邱姑姑的聲音在外面響起了，「胡姑娘在不在？」

「在。」胡瓊月站起身，一路盯著蘇婉如慢慢往門口走，好似想要把她看透一般。

蘇婉如垂頭喝茶，仿若未察，待胡瓊月跟著邱姑姑離開了，她才抓了一把自己帶來的桂花糖去找院子裡的粗使婆子，「我聽說錦繡坊裡有幾處風景很好，是不是誰都能去看呀？」

婆子不客氣的將糖塞口袋裡，也沒什麼可隱瞞的，「仙人石在前面，來去都能路過，沒什麼不能看的，琉璃池也可以，尤其正午的時候，琉璃光芒四射很值得一看。千梅園則要等到冬季了，千株梅花盛開，十分壯觀。」

蘇婉如露出興奮的樣子，「那登月塔呢，能上去嗎？」

「登月塔不行。」婆子擺著手，「莫說普通的繡娘，就是織造府的司公公來也不能進去。」

「為什麼不讓進？那塔門是鎖著的嗎？」

「這我也不知道，不過塔門是鎖著的沒錯，裡面還有八個婆子守著，除了段掌事外，還沒有人進去過。」

「裡面有寶貝呀？為什麼還有婆子守著？」

「這事我也不知道，錦繡坊搬來的時候，那八個婆子就在了，聽說她們在前朝時就守著的，從未離開過。」

這些蘇婉如都知道，便笑呵呵的試探道：「聽您這麼一說，我倒更好奇了，您說我要是求掌事，她會讓我進去一觀嗎？」

「呵呵，我說妳就別痴心妄想了。」連司公公都不能進去，一個小小繡娘如何能進？婆子一副不想打擊蘇婉如，拿著抹布做事去了。

她來時就知道登月塔不好進，眼下看來比她想的還要困難。

「唉，如果杜舟在就好了。」蘇婉如哀嘆的念叨一句，杜舟是她的近侍，這一次能死裡逃生，雖各個關節是她自己想的，可做事的人卻是杜舟，他辦事周到圓滑，又是一起長大，彼此配合的很默契，他在，至少也能商量一下。

胡思亂想的回到房中，和蔡萱一起去吃了晚飯，梳洗後躺在床上，這時胡瓊月才回來，拿著水盆出去，好一會兒才又進來，窸窸窣窣的脫了衣服躺在床上，四周靜悄悄的，蔡萱已然睡熟了，發出輕淺的呼吸聲。

胡瓊月的聲音傳了過來，低低的，「妳早就看出來那手帕是湘繡了，是不是？」

「嗯。」蘇婉如應了一聲，「那是虎，而非貓。」

帕子上的貓，乍一看是貓，可是細細去看，分明就是一隻小老虎。四大名繡中，素有「蘇貓湘虎」之說。湘繡獨有的鬅毛針法，繡線一頭粗一頭細，還要有規律地排序，這樣刺繡出來的老虎的毛髮就會非常剛勁逼真，像從肉裡面長出來一樣，栩栩如生。

雖說蘇湘之別並非水火，可錦繡坊素以蘇繡聞名，聽說整個繡坊也不過只有一位略懂湘繡的繡娘，根本做不了修補帕子的事。

胡瓊月蹭的一下坐起來，在黑暗中盯著她，「隔得那麼遠，妳為什麼能看得出來？」沒有人回答她，蘇婉如好似睡著了一樣。

胡瓊月又躺了回去，翻來覆去到很晚才睡，迷迷糊糊間聽到蘇婉如咕噥了一句很熱，隨即門被打開，有人走了出去。

夜已深，錦繡坊對面的酒樓裡，依舊人聲鼎沸。

雅間裡，沈湛倚在窗邊，一個酥胸半露的女子手持酒杯，婀婀婷婷走到沈湛身邊，「侯爺，奴家實在喝不動了，您幫奴家飲了這一杯吧！」說著，整個人已經倚靠上去，作勢要餵他喝酒。

韓江毅見狀哈哈一笑，和江寧侯家的二公子道：「這憐香惜玉的事，侯爺最是擅長了！聽說醉春樓的花魁娘子已經許久不迎客，往後只等侯爺憐惜呢！」

他這話立刻引得同屋的五、六位青年公子一起調笑起來，「自古英雄配美人，才子配佳人，更何況侯爺可是大英雄，多配幾個美人也是應該的呀！」

閔望看了看天，一個被丟下樓斷了腿的花魁，怎麼迎客？

女子聞言更為積極了，整個人幾乎要黏在沈湛身上，沒想到下一瞬就被猛推慘摔在地。

沈湛只冷冷丟下一句，「醜人多作怪！」隨即拂袖而去。

韓江毅等人都愣了，喧鬧的房間裡頓時靜謐的可怕，今日本是想討好沈湛的，不料卻反而把人給惹怒了！

韓江毅也沒了方才的放蕩，沉著臉看向癱倒在地的女子，冷聲道：「來人，將這蠢貨綁了沉江裡去！」

女子哭著被堵了嘴抬了出去。

沈湛出了門，盧成和閔望就迎過來，「侯爺，是回府還是去衙門？」

沈湛在錦繡坊門口駐足，負手看著門頭上的牌匾，蹙眉問道：「怎麼樣？」

「您走後她被人罵了幾句，倒沒有別的事。不過，修補帕子的事，裡面的管事沒有派給她做。」

「被人罵了，她沒有打回去？」

「沒有。」盧成搖頭，「公主好像忍了。」

「哼！看來她還真是從一隻虎變成了一隻貓。」沈湛臉色是越來越難看，「豬腦子的女人，就算被人罵了，沒幾日也忘了。」

盧成用手肘捅了一下閔望，意思是，這回換你說話了。

閔望咳一聲，道出了癥結，「公主眼下的處境，忍耐才是最好的。依屬下看，公主應該不是真的記性差，而是不敢回想過去。」

「你的意思是，她故意裝作不認識我？」

閔望抿了抿唇，斟酌了一下，「完全有這個可能。」

沈湛翹起了嘴角，頷首道：「你說的對，本侯的風姿令人過目難忘，她怎麼可能記不得！」

「是的。」閔望立刻附和，心裡默默祈禱，蘇婉如，您一定要記得侯爺才是，不然大家都沒好日子過了。

「再去訂幾身衣裳。」沈湛撫了撫衣袍，「要華貴一些的。」

閔望抽了抽嘴角，拱手應是。

第二章 忌憚

子夜時分，只有蛙鳴不知從何處傳來，蘇婉如提著裙子沿著牆壁走，時不時抬頭望著登月塔。她已迫不及待，連一刻都不想等，所以等胡瓊月睡著便出來探一探。

白天太顯目，只有晚上。

登月塔不算近，走過去足足花了一盞茶的時間，她依稀記得登月塔的來歷，說是前朝異族公主夢見自己是嫦娥，飛升月宮，醒來後便命人建了登月塔。

據說塔中還藏了許多名畫寶物，後來應天被趙之昂攻下，公主身亡，趙之昂將名畫寶物一掃而空，將宅子賞給已被冷落幾十年，幾近沒落的錦繡坊。

錦繡坊入駐，雖經過改造，但登月塔卻還留著，成了專門擺放珍貴藏品的庫房。

隨後趙之昂戰敗，應天納入父皇的統轄，父皇和母后皆是出生貴胄，和草莽出生的趙之昂大相徑庭，錦繡坊在後宋的扶持下，更加的聲名大噪。

那時候她還打算來錦繡坊參觀登月塔，只是後來生了一場大病，此事就不了了之了。不過當她聽母后說出登月塔中藏有如月令時，還是很驚訝，只是沒等她細問，母后當夜就吞金自盡了。

葬了母后，她和杜舟按照計畫逃出皇宮，半道卻碰到了胡瓊月。她們表姐妹再不對盤，在大難面前，小女兒家的意氣都不值一提。

她收留了胡瓊月，也改頭換面成了繡娘蘇瑾，三個月後終於等到了邱姑姑來收繡娘，便與胡瓊月一起來到錦繡坊。

停下腳步，登月塔已在眼前。高聳的塔頂沒入雲端看不真切，彷彿真能直達月宮，銅鈴在風中孤寂的響著，塔的四周圍著兩人高的院牆，她站在門外除了能看到三層以上的塔，院子裡是什麼樣子的，一點都看不到。

她躡手躡腳的推了推門，門自內拴著紋絲不動，湊到門縫朝裡看，也是漆黑一片，連一盞燈都沒有點。

「難道要翻牆？」蘇婉如咕噥一句，卻忍不住苦笑，這麼高的牆她如何翻得過去？

她想了想，將頭上銀簪取下，小心翼翼探進去試圖撬開門栓。

只是簪子才剛插進門縫，左肩突然一沉，隨即骨裂一般劇痛令她冷汗直冒。

「什麼人？」蘇婉如艱難的轉頭，看到一個面無表情，身形纖瘦的婆子站在她身後，明明樣子很普通，可手中的力道卻讓她連手指都動不了了。

婆子打量了她一眼，鬆開手，「夜色深重，姑娘早點回去歇著吧！」並不打算殺她。

這就是看守登月塔的婆子吧？蘇婉如顯然也看出來了，露出好奇和無知的樣子來，「婆婆是守著這塔的嗎？您尋常出來嗎？還是一直住在裡面呢？」

「和妳無關。」婆子警告的看著她，「下次若再看到姑娘做宵小，定不會再饒妳性命。」

話落，婆子腳尖一點，人如剪燕一般消失。

蘇婉如看得目瞪口呆。

父皇和兩位兄長都會武功，可都是拳腳功夫，能禦敵殺人卻並不能飛簷走壁。穿越初時，她還有些失望，以為飛簷走壁不過是虛構的，沒想到今日竟親眼目睹了！

蘇婉如心有餘悸後退幾步，眉頭擰得越發的緊，「若是八個守門的婆子都是這般武藝，那我就算長了翅膀也飛不進去啊！」

她不甘心的往回走，可也知道，如果連司公公都進不去，那她想要進去是絕對不可能的。「難道要做到掌事？」她想到自梳後熬了幾十年的段掌事，她可沒有耐心熬上十幾年，二哥也等不到那個時候。

最遲明年，她一定要拿到如月令，只有拿到如月令，她才有能力救出被關在平江皇城天牢裡的二哥。

煩悶的回去躺在床上，蘇婉如翻來覆去毫無睡意，之前杜舟打聽到，明年八月趙之昂壽誕，他要讓蘇季獻壽，在天下人面前俯首稱臣。

這個消息她和杜舟都不能確定真假，但是有一點能肯定，二哥必定寧死不屈，所以她要在那之前救出二哥。

要怎麼樣才能進入登月塔？她心頭如同火燒，又像是無頭的蒼蠅，不知不覺間天際已露魚肚白。

外面傳來腳步聲，是院子裡服侍的婆子、丫頭上工了，她索性起床拿了水盆出去。

白日裡和她聊天的黃婆子見著她就笑道：「蘇姑娘是認床嗎？這時間還早，能再睡會兒。」

「是有點認床，睡不著乾脆就起來了。」蘇婉如伸了個腰，「勞煩媽媽幫我打水。」

婆子笑著應是，拿了盆去井邊，蘇婉如跟在身後狀似無意的道：「早上看登月塔可真是好看啊！」

「好看也只是外面好看，裡面怎麼樣誰都不知道。姑娘若實在想進去，不如好好表現，繡出一幅曠世之作，說不定明年三月十五掌事會帶妳進去祭掃。」

「這樣也可以？」蘇婉如眼睛一亮。

黃婆子點點頭，「前些日子三娘繡的屏風得了太后娘娘青眼，掌事提過一句，說明年嫘祖壽誕祭拜，會帶三娘進去。」

這是一個不錯的方法，蘇婉如決定一試。

「妳們在說什麼呢？」忽然，胡瓊月的聲音在身後響起。

「蘇姑娘想進登月塔，我正給她出主意呢！胡姑娘起得也早，莫不是和蘇姑娘一樣認床？」

蘇婉如想進登月塔？做什麼？胡瓊月審視著蘇婉如，點了點頭，「是呀，我也認床。」

蘇婉如並不看胡瓊月，腦子裡已經開始盤算。

吃過早飯，她和蔡萱由小丫頭引著去前院。

錦繡坊分三個館，邱姑姑掌山水館，館中有繡娘六十人，分成三組，專繡名家山水花鳥，多以裝飾擺設為主。另外兩個館，一個是喜居館，主要負責枕被、床帳等家居日用，及皇親貴胄喜嫁用品，最後一個則是錦繡館，是錦繡坊最體面尊貴的存在，專門繡製聖上所用之物。

山水館是典型的江南閣樓，上下三層，刷著紅漆，色彩斑斕的琉璃窗戶昭示錦繡坊的地位不凡。蘇婉如進了正廳，迎面是一座八扇的雞翅木屏風，繡著魚躍龍門、飛鶴展翅等八幅圖案，用色鮮豔，畫面立體，堪稱極品。

繞過屏風就是一排排的繡架，紅木的架子上面架著花樣不同進度不同的繡品，二十位少女統一穿著水洗藍的短褂，芙蓉色挑線裙，秀雅端莊的坐在架子前，安安靜靜的，只有繡線穿過底布時發出的沙沙聲。

蘇婉如想到前世的場景，她出生蘇繡世家，小時候看著外婆和母親靜靜的以銀針作筆，彩線為墨，在一塊塊布料上揮毫潑墨，她便也喜歡並開始學習刺繡，就連大學讀的都是織品設計，將傳承蘇繡技藝視為夢想。

一時想出神，袖子被扯了扯，蘇婉如才看向蔡萱，就聽她氣餒的道：「這一比我的手藝實在拿不出手了。」

「繡工都是靠磨出來的。」蘇婉如安撫一笑，她的繡工也是十幾年練就的。

邱姑姑帶著竇嬈和阮思穎從樓上下來，獨不見胡瓊月。

「妳們過來。」邱姑姑招招手，蘇婉如和蔡萱穿過甬道過去，邱姑姑和她們介紹，「妳們才來，等一下去領布料，先將自己的衣服做出來。」

三人溫順應是，唯有竇嬈提問，「姑姑，我們開了能來這裡看三娘姐姐刺繡嗎？」

邱姑姑很喜歡竇嬈，點頭道：「在錦繡坊裡沒有什麼不能外傳的手藝，只要不耽誤三娘功夫，妳們儘管過來學。」

「三娘？」蔡萱一驚，「就是那位繡《雀開屏》的劉三娘嗎？」

是明年要跟掌事進登月塔的劉三娘嗎？蘇婉如眉梢略揚。

邱姑姑頷首，「沒錯，是她。」

蔡萱很興奮，聽說上個月太后搬進慈寧宮時，讓人將《雀開屏》掛在了正殿裡，多大的榮耀啊！

還有一點大家都不敢提，當初應天還歸後宋管轄時，劉三娘就曾得林皇后的喜愛，雖未曾召見，卻讓人從平江府送了東西打賞。只是成者為王，敗者為寇，當初的殊榮大家不敢再提。

邱姑姑也很高興，劉三娘是她的嫡傳弟子。

「思秋、振英，妳們過來一下。」邱姑姑喊了一聲，隨即從裡間裡出來兩位二十出頭的年輕女子，穿著淺紫的短褂梳著垂柳髻，行禮問安，「姑姑安好。」

「這是我們山水館的另外兩位繡長。」邱姑姑和她們介紹，蘇婉如就跟著大家一起行禮，邱姑姑又吩咐陸思秋及焦振英，「她們四個有點底子，妳們先帶幾日，等熟練了再派活給她們。蘇瑾和蔡萱就跟著思秋，思穎和嬈丫頭就跟著振英。」

陸思秋看向蘇婉如的目光滿是厭惡。

蘇婉如心中哀嘆，看來往後沒安生日子可過了，因為陸思秋和昨天撞她罵她狐狸精的繡娘是一掛的。

待邱姑姑一走，陸思秋就掃了一眼蘇婉如，「既然都是學過的，就劈幾根線讓我們看看吧！」

「是。」蘇婉如神色不變，隨著大家進了裡間，一進門就看到了裡面還有一位梳著圓髻，穿著墨藍短褂，膚色很白，容貌清秀的女子，她正在猜是誰，便已經聽到陸思秋埋怨道：「三娘，妳和姑姑提一提吧，我們手上還有個插屏沒繡完，雖不急可也不是閒人呀！」

「能者多勞。」劉三娘的嗓子天生有些低啞，她停了針著重打量一眼蘇婉如，含笑道：

「既來了就老實乖巧的學本事，別惹是生非。」

四個人皆應是，蘇婉如和蔡萱走到陸思秋身後站著。

「劈線吧！」陸思秋拿了一捲繡線出來，「絨十根，絲八十根。」一絨，是一根繡花線對半劈成兩股，一絲，是一根繡花線劈成十六股，意在考驗指尖功夫。

四個人各自拿了線坐下，大家都是學了好幾年繡活的，劈線並不難，難就難在劈出來的品質如何。

蘇婉如垂著頭，修長的手指做活時靈活好看，陸思秋盯著她的手，神色莫測。

一盞茶的時間，成品出來，陸思秋拿了蔡萱的線眉梢略挑，「下次劈的時候慢點，線有些毛了妳看不到嗎？」

蔡萱垂頭應是。

陸思秋又拿了蘇婉如的，「姑姑這是被騙了吧？什麼學了五、六年，我看學五、六個月的都比她好了不知多少。」

焦振英接過去一看，也打量了蘇婉如一眼，語氣比陸思秋略好，「還要多練練才行。」

「妳瞧瞧人家劈的。」陸思秋拿了竇嬈的線往蘇婉如臉上一扔，「妳自己比比，她說她學了五年我是信的，妳說妳學了五年，鬼都不信。」

蘇婉如卻不惱不怒，平靜回道：「謝謝繡長教導，往後一定勤加練習。」

陸思秋在自己繡架前面坐了下來，不耐煩的揮手趕人，「妳們自己去找姑姑要線練習，我可沒閒工夫管妳們。」

蔡萱嘴唇動動要說話，蘇婉如卻先一步開口，「是，我們這就去領絲線。」話落，拉著蔡萱出門。

陸思秋看了她們的背影一眼，譏誚道：「這樣的貨色也想進來，當我們錦繡坊是什麼地方，我們都是靠手藝吃飯的，可不像有人想靠一張臉。」

「行了，少說一句吧！」焦振英打斷陸思秋的話，回頭吩咐竇嬈以及阮思穎，「妳們先去領布料，回頭我告訴妳們衣裳的要求，儘量明天下午前把衣服做出來。」

竇嬈應是，阮思穎卻是快步往外走，她看著跟了上去，喊道：「妳幹什麼去？」

「我去安慰阿瑾，她肯定很難受。」

「行，妳去吧！記得再去和姑姑說妳要搬過去和她們一間房。」

阮思穎一愣，看著蘇婉如的背影，又看看竇嬈，無奈的跟著竇嬈去領布料。

另一頭，蔡萱卻替蘇婉如抱不平，「阿瑾，妳忍她幹什麼？把線丟人臉上，實在欺人太甚了！」

要是以前蘇婉如才不會忍，可是現在為這種事起紛爭實在沒必要，「我是沒有劈好線，要是鬧起來還不是我理虧。」

「妳就是好欺負。」蔡萱氣得跺腳，「我們去領線，晚上我教妳。」

蘇婉如笑著點頭，還朝她拱手一揖，「師父在上，請受徒兒一拜。」

「妳呀！」蔡萱拿她沒轍，兩人去了邱姑姑的房裡。

一進門蘇婉如就看到了胡瓊月，她正拿著繃子在穿針引線。

「妳沒去山水館，原來是在這裡呀！」蔡萱看了眼胡瓊月手上的東西，恍然大悟，原來邱姑姑讓胡瓊月修補沈湛昨天拿來的手帕。

胡瓊月掃了她們一眼接著做事，邱姑姑從裡面出來看見她們問道：「妳們怎麼沒去領布？」

「陸繡長讓我們過來跟姑姑領絲線，先練習劈線。」

邱姑姑眉頭蹙了蹙，「是劈得不好嗎？」

「是，說我要多練習。」

蘇婉如不會劈線？胡瓊月簡直不敢相信自己的耳朵，蘇婉如的事別人不知道，她可是一清二楚的。

她們從七歲開始各自跟著師父學刺繡，至今已近八年，蘇婉如怎麼可能不會劈線！

她這是故意藏拙？有什麼用意？胡瓊月審視著蘇婉如。

「那就多練練。」邱姑姑倒無所謂，隨手拿了自己的線給她們。尺有所短，寸有所長，她雖沒有多少的期待，可也知道這幾個丫頭也不是蠢笨的，缺的只是時間。

兩人告辭離開，蔡萱壓著聲音神祕的道：「胡姐姐手裡的那塊帕子是鎮南侯的吧？」

「嗯，整個錦繡坊只有她會湘繡。」

「原來妳早就看出那帕子上是湘繡了？」見蘇婉如點頭，蔡萱便誠心誠意的鼓勵她，「阿瑾，妳有天賦，將來一定能成大師傅的。」

她們都看到了，卻只有蘇婉如一個人看出來，那是湘繡。

蘇婉如笑了笑，眼下看來她還真只有成為大師傅才能進登月塔了。

「我是不行的。」蔡萱嘻嘻笑了起來，忘了剛才的事，「等三年滿了我就回家成親去，我表哥還等著我呢！」

「看妳急的，怕是等不及三年了吧！」

「討厭！」蔡萱臉一紅，腳一跺，「妳再說我不理妳了。」

兩人笑鬧著回房裡劈線。

晚上胡瓊月一臉疲憊的回來，蔡萱湊過去好奇問道：「胡姐姐，妳怎麼會學湘繡？學了多久了？」

「八年。」胡瓊月這話是看著蘇婉如說的，當年她就是想和蘇婉如不同，才選了湘繡師父。如今驗證了，她是對的。

蔡萱哦了一聲，回去繼續劈線。

胡瓊月拿水盆出去，在院子裡碰到了竇嬈和阮思穎，竇嬈問她，「妳今天怎麼沒有過去？生病了嗎？」

「沒有，邱姑姑讓我做點事。」胡瓊月說完和她們擦肩而過。

竇嬈看著她的背影，咬著唇半天沒有說話。

阮思穎奇怪的道：「怎麼她一來就有活做呢？」

「因為她學的是湘繡，整個錦繡坊只有她一個人會。」竇嬈語氣酸酸的進了房裡。

阮思穎後知後覺，朝對門看了一眼，嘟嘟囔囔的跟著進門，「運氣真好，早知道我也學湘繡了。」

練了兩日，蘇婉如和蔡萱拿著線去找邱姑姑。

一院子的繡娘站在院子裡正聽邱姑姑說話，「離明年皇后壽辰滿打滿算只有十一個月，我們錦繡坊少不得要獻上賀禮，段掌事給我們半個月定出稿樣來，再由三娘主針繡製，若得了皇后讚賞，就有機會進宮謝恩。」

邱姑姑話落，底下一陣竊竊私語，連蔡萱都很興奮，「阿瑾，居然還有可能進宮呢！」感覺自己因為錦繡坊的緣故，離那些日月星辰般的貴人近了一步。

「嗯。」蘇婉如淡淡應了一聲，並不如蔡萱那般期待。

邱姑姑已經接著道：「但我們山水館六十人，不可能人人都有機會參與，所以從今日起兩個月內，每組交五件繡品上來，最後定六個人跟著三娘一起完成壽禮，若想出頭就要用心，拿出真本事來。」

「那不是人人都有機會了！」底下的繡娘頓時興高采烈，滿眼的期待。

「都去構思稿樣吧，中秋節那日我會和段掌事還有其他兩位姑姑一起挑選。」邱姑姑說完看著蘇婉如和蔡萱，「劈線練好了？」

蔡萱忙將線遞過去，「好了，請您過目。」

邱姑姑看了一眼，頷首道：「可以了，去找思秋，她會安排妳們做事的。」

蘇婉如和蔡萱應是，兩人都知道，她們初來乍到陸思秋是不會讓她們參加這次評比的，能讓她們打個下手就已經很不錯了。

陸思秋正和高春站在門口，被幾十位繡娘圍著說話，她們無法靠近只得在人群外候著。

高春瞥一眼蘇婉如，與陸思秋低語道：「姐姐，咱們這一組人本來就多，現在又添了兩個來，您怎麼不和姑姑說說。」

高春就是那日罵蘇婉如狐狸精的繡娘。

陸思秋沒好氣的讓圍著她的繡娘先去做事，逕自進了館裡，「妳當我沒說嗎？姑姑根本不為所動，也不知道她們給姑姑塞了什麼好處？」

高春立刻跟上，「若真給了好處，姑姑有心栽培，到時候您的地位豈不是危險了！」

「就憑她們？」陸思秋一臉不屑，她在錦繡坊待了十年才有今天，蘇婉如和蔡萱才來就想動搖她的位置，簡直是痴人說夢，「不過妳說的對，姑姑不知安了什麼心思？」若因侯爺那天的話，邱姑姑對蘇婉如另眼相看呢？

「其實姐姐也無須煩惱，將人趕走就是了。」高春笑得意味深長，「而且這種小事交給我來辦，您不用插手。」

「好，那我等妳的好消息。」

蘇婉如沒有急著上前，而是不動聲色的將兩人的互動看在眼裡，就見高春原地轉了個身，對著她道：「去領布料，把衣服做好了，再說別的事。」

蘇婉如應是，和蔡萱一起又出了門。

高春的視線落在放在窗邊的箱子上，那裡面擺放的都是織造府送來的薄紗底布，異常的珍貴呢！

而蘇婉如與蔡萱取了布料吃過午飯回院子，就有一個八、九歲的小丫頭過來，「蘇姐姐，高姐姐讓妳去一趟館裡，她有事吩咐妳。」

蘇婉如和蔡萱對視一眼，「我去看看。」

「嗯，妳要小心，說不定有什麼么蛾子。」

蘇婉如頷首，去了山水館。

館中，繡娘們都回去午休了，空蕩蕩的一個人影都沒有，她在裡面找了一圈，根本沒有高春的影子，心中已經有數，立刻就趕回住處。

蔡萱聽她說完情形，疑惑的道：「太奇怪了，難道是那個小ㄚ頭找錯人了？」

「或許吧？」蘇婉如看了一眼胡瓊月的床，是空的，難得她沒有回來睡午覺。

「阿瑾，那我先睡覺了啊，這兩天晚上都沒有睡好。」蔡萱打著哈欠，往床上一躺。

「嗯，時間到了我喊妳。」蘇婉如在桌前坐下，暗暗思忖。

她不認為那個小ㄚ頭找錯人，更不可能騙她。若不是那個小ㄚ頭有問題，那問題就出在高春身上，她究竟會耍什麼手段呢？

午休時間一過，高春突然帶著人在山水館中翻箱倒櫃的找東西，很焦急的樣子，動靜大到連邱姑姑都出面關切了。

前面鬧哄哄的，蘇婉如這邊卻是極其的安靜，她與蔡萱已經開始著手裁衣。

突然，房門砰的一聲被人從外面推開，蘇婉如和蔡萱嚇了一跳，吃驚的看著門口。

高春帶著人氣勢洶洶的走進來，邱姑姑則面色冷沉的立在門口問道：「蘇瑾，妳用完午膳之後，就一直待在房裡沒有出去嗎？」

「是，領了布料用完午膳回來後，我就待在房裡沒有出去。」

「那為什麼有人看到妳去了館裡？」邱姑姑走到桌邊，桌子上鋪著的水洗藍布料已經裁剪好了。

蘇婉如看了一眼高春，「因為吃過午膳後，有位妹妹來傳話，說高姐姐有事吩咐我，讓我去館裡找她，我便去了。」

「高春找妳？」邱姑姑轉眸看向高春。

高春露出驚訝的樣子，「我都不認識妳，找妳做什麼？」

「妳撒謊！」蔡萱跳腳了，「我可以作證，真有一個小丫頭來傳話，阿瑾去了館裡可是妳不在，她就回來了。」

「笑話。」高春冷嗤一聲，「是哪個小丫頭傳的話，妳將人找出來，我們可以當面對質。」

「找就找！」蔡萱邁步就要去找人。

蘇婉如卻拉住蔡萱，高春既然敢這麼說，就是已經安排好了，就算她們找到了，那個小丫頭也不會承認的，「姑姑，我中午確實去館裡了，但是說了這麼久，我還不知道究竟出了什麼事？」

「別裝蒜了！」高春睨了蘇婉如一眼，「山水館裡丟了兩匹布，是前兩天織造府送來的琉璃紗，在外面一匹可以賣上二十兩銀子呢！」

「高姐姐這是懷疑我偷了那兩匹琉璃紗？」

「沒錯，中午妳去了館裡，琉璃紗就不見了，不是妳還能有誰？」高春振振有詞。

邱姑姑卻謹慎問道：「蘇瑾，妳可看到那兩匹布了？」

蘇婉如還沒來得及回答，高春就已經搶了話，「姑姑，她都偷了怎麼還會承認，我看直接搜吧！」

邱姑姑脾氣雖好，但做事講究規矩，是絕對無法容忍偷盜之輩，只要有人手腳不乾淨，輕則趕出去，重則是會移交官府的。

高春志在必得的看著蘇婉如，一個初來乍到的小丫頭，收拾她還不跟捏死一隻螞蟻一樣簡單。

「我沒有，不過高姐姐既然要搜，那就搜吧！」

高春立刻帶著人直奔蘇婉如的床，掀了被子鋪蓋，床底放著的一只木箱也被拖出來，她的衣服、鞋襪悉數被翻出來丟在地上，蔡萱及胡瓊月也跟著遭殃，眨眼工夫房裡已是一片狼藉。

蔡萱氣得直抖，門外，竇嬈和阮思穎以及同院的幾位繡娘都圍在門口。

「阿瑾不會偷東西的。」阮思穎焦急的拉著竇嬈，「我們去幫幫她吧！」

「怎麼幫？這是有人看她不順眼了，妳若想繼續待在錦繡坊，就別蹚這渾水。」

阮思穎頓時想到了陸思秋，只能同情的看著蘇婉如。

「怎麼會沒有？」高春裡外都翻遍了，別說琉璃紗，就連一塊碎布頭都沒有看見，她壓著聲音問一起來繡娘，「妳確定放在這間房裡了？」

「是，我就放在中間床底的箱子裡，怎麼就沒有了呢？」繡娘不死心的將空了的箱子倒過來抖了幾下，臉色很難看。

「姑姑，她肯定是將布藏在別的地方了。」電光石火間，高春忽然指著蘇婉如，「說不定被她綁在身上了。」

琉璃紗薄如蟬翼，一層層裹在身上也沒有多顯眼。

邱姑姑也看向蘇婉如，眉頭微蹙。

「姐姐這是要搜身嗎？」蘇婉如毫不畏懼的直視高春反問。

「做賊的最會藏東西了！」高春沒有明說，但意思已經很明顯。

「好，但要是我身上沒有呢？姐姐又當怎麼說？」

不可能，她一直派人盯著蘇婉如的，她根本沒有出過院子，東西一定還在這房裡。如今房裡遍尋不著，那就只能在她身上。

「要是沒有，那就是妳藏在別的地方了。」

「自古以來，捉賊見贓，捉姦見雙，我只想問姐姐一句，妳是如何肯定是我偷的？」

高春被問得一驚，她一口咬定蘇婉如偷東西，可若是查出來，東西不是蘇婉如偷的，那麼她的肯定就大有問題。

「此事我不用和妳解釋。」高春心虛的轉向邱姑姑，「姑姑，就是她偷的。」

邱姑姑這時也起疑了，「蘇瑾說的對，妳如何確定的？」

「我……我方才說了，因為中午只有她一個人進過館裡。」

蘇婉如覺得差不多了，雙手一抬，昂首道：「既然高姐姐如此肯定，那就搜吧！」

就等妳這一句了！高春心中一喜，邁步打算親自動手，可就在這時，門外有人喊道：「姑姑，布料找到了。」

高春伸出的手就停在了半空中。

邱姑姑臉色微變，「進來說。」

門口圍著的人讓路，一個小丫頭垂著頭進來，「姑姑，館後屋簷下晾著兩匹布，就是高姐姐找的那兩匹。」

「什麼!?」高春瞪大了眼睛，「不可能，我中午明明查過的。」

邱姑姑就看看高春，又看看蘇婉如，拂袖道：「走！」話落，率先出了門。

高春不安的看向跟著自己的幾位繡娘，幾個人面面相覷，皆是茫然。她們確定將東西放在蘇婉如的箱子裡了，也確定對方根本沒有出門，到底哪裡出了問題？

高春只能帶著人跟著邱姑姑而去。

阮思穎高興的道：「是她們誤會阿瑾了，阿瑾沒事了。」

竇嬈看著一臉平靜出門的蘇婉如，心頭微怔，她不清楚事情的來龍去脈，可是高春既然敢出面指認，定然是將一切都安排好的，為什麼會突然出現轉折了？

一行人風風火火的去了山水館，陸思秋臉色難看的迎了過來，所有人的目光都落在晾在屋簷下，正隨風飄動的琉璃紗上。

「這究竟是怎麼回事？」邱姑姑回頭看著高春。

「不……不可能，這兩匹布明明就……」高春瞠目結舌。

「明明就什麼？」

面對邱姑姑的逼問，高春只能慌張的去看陸思秋，可陸思秋有口難言，她本想讓人藏起來的，可是當時好幾個人看到了，她無法眾目睽睽之下做手腳。

「是她。」高春知道如今只能自救了，指著蘇婉如，「一定是她覺得行跡敗露，所以暗中將東西送回來了。」

「姐姐又說得這般肯定，那這次是誰看見我出門的？」

「是……」高春語噎。

邱姑姑掌管山水館多年，這等小手段她怎麼可能不知道，事情已經很明顯，是高春故意陷害蘇瑾。

高春知道後果，撲通一聲在邱姑姑面前跪了下來，「姑姑，東西真的是蘇瑾拿的，但是我不知道她是什麼時候送回來的，我沒有冤枉她。」

「夠了！」邱姑姑一臉的失望，「我還沒老糊塗，還有眼睛看。」

「姑姑，我是您帶出來的，我跟了您這麼多年，您知道我的性子的，我根本不可能害人啊！」高春聲淚俱下。

邱姑姑頓時猶豫了，培養一個優秀的繡娘不容易，她實在捨不得就這麼將人趕出去。

「姑姑，真相已經大白，偷竊這名頭我擔不起，還請姑姑為我做主。」蘇婉如也哭了起來。

邱姑姑看了她一眼，又看看眾人，明白今天若不公平處理此事，今後她也無威信可言了，「來人，將高春逐出錦繡坊！妳們都給我記住了，錦繡坊是靠無數繡娘一針一線建立起來的，追求的是極致技藝，講究的是認真踏實，是最乾淨的地方，容不得妳們攪和得烏煙瘴氣！」

高春一臉的驚怔，她沒有想到最後被趕出去的不是蘇婉如，而是她！她求救的看向陸思秋，陸思秋卻垂著頭根本不敢和她對視，她又轉頭去看別人，但這個節骨眼，誰也不敢為她求情。高春心頭一涼，她在錦繡坊九年了，邱姑姑又賞識她，她前途不可限量，但怎麼會這樣？

她轉頭看向蘇婉如，正好對上她挑釁的目光，頓時被激怒了。就是這個女人，一定是她暗中做了手腳，反過來陷害她，「是妳，是妳害我的！」她爬起來，朝著蘇婉如撲過去。

陸思秋卻三兩步上來拉住她，「高春，別胡鬧了！」

事情已然辦砸了，若是再生事，她這個繡長可能都要被責罰的。

邱姑姑臉色極其難看，「將人逐出去！」

「姑姑，我知道錯了，您就饒了我這一次吧！」

邱姑姑不忍再看，「帶走！」

蘇婉如看著被拖出去的高春，一臉的惋惜，還以為她真有膽子打她，沒想到……可惜了。她猜測高春的伎倆，果然在自己箱中發現琉璃紗，高春派人在院門外盯著她，她便換上胡瓊月的衣服，偷偷從後院翻牆出去，將布料掛在了館後的屋簷上，反將高春一軍。

她尚未拿到如月令，誰都別想將她逐出錦繡坊。

而焦振英與劉三娘安靜的在樓上看完整個經過，「三娘，這事妳怎麼看？」

「那丫頭不簡單，她不過才來兩天，就能四兩撥千金將高春逐出，換做妳我都做不到。」

焦振英點了點頭，「不過姑姑向來惜才，高春可是她一手培養起來的，這口氣她能嚥下嗎？」

「能不能讓姑姑嚥下這口氣，就要看那丫頭到底有多聰明了？」她剛才分明看到了蘇瑾挑釁高春了，只是被陸思秋給攔住了，也打斷了她後續的盤算。

「妳想收為己用？」焦振英聽出劉三娘對蘇婉如的欣賞。

「再看看吧！」劉三娘卻語帶保留。

第三章 意圖

蘇婉如回到房裡，胡瓊月正好繞過一地狼藉要出門，蘇婉如忽然一反常態，出氣似的對胡瓊月喝道：「妳見地上髒亂，怎麼不喊人來收拾，指望誰呢？」

自從後宋傾覆，蘇婉如死裡逃生，脾氣收斂了許多，胡瓊月已經很久沒有看到嬌蠻的蘇婉如了，所以她愣了一下，但隨即反應過來，「我還沒問妳，我床上的糟亂是受妳連累的吧？」

「是又怎麼樣？妳見了就應該先收拾。」

「妳憑什麼指揮我做事？」胡瓊月也來了氣，「誰弄的誰收拾！」

「那就這樣留著，誰都不要好過。」

蔡萱看得目瞪口呆，兩人平日不合她是看出來了，可也從來沒這般吵過呀！

「那個……有話好好說嘛！」蔡萱尷尬拉架。

蘇婉如卻看向蔡萱，「去請姑姑來，這個公道，怕是沒人能還我了。」

有這麼嚴重嗎？怎麼就要請姑姑了？蔡萱一頭霧水，但見蘇婉如堅持，也只能去請人了。

邱姑姑還在心疼失去一個優秀的繡娘，本想派陸思秋去處理，可想到是胡瓊月，她還是放了茶盅，決定親自過去，畢竟鎮南侯的帕子還沒修補好，而且胡瓊月的繡技確實不俗，留在錦繡坊將來定有用處，沒想到剛到院子就聽到乒乒乓乓的聲音。

「鬧什麼呢!?」她斥喝一聲進了門，就看到蘇婉如和胡瓊月披頭散髮的站在屋裡，地上茶壺、茶杯碎了一地，桌椅東倒西歪，比她之前離開時更加凌亂了。

「姑姑，她心裡不痛快，就拿我出氣。」胡瓊月很清楚自己的優勢，率先告狀。

邱姑姑便看著蘇婉如問道：「她說的可是真的？」

「是，是我的錯，我心情不好遷怒了胡妹妹，請姑姑責罰。」

沒想到蘇婉如會直接認錯，邱姑姑先是一愣，隨即做出懲處，「既然知道錯了，就去領一捲線到面壁房思過，什麼時候把線都劈成絲，什麼時候再出來。」

說完這話，邱姑姑忽然覺得心情舒服多了。

「是。」蘇婉如沒有任何反抗，乖巧的接受懲罰。

一捲線都劈成絲，熟練的也要劈上三天啊！

「姑姑，這事也不能全怪阿瑾……」

蔡萱想幫忙求情，邱姑姑卻抬手打斷她的話，「蘇瑾既然認錯，就要接受懲罰。況且妳們來錦繡坊是來做繡活，不是來鬥嘴打架的。」說完，帶著胡瓊月走了。

蘇婉準備去面壁房思過，蔡萱跺腳跟在後面，「阿瑾，妳怎麼不替自己辯駁幾句？明明妳才是受害者，姑姑這樣做太不公平了！」

「我確實不該遷怒他人，姑姑讓我去思過也沒錯。」蘇婉如不能解釋，只能安撫，「沒事的，我還可以趁機好好練習劈線呢！」

蔡萱紅著眼睛，到現在都沒有明白過來，事情怎麼變成這樣了？

而一直注意著後續的陸思秋，聽到蘇婉如被懲罰的消息，神色卻依舊陰冷，「哼，這一次是她運氣好，趕走高春的仇，我勢必要討回來。」

相反，蘇婉如心情還不錯，不是她逆來順受，而是她看出來趕走高春，邱姑姑十分捨不得。

不讓邱姑姑發洩心中的那口氣，就會有一個疙瘩一直留在心裡，她想在錦繡坊出頭露角，就不能讓這個疙瘩存在。

所以她挑釁了高春，想和她打一架，然後被邱姑姑罰一頓出出氣，可是高春太笨了，連打架都手生，她正想著辦法，就碰上了聰明的胡瓊月，一點就通。

不過，胡瓊月幫她也是幫自己，因為以後她不管得罪誰，再出什麼事就和胡瓊月沒有半分關係了。

不過蘇婉如看著眼前的繡線，還是忍不住嘆了口氣，「一個人的生活真是大不易啊！」離了父母的庇護，她真的是步步為營，處處艱難。

晚上，蔡萱端了晚飯過來，還帶了艾香。

蘇婉如見了就高興道：「妳這個東西太及時了，我腿上都被蚊子咬了好幾口了。」

「活該！誰讓妳這麼好欺負，姑姑罰妳，妳就認。」

「是是是，我活該，我就是個又慫又軟的包子。」

「算了，等我出頭了，一定替妳出了今天這口惡氣。」

「好，小女子今後就靠蔡女俠保護了。」蘇婉如一邊說笑，一邊快速的將飯吃完，然後將空碗遞還給蔡萱，「妳快回去吧，這裡蚊子太多了。」

「嗯，妳自己也小心點。」

「知道了。」待蔡萱離開，蘇婉如繼續劈線，動作如行雲流水一般，做得又快又穩，她學蘇繡可不止八年，連同前世加起來，資歷都遠超邱姑姑了。

夜，靜悄悄的，不知從哪裡傳來的狗吠聲一陣陣的響著，待三更的鼓響起時，她已經劈了一小半，身後的門忽然被人推開，她一愣回頭，「萱兒，妳怎麼……」

話沒有說完，就看到門口站著兩個黑衣人，雖蒙著面可難掩一身的殺氣。

看清來人，她立刻反應過來，拂滅桌上的燈，屋子裡一下子暗下來，抓了凳子就丟過去，大聲喊道：「救命啊！」

不管對方是誰，半夜到訪絕不會是好事，而且這世上她認識的人都死了，除了鬼不會有人半夜來找她。

兩個黑衣人愣了一下，很驚訝蘇婉如的反應，雙雙避開凳子，兩人身如閃電，迅速上前，捂嘴，劈手。

蘇婉如頭昏腦脹，卻還是拔了髮簪，朝捂著她嘴巴的人心口猛然一扎，那人悶哼一聲，她也被劈暈了過去。

蘇婉如醒來時在一間書房，簡潔的不像書房的書房。

四面的書，當中一張桌子，桌子上只有一盞燈，燈光下，有個男人。

他穿著一件墨色鑲金線的華貴錦袍，靠在椅子上，一雙大長腿架在桌子上，他側顏很好看，高挺的鼻子，長長的睫毛濃密纖長遮住眼睛深邃幽暗，下巴的弧度堅毅冷硬，周身散發著一股莫名的壓迫感。

「蘇……」男人含笑看著她，語調歡喜。

只是不等他說完，蘇婉如已經驚得從軟榻上站起來，脫口喊道：「鎮南侯！」

暈倒的那一瞬她想過很多可能，卻獨獨沒有想到，抓她來的人是沈湛。

他為什麼抓她？那天不是比對畫像了嗎？難道他憑著那張奇醜無比的畫像認出她來了？

她好不容易從平江府逃出來，卻還是要死在陰溝裡？

蘇婉如三個字在口中轉了一圈，沈湛的臉色陰沉下來，磨牙道：「妳喊我什麼？」

她有些害怕，後退了一步，躬身行禮，「民女叩見侯爺，不知侯爺深夜請民女來有何吩咐。」

她一退，他們之間的距離足有七、八尺的，他倏地一下站起來，卻是三步就到了她面前，逼視著她，「妳喊我侯爺？」

蘇婉如接著退，試探的道：「那喊什麼？」

不喊你侯爺，難道喊你祖宗？蘇婉如不知道他什麼意思。

「喊什麼？」沈湛更怒，掐住了她的脖子，「喊祖宗！」

那天在錦繡坊，她就沒有認出他來，他以為她是害怕所以裝作不認識。可是現在四下無人，她居然一口一個侯爺的喊她！這個蠢女人，居然不記得他！

蘇婉如喘不過起來，可又弄不懂這人在說什麼，他們不認識，尊稱他爵位不是很正常嗎？她驚懼不已，氣息不穩的道：「侯爺什麼意思？民女不懂。」

發白的唇瓣輕顫，一張小臉憋得通紅，上挑著眼尾的雙眸染上了一層霧氣，水汪汪的看著他，像是要溺死誰似的。

莫名的，他心頭一縮，手中的力道恨得加重，「還真是不懂！」

他滿臉的殺氣，讓蘇婉如心頭絕望，不管什麼原因，她恐怕是不能活著離開了。死就死，拉著他一起！蘇婉如快速拔下銀簪卯足了勁朝沈湛扎去，同歸於盡吧！

沈湛卻不慌不忙，輕而易舉的擒住她的手，一捏，骨裂般的痛讓她受不住，簪子從手中脫落，「就這點能耐還想殺我？想我死在妳手裡，妳恐怕需換個方式。牡丹花下死，做鬼也風流，聽說過吧？」

無恥！蘇婉如大怒，眼淚已忍不住的奪眶而出，「羞辱我有意思嗎？要殺要剮還請乾脆一點。」

「嘴比腦子好使。」沈湛抬手給她擦眼淚，壓著怒氣道：「沒用的東西。」

他手常年握刀，指尖有繭磨得她臉生疼，她躲不開只能生忍著，「我有用無用都和你沒關係，侯爺堂堂男人不做，非要做宵小，果然上不得檯面。」反正要死，她豁出去了。

「妳想激我殺了妳！」沈湛冷哼一聲，鬆手將她丟了出去，「爺改主意了。」

蘇婉如跌坐在地，喘著氣抬頭看他，憤怒的道：「我的身分就算要死，那也該是趙之昂親自審問，羽林衛動手，就憑你區區一個鎮南侯，還不夠資格殺我。」

「妳什麼身分？爺怎麼不知道？」

「侯爺何必裝傻？你為何抓我，你自己不知道？」

「一個小繡娘還嘚瑟了。」沈湛重新坐回去，張狂中透著冷冽和沉穩，「不過爺喜歡，從今天起妳就是爺的人了，高興吧？」

他不知道她的身分？蘇婉如不敢置信的看著他，他眼中的戲謔毫不掩飾。

他在羞辱她，蘇婉如心頭更怒，「這話和你的人一樣粗俗，沒有半點值得人高興之處。」

「沒錯，爺就是個粗人。」沈湛看著她，不是簡單的打量，而是極具侵略性的，像是要將她剝光了一樣，「高不高興隨妳，爺高興就成。妳要是不老實，爺就把妳就地辦了。」

莫名的，蘇婉如相信他絕非隨口威脅，而是真的會這麼做。現在隱隱覺得，這人或許抓她來真的和她身分無關，因為這人就是個神經病。

她下意識的捂住了衣領，又覺得這樣顯得勢弱，便鬆了譏誚道：「這麼說，侯爺僅僅是因為我貌美而抓我來這裡？」

「要點臉吧！」沈湛嘲諷，「自己說自己貌美，妳瞧瞧妳這瘦乾巴樣，除了臉，妳還有哪裡像女人？」

她只是一時順口而言，被他這麼一堵她頓時沒了話，不由想起那天在錦繡坊，他直白的說她生得好，如果真如他所言，他抓她來只是因為這樣？可她沒有半點欣喜，只覺得受辱。

心裡想著，她又抬頭打量沈湛，想起他的出身，聽說他娘是在一間破廟裡將他生下來，一直到他十五歲從軍，母子二人都過得顛沛流離，他混跡市井，無惡不作。

因為名氣太響，趙之昂看中他，請了先生教他識字，幾年後他投身戰場，用驚天將才震驚天下。

沈湛是趙之昂的驚喜，更是後宋厄運的開始，誰也想不到，這樣一個毫無來歷，連字都不識幾個的粗鄙之人，居然改變了天下的格局。

殺親之仇，亡國之恨，她恨不得與他玉石俱焚，但想到蘇季，她再沒有勇氣上去一搏。

「會什麼？」

「民女不懂侯爺的意思。」她站起來拍了拍裙上的灰塵。

「豬腦子嗎？」他不耐煩的目光掃過她，落在她小巧的耳垂上，細膩圓潤，他下意識的舔了舔乾燥的唇，「唱曲跳舞，暖床疊被。」

蘇婉如皺眉，他說的這些當然不是附庸風雅，分明就是侍人的技藝。

「恐怕要讓侯爺失望了，這些，民女都不會。」

「這也不會，那也不會，妳怎麼做爺的女人。」他拍桌而起，再次逼近，「脫衣服呢，會不會？」

蘇婉如氣得咬牙，「我不會，什麼都不會，你滾開！」

沈湛一把將她抱在懷裡，她軟軟的身子就貼著他胸口，淡淡梔子香毫無徵兆的鑽進他鼻子裡，他目光一暗，「妳不會脫，爺會！」

他肩寬手長個子又高，她在他懷中就和個七、八歲孩童沒兩樣，根本掙脫不了。

活了兩輩子，沒受過這樣的屈辱，可偏偏束手無策，「你堂堂侯爺欺負一個手無寸鐵的姑娘，傳出去就不怕天下人恥笑？」

「我怕個……」他嗤了後面的粗話，捏著她白生生的臉蛋，「誰要笑就笑，爺高興就行了。」

他這種流氓兵匪，話說出來就真的會做，也不會去管後果如何。更何況，她現在的身分就算傳出去，也不會對他有半點影響，她忽然洩氣了，「要是辦了我侯爺能放我走，那就自便吧！」

就當被狗咬了一口，總有一天，她會將他閹了。

「就這麼迫不及待的想走，連自尊都不要了，爺就這麼讓妳討厭？」

蘇婉如想也不想的回道：「比你想像的還要討厭。」

「白眼狼。」沈湛加大手勁，「總有一天，讓妳求著爺要妳。」

蘇婉如又疼又羞又怒，使勁的掙扎打著他，「你這個無恥之徒，我就是死也不會求你！」

她嬌俏的面容含怒似嗔，溫熱的氣息噴在臉頰，沈湛有些忍不住了，大吼一聲，「不要動！妳再鬧騰，爺就辦了妳！」

蘇婉如嚇了一跳，停下來看他，眼中盈著淚水，欲落不落。

沈湛拿她沒轍，就不該留著她給自己添堵，瞪了她一眼，鬆手轉身往外走了。

蘇婉如滑坐在地，其實她已經沒有力氣了，方才她真的害怕他會……難道要待在這裡成為他的禁臠？

不，那樣的話，她會選擇一死了之。

「奴婢青柳，叩見姑娘。」一道女聲驀地響起。

蘇婉如徐徐抬起頭來，就看到門口站著一位靚麗的青衣少女，正含笑看著她。

青柳心中充滿疑惑，她不知道蘇婉如是何身分？侯爺為什麼一反常態的帶她回來？

侯府後院雖已有好幾位妾室，可都是各有各的來路，侯爺親自帶回來的，她還是頭一個，便不敢小覷，垂首恭敬道：「侯爺說今晚先教姑娘唱曲，不知姑娘可會一些曲子？」

他居然找人來教她唱曲！真當她是青樓裡賣唱的嗎？今天教曲子，明天是不是就要教跳舞了？

蘇婉如咬著後槽牙道：「不會。」

「不會也沒事，姑娘先隨奴婢去梳洗，明日一早奴婢再教您。」

蘇婉如坐著沒動，青柳就過來扶著她，說是扶，可是青柳的力氣很大，用的勁也巧，蘇婉如很輕易的就被她拉起來出了門，「姑娘今晚就先住正院後的罩院，明日再帶您看幾處空置的院子，您可以自己決定住處。」

蘇婉如沒說話，也不想說話，她只想離開這裡，離得越遠越好。

走了約一盞茶的時間，就看到一處燈火明亮的大院子，人影穿梭其中。

「這裡就是侯爺住的正院，姑娘所住的罩院，和侯爺離得很近。」

青柳的聲音並無情緒，可聽在蘇婉如耳中卻很是刺耳，羞怒的紅了臉，不明不白的被人擄來，然後就這麼不清不楚的住下來，連妾室都不能算，只能充當玩物的角色。

蘇婉如在院門口停下來，「侯爺呢？」

「在後園子練劍。」青柳見她不走也不強求，「姑娘先梳洗，侯爺一會兒就回來了。」

青柳說得太曖昧，蘇婉如忍了又忍，「帶我去見他。」

「啊！」青柳一怔，打量著蘇婉如，沒想到她會如此迫不及待，「姑娘還是先洗洗吧，侯爺他……」

蘇婉如臉色一沉，「帶我去見他。」她千方百計的活下來，不是為了給人做妾的。

「姑娘，侯爺練功的時候，不喜歡別人打擾。」

「那我就在這裡等他。」蘇婉如站在門口，攏著雙手，腰桿筆直，她不是刻意如此，而是這幾年的上位者生活，養成了她這般儀態。

青柳為難，卻不敢再勸，總覺得眼前的小姑娘會爆發出無窮的力量。

夜涼如水，明明蘇婉如能感覺到一院子的人，可偏偏一點聲音都沒有，靜得讓人窒息。

不知過了多久，有腳步聲傳來，她朝前面看去，就看到沈湛提著劍走過來。

大概是練劍的緣故，他只穿著一條墨黑的長褲，上身赤裸著，古銅色肌膚，胸膛寬厚健壯，兩條臂膀剛勁挺拔，腹部肌肉不似前世那些刻意健身練出來的刻板生硬，他的很自然，透著張狂的男性力量。

隨著人走近了看得越發的清晰，他肩頭和胸前有數道刀疤，縱橫交錯著，像利齒般張牙舞爪的趴在他胸口，昭示他的身分和經歷，強勢、霸道，還有一股難言的壓迫感，讓人呼吸不穩，不由自主的心跳加快。

他停在她面前，發現她在打量自己，胸前的肌肉就動了動，一副彰顯魅力的樣子，勾著嘴角道：「好看吧！」

客觀的說確實很好看，無論是身形還是容貌，可這和她沒關係，對於她來說此人就是個神經病，她恨不得拼個魚死網破，「我要回錦繡坊。」

沈湛不悅了，「妳當我說話是……一陣風？」

他似乎想說髒話，可又顧忌了什麼，換了個詞。

「那你殺了我吧！」蘇婉如昂著頭，毫無商量餘地，「我寧願死。」

他蹙眉掃了一眼青柳，青柳連忙跪下，「奴婢請姑娘過來，她不肯進去說要在這裡等侯爺，所以……」

「滾！」簡單的一個字，毫無耐心。

青柳臉色煞白，忙起身應是，垂著頭快步走了。

沈湛看了蘇婉如一眼，「跟爺進來。」話音未落，逕自往院子裡走。

蘇婉如卻站著沒動。

他走了幾步停下，轉頭看著她，「妳確定要站在院子裡說話？」

周圍都是下人，蘇婉如遲疑了一下，跟著他進了暖閣，他隨手斟茶喝著，背對著她。

厚實的肩膀如銅牆鐵壁，她掃了一眼，眼睛不知往哪裡放。這個男人不但喜怒無常，還粗俗愛現。

「妳就這麼喜歡錦繡坊？」放了茶盅，他轉過來隨手抓了件裡衣穿上，卻未將繫繩綁上，寬厚有力的胸膛仍若隱若現，「爺這裡配不上妳？」

大概是他戰神威名太響，又或是氣勢太過駭人，反而沒有人關注他的容貌。如今這般看，他生得極其好看，五官立體深邃，堅毅卻不冷硬，很有男子氣概。

不過短暫的相處後，她已經極其厭惡這個人，連多一眼都不想，撇過頭去。

「還真是不掩飾。」沈湛說著半靠在炕頭，「幫爺捶捶腿，等爺高興了就讓妳回去。」

蘇婉如抬眸看向桌上擺著的劍，劍鋒凌厲泛著寒光……若此刻提劍殺他，不知能有幾分把握？

「那劍淨重十二斤，妳確定能提得動？」沈湛閒閒的開口，滿腔的譏諷。

蘇婉如一愣，被人看透心思後便有些窘迫，握著拳忍耐著。

「剛才同意我辦了妳怎麼不要自尊，現在驕傲有用？有命在才有自尊和面子，妳連命都保不住，還在這裡撐著，看來妳長著個腦袋只是為了顯高的。」

「你說的沒錯。」她抬腳走過去坐在炕邊握著小小的拳頭，「我給你捶了腿，你便會放我回去，此話可當真？」

沈湛見她咬著唇滿臉的倔強，細白拳頭攥著，忍耐著所受的屈辱，戲謔一笑，「妳沒有選擇！」

蘇婉如咬著牙，拳頭落在他腿上，恨不得把他的腿給敲斷才好。

沒什麼節奏的敲著，外面五更的鼓聲響起，沈湛闔著眼睛，聲音是前所未有的平和，「留在爺的身邊，不如錦繡坊好？」

「是。」蘇婉如答得很乾脆，因為錦繡坊沒有他這個神經病，自大狂。

沈湛猛然睜開眼睛，毫無徵兆的動了怒，一腳將她拂開，「滾！」說完，負氣背過身不再看她。

蘇婉如跌倒在地，尾骨猶如斷裂一般，她疼出一身冷汗，心裡卻是鬆了口氣。

閔望推門進來，餘光飛快的看了一眼蘇婉如，躬身道：「姑娘，請。」

蘇婉如生怕沈湛反悔，忍著痛迅速起來跑了出去。

「小白眼狼！」沈湛倏地一下坐起來，一拳砸在炕上，砰的一聲，驚得門外的侍女張望了一下又縮了回去。

過了好一會兒，沈湛起身出門，一位穿著桃紅紗衣的女子纖腰扭擺的近前，盈盈一拜，「侯爺，天色還早您這是要出門嗎。」

沈湛面無表情的看著她。

「侯爺還沒用早膳吧？妾身剛熬了粥，還蒸了一籠侯爺最愛吃的饅頭，侯爺將就吃些再出門，免得餓著傷了身子。」女子說著，伸手攀上沈湛的手臂，寬寬的袖子滑落，一截白生生的藕臂上有著顯目的紅色。

女子身邊的婢女適時的道：「小姐您的燙傷沒事吧？」說著，又眼巴巴的看著沈湛，「侯爺，我家小姐半夜起來給侯爺熬粥蒸饅頭，還請侯爺賞臉吃上一口，這樣我家小姐也不算白受傷了。」

蘇婉如不稀罕他，不記得他，這世上有的是女人投懷送抱，巴不得他憐愛，心裡冷哼一聲，沈湛看著女子手腕上的燙傷。

女子眼睛一亮，忙道：「能伺候侯爺妾身心裡高興，莫說燙傷，就算是要妾身的命，妾身也死而無憾。」

她由江寧侯送來都快半個月了，沈湛也沒有碰她一下。不單是她，後院裡四個各有來路的女人都和她一樣，這一個多月連他的面也沒有見過幾回，更莫說得他憐愛了。

可他到底年輕氣盛，哪能禁慾一個月，只要他鬆口，她就能讓他難忘，將來……想到這裡，女子的一雙眼睛秋波蕩漾，滿是深情。

沈湛唇角微勾，得意在臉上劃過，隨即又變成了惱。別的女子投懷送抱，見他滿眼深情，就那個白眼狼，偏偏當他是洪水猛獸，怒道：「廢話真多，想死就趕緊死去。」說完，一腳踹開主僕，「盧成，別髒了老子的院子。」

「是。」盧成自暗處現身。

沈湛大步走遠。

女子驚得臉色蒼白，撲通跪在地上，半天沒回神過來。

盧成輕蔑的看著女子，侯爺向來對女人沒耐性，她居然敢攔在路上，不是找死是什麼？

另一頭，蘇婉如回到面壁房關好門，在窗口立到日升時，才覺得恢復了一點生氣，慢慢回暖。

直到此刻，她都沒有弄清楚沈湛的意思。真的是因為看中她，所以才抓她？還是知道她的身分，故意羞辱她？

「神經病，大變態。」蘇婉如坐下來，喝了一杯冷茶心裡才安穩一些，「要想辦法避開他才行。」

她暫時離不開錦繡坊，若想避開就只有沈湛離開，可是干涉沈湛的行動根本不可能。怎麼辦？她頭疼欲裂，可又無計可施。

線劈得極快，她本就技能嫻熟，之前只是為了藏拙，一日未停到下午時分，她的線已經劈了大半，「再熬一夜就行了。」等離開這裡，他再想抓她走，就不如現在容易了。

朱公公不敢得罪沈湛，可司公公到底是聖上跟前的紅人，沈湛想插手錦繡坊，怎麼也要顧忌一下。

「阿瑾。」蔡萱推門進來，手裡端著晚飯，看到一筐的成品，高興的道：「妳做得很快啊！歇會兒我幫妳做點，明天妳就能出去了。」

蘇婉如一夜未睡，今天又枯坐了一天實在累得厲害，揉著手道：「今天館裡沒什麼事吧？陸繡長有沒有為難妳？」

「她根本就不理我，恐怕以後咱們在山水館裡日子不好過了。」

蘇婉如握著她的手，歉疚的道：「是我連累妳了。」都怪沈湛，若非他，陸思秋也不會看她不順眼，高春就不會無事生非。

「這事不怪妳，是她們先生事的。總有辦法出頭的，就算不能出頭，咱們把這幾年混過去就是了。」

蘇婉如沒再多說，兩人一起吃了晚飯，有蔡萱幫著，亥時初線便劈得差不多了，蘇婉如不忍心讓蔡萱在這裡被蚊子咬，催著她道：「妳快回去休息，明日一早我再做一點，中午就能出去了。」

蔡萱打了個哈欠，實在困頓的撐不住，「那我先回去，明天早上我來給妳送飯，再幫妳做一點，妳也早點休息。」

蘇婉如頷首，送蔡萱出門，將門關好，不放心的拖了桌子過來抵著門，趴在桌子上膽顫心驚的過了一夜。

還好，沈湛的人沒有再出現，直到天亮她才鬆了口氣，只是沒想到第二日竟是胡瓊月送來早膳。

「看到妳這麼落魄，我真是高興。」

蘇婉如看也不看她，繼續劈線，「別在我眼前晃，讓我想到妳前日發抖時的窩囊樣。」

「忘恩負義，昨天要不是我，妳能全身而退？」

蘇婉如手上未停，譏誚道：「讓我記恩，要不要我昭告天下。」

「妳！」在外人面前，她們現在是動過手的仇人，她很高興這樣的結局，胡瓊月蹭的一下站起來，「蘇婉如，眼下我們身分一樣，妳在我面前擺不起公主的譜。妳且等著，終有一日我會讓妳見著我，老老實實的磕頭問安。」

「去吧，我且等著那一日。」

胡瓊月哼了一聲，想起過來的目的，「妳來錦繡坊，真的只是無可奈何的選擇？」

她沒忘記初來時那夜，她一個人出去的事情。若只是為了活命，蘇婉如的忍耐似乎也太過了。以前要日日鮮花、牛奶泡澡的嬌氣公主，如今被蚊子咬了一腿包，還只能趴在桌子上睡覺，非但沒有忍無可忍，還一副甘之如飴的樣子，這簡直不可能。

「不然呢？」蘇婉如不耐煩的擺了擺手，「活著就不錯了，有什麼資格挑剔。」

不會，一個人的性子不可能輕易改變，蘇婉如會忍，難道是錦繡坊裡有什麼？她在錦繡坊根本不是為了活命，而是另有目的？

見什麼都問不出，胡瓊月也不耽誤，拂袖出了門。

中午，蘇婉如劈好所有的線離開面壁房，打算先回去洗漱換了衣服再找邱姑姑。路上，繡娘們嘰嘰喳喳的說著話去上工，可一碰到她便收了笑容，迅速的跑開，好像見了鬼似的。

「阿瑾。」蔡萱遠遠的跑了過來，「妳熬了兩夜，先回去歇會兒，我去和姑姑說一聲，讓妳今天休息一天。」

蘇婉如搖頭，「我沒事，一會兒我再和妳說，我先回去洗漱。」

「阿瑾。」蔡萱卻拉住她，「有件事我說了妳千萬別生氣。」

蘇婉如停下來看著她，「什麼事，妳說。」

「今天早上，姑姑說妳和胡姐姐相處得不好，怕再起爭執，所以……讓妳以後單獨一個人住一個院子。」

蘇婉如驚了，什麼叫她們相處不好，讓她一個人住一個院子？就算是陸思秋，也是和其他人一起合住一個院子，她一個新來的繡娘，就有這樣的待遇？難道是沈湛？

「阿瑾，那個院子雖偏，可是收拾得很乾淨，妳放心，我會常常去陪妳住的。」

蘇婉如覺得這其中肯定還有別的原因，「我去找姑姑解釋一下。」

「好，我陪妳一起去。」

兩人到了邱姑姑的住處，邱姑姑正好關了房門走出來，見著蘇婉如她微微一頓，才道：「記得以後別再鬧事，妳今兒不用去館裡，好好休息一天吧！」

對於蘇婉如，邱姑姑心裡到底有些愧疚，所以說話的語氣也很柔和。

「是，謝謝姑姑。」蘇婉如行了禮，「我聽萱兒說，以後我一個人住？」

邱姑姑頷首，解釋道：「妳和瓊月鬧的事掌事也知道了，她說為避免以後再出現紛爭，就將妳換出來了。本是要換間房，可是別處都住滿了，所以妳暫時一個人住一個院子，等以後新來了繡娘再安排。」

難道是她多想了，這件事只是巧合？蘇婉如試探道：「姑姑，我那天只是心情不好，以後不會和瓊月拌嘴了。」

「錦繡坊雖大，可到底人多，多少人想獨住都不行，妳這運氣別人求都求不來呢！」

蘇婉如知道她再說也是枉然，行了禮，「謝謝姑姑，那我回去休息了。」

「去吧！」邱姑姑拍了拍她的手，「妳這孩子乖巧，又有底子，好好學將來定然有出息。」

蘇婉如笑著應是。

新的院子和那邊的格局一樣，邱姑姑給她安排了一個留頭的小丫頭，黑黑瘦瘦的做事卻很麻利。

雀兒給她鋪好床，「姐姐，妳先睡會兒，等到了吃飯時間我喊妳起來。」

蘇婉如看著自己帶來的東西整整齊齊的擺在床尾，笑問，「雀兒，妳來錦繡坊幾年了？」

「半年，我就是應天人，晚上我回家住的，因為我家就我娘一個人，她眼睛看不見，我不得不回去。」

「有家人在，可真是幸福的事。等哪日閒了，妳帶我出去走走看看吧，我才來，連坊裡都沒逛過。」

雀兒笑著應是退下了。

蘇婉如補了覺，下午醒來就換了衣服去館裡。蔡萓說陸思秋已經選定了五個繡娘，她沒辦法參加，可不能乾等著。

一進館裡就看到七、八個人坐在繡架的不同方向，討論著各自定什麼繡樣。

陸思秋親自上陣佔了一個名額，正坐在桌邊畫稿樣。

「阿瑾，妳怎麼來了。」坐在一邊發呆的蔡萓迎過來，小聲的道：「她們差不多定稿了，不過繡長沒給我們派活，只讓我劈線打下手。」

蘇婉如頷首，「我去和繡長打個招呼，再來和妳說話。」她說著走過去，「繡長，我回來了。」

陸思秋抬頭看她一眼，眼底有譏誚，不冷不熱的嗯了一聲。她一看到蘇婉如就想到高春，山水館裡的繡娘，就屬高春最有眼力，她們也素來配合得最好。現在高春走了，無異於斷了她的一臂，她怎麼能不恨。

蔡萱氣不過陸思秋的態度，「繡長，我和阿瑾接下來做什麼？」

陸思秋猛然抬頭，隨即目光一轉，壓了怒道：「妳們既怕閒著，就幫大家劈線打下手，我這會兒正忙著，等閒了再說。」

這態度，蔡萱氣紅了眼，「阿瑾，我們走。」拖著蘇婉如出來就哭了，「我們去找姑姑，我們不在山水館了，錦繡坊這麼大，總有讓我們待的地方。」

「這種事，找了姑姑只會讓她覺得我們事多，也不會為我們出頭。」

她們和陸思秋相比，邱姑姑是會毫無理由的偏袒陸思秋。

「那怎麼辦？」蔡萱覺得自己剛才有點衝動了，「我是不是做錯了？」

「妳沒做錯，她瞧不上我們，就算我們跪著求她，她也還是瞧不上。」蘇婉如蹙眉想了想，抬頭朝樓上看了一眼，「先別急，等下工了再說這件事。」

「好。」蔡萱覺得蘇婉如這麼說，一定是她想到辦法了，就立刻拋開了憂慮，「阿瑾，妳想不想上街去看看？」

她們來應天好幾天了，都沒有出去過。

「能出去？」蘇婉如失笑。

蔡萱頓時洩了氣，搖著頭，「好像不能。」

錦繡坊的繡娘休息是有安排調度的，若是要出門，也要和繡長還有管事姑姑報一聲，至少兩個人以上結伴出去，還不得超過兩個時辰。

「衣服做好了吧？先帶我去看看。」

「好了好了，放我床頭了，妳和我來。」

兩人去了先前住的院子，出乎意料的，在門口碰見了胡瓊月，三個人面無表情的擦肩而過，就像是不認識一般。

「聽說邱姑姑要單獨給她安排活，她以後就跟著邱姑姑了。」蔡萱有些羨慕，「我們五個人，就她運氣最好了。」她們兩個現在連繡架都沒碰著。

蘇婉如笑笑，兩人在房裡試了衣服，又說了許久的話，前院傳來下工的鼓聲，不一會兒就聽到繡娘們嘰嘰喳喳的說笑聲。

「我出去一下。」蘇婉如起身，「妳等我消息。」

蔡萱知道，蘇婉如是想辦法去了，至於什麼辦法，她是想不到的。

第四章 顯露

「姑娘似乎有些懷疑，爺，這事辦得是不是不地道？」

盧成是從軍後才認識沈湛的，那次他在伙房被曹恩清那狗東西的親兵欺負，正好沈湛路過，那時候的沈湛也是剛從軍不久，看到他被人摁在地上逼著舔鞋面就停了下來。

那是他第一次看見一個市井混混的魄力，十幾個人硬生生被他毫無章法的摺倒了，而那個摁著他舔鞋的人，更是被他擰了頭，軟趴趴的躺在地上。

他吃驚佩服之外，衍生出害怕來，沈湛卻是睨著他道：「人是老子殺的，你怕個屁。」

沈湛一戰成名，一步步走到今天。

從那天起他就跟著沈湛，沒有神助，因為沈湛就是神！

他們彼此間雖是上下屬，可感情卻如同兄弟，尤其是沈湛對自己親近信任的人，向來沒有架子。

這話，他能問，閔望也能問。

「不地道的事你辦得少了？」沈湛哼了一聲，「我們這是為了她好。」

盧成又想到有一回他們斷了軍糧，躺在結冰的地上望著天，他餓得兩眼昏花，「爺，要是能活下去，您最想做什麼？」

「娶媳婦！」沈湛低沉的笑了，「生一堆大胖小子。」

他也跟著笑，想著一個漂亮媳婦後面跟著七、八個兒子的場景，實在是勾得人不想死，

「爺，那您有喜歡的姑娘嗎？等咱們打勝了，我們幫您娶。」

「娶個屁，老子配不上她。」沈湛咕噥一句，卻又忽然翻身起來，惡狠狠的道：「走，爺帶你吃飯去，老子發誓，非得把她娶到手。」

那一天，他們割了人肉吃，可終於活下來了。

「把我這摺子送回京去，再讓周先生挑個賀禮送去給太子。」沈湛揉著手指，寫了半天的字累得慌，「你告訴他，側妃也是妃，大婚是喜事，雖不能大赦天下，也斷不能殺生，他聽得懂老子的話。」

太子又娶側妃了，只是他實在想不通，那麼醜的女人，也虧得他一個兩個的娶。

「是。」盧成拿著摺子出去。

與此同時，在錦繡坊裡，焦振英正打量著站在她面前的少女，容貌精緻，眼眸清亮，盈盈立著，儀態大方得體。聽說她出身貧寒，可是周身的氣質卻矜貴的很，怎麼看都不像生在普通之家的女子。

「妳想跟著我？」

「是。」蘇婉如點頭，「我和高姐姐的矛盾不知您可聽說了，事出突然，我一個新人措手不及。可到底事情已經發生了，陸繡長對我心存芥蒂，我想我若再留在那邊，難免會讓陸繡長心情不悅。」

焦振英和劉三娘走得近，她想先觀察劉三娘為人，再做打算，進登月塔的事已經急不得了。

焦振英有些詫異，只因為蘇婉如這番話，裡裡外外不但沒有推脫責任，還為陸思秋鋪好了臺階。就好像高春的事，只是一個誤會罷了，陸思秋刁難新人也是事出有因。

這個小姑娘是真的大度不計較，還是心思深沉？焦振英吃不準，但是聰明是肯定。

那天，她剛和劉三娘說邱姑姑心裡有怨，遲早要發在蘇婉如身上，後面就聽說蘇婉如和胡瓊月打架，被罰去面壁了。

邱姑姑的一口怨氣不但出了，還對她生了愧疚。如今她遇到陸思秋的刁難，並沒有冒失的去找邱姑姑出頭，而是來找她。這一連串的事，不但做得細緻，想得也周全。

焦振英暗暗點頭，「所以妳來找我，想讓我出面和邱姑姑要妳過來？」

蘇婉如頷首，「是。」

來求她，態度還這麼不卑不亢，焦振英覺得很有意思，她在錦繡坊十來年，還是第一次遇到這麼有底氣的新人，「妳憑什麼認為我會幫著妳求姑姑？妳一個新人，要妳過來我有什麼好處？說不定，我還得分神教妳，豈不是給我自己找事。」

蘇婉如來找焦振英而非劉三娘是有理由的，在山水館裡，劉三娘居首，其次就是陸思秋，而焦振英似乎最是默默無聞，可若她真是默默無聞，又怎麼可能出頭做上繡長。

山水館裡繡活好，資歷深的繡娘，比比皆是，焦振英一定有過人之處。

「我有。」蘇婉如上前幾步，看著焦振英的繡架上才描的底稿，「我會描底稿。」

焦振英噗嗤一聲笑了，「描底稿，誰又不會呢？」

「不比較，便沒有高低之分。繡長若願意給我機會，我自當讓您滿意。」

一幅繡品，最先定稿，再請畫師畫稿樣，其次描在底布上，最後上繡架，所以稿樣重要，可是描稿樣也同樣重要。

沒有電腦噴墨的年代，指尖上的優劣就區分的格外明顯。

「好。」焦振英取了一幅《翠鳥》圖來，鳥點在水面，水紋漣漪，畫面色彩豔麗，羽毛的紋路更是根根分明立體，這很考驗畫師的手藝。

蘇婉如坐在桌前，取了炭筆，不疾不徐的開始在底布上臨描。

布和紙不同，描畫難，想要描得好就更難。

焦振英看著她，不由自主想到沈湛的話，這樣的女子，柔順中透著倔強，青澀卻又不失嫵媚，就算是她看著也忍不住生出一份憐惜之心，只想好好護著。唉，尋常女子生了這樣的顏色，其實倒不是好事，平白惹人嫉妒。

蘇婉如的筆尖功夫，就是這一世教她的師父都不如的，以前她師父還打趣她，將來就算她不做繡娘，做個畫師也能揚名立足了。

她描得很細，但是卻很快，不過半個時辰就成了。明豔的畫像是拓印一般浮現在底布上，一絲絲的羽毛，一圈圈的波紋，極其的鮮明細緻，焦振英看著心頭大震，這筆工比繡坊的畫師還要好。

「不錯。」焦振英壓著驚訝，「妳不做畫師可惜了。」

「謝謝繡長誇獎，只是畫師雖重要，可到底不如繡娘有成就感，最終成品出來，別人記得的也只是繡娘，而非畫師。」

她居然毫不掩飾的道出自己的虛榮心，不可否認，焦振英對她的印象又好了一些，「妳說的不錯，一幅繡品，別人記住的只有繡娘。不過妳也提醒了我，妳畫得雖好，可卻是連線都劈不好，我這裡可不養閒人。」

「這畫工，沒有十年是畫不出的。那十年，我不只是學畫而已。」

焦振英又是一怔，這麼說，她當初不會劈線是假，掩藏實力才是真，是因為才來不敢出頭的緣故？

「妳既這麼說，那我就等著看妳的實力。」

這是答應了，雖然不意外，但蘇婉如還是鬆了口氣，「那我和萱兒等您的消息。」

還帶著蔡萱！焦振英笑了笑，並不在乎多一個人，「嗯，妳先回去吧！」

蘇婉如一走，焦振英就開了門進了內室，劉三娘聞聲放下針線，「眼下格局難突破，說不定有了她，就能打開另一番景象也未可知。」

「我也是這樣想的。」焦振英若有所思，「只是她太聰明了，我怕將來鎮不住她。」

「鎮不住才證明妳我有眼光，只要事能成，是誰成事的又有什麼關係呢？」

焦振英笑著點頭，「還是三娘想得通透。」

而蘇婉如心情很好的去找蔡萱悄悄說了話，便回了自己院子。

雀兒早已回家了，所以裡面黑漆漆的透著陰森，蘇婉如一進去就有點後悔，她應該留在蔡萱那邊才對。

想到就做，她原地轉身往外走，可不等她出去，只覺一陣風襲來，眼前一黑便沒了知覺。再睜開眼時，蘇婉如就看到對面坐著的青柳，縱然料到了，可心中還是燃起了一股怒火，起身就朝外面走。

「姑娘，沒有侯爺的吩咐，您便是肋生雙翼也出不去的。」

可惡！他當他是天皇老子嗎？憑什麼想要她來就來，想讓她滾就滾，「讓他來見我，否則我就去京中告御狀！天下剛定，連聖上行事都謹小慎微，憑他區區一個鎮南侯，竟敢在應天無法無天了！」

她說話時並不是疾言厲色，可眼神中的冷然和睥睨卻讓人不由自主的垂首靜聽。若說她出身高貴不凡也就罷了，但看她的穿著打扮明明是位平民女子。況且侯爵這個身分是侯爺自己要求的，當初聖上擬的聖旨可是要封異姓王呀！

如今這世上無人敢小瞧侯爺，就連幾位皇子見著侯爺也是恭恭敬敬的，還是第一次有人說鎮南侯不過是區區一個侯爺！

「姑娘，奴婢只是一個下人，姑娘有話，還請親自去和侯爺說。」

蘇婉如攥著拳，氣得臉色發白，「他人呢？」

「侯爺去赴宴了，約莫要到夜半才會回來。」

蘇婉如掃了一眼青柳大步朝外走，她就不信了，偏要現在就走。

青柳看著，嘆了口氣，默默跟在後面去了側門。

門口守著兩個婆子，見著蘇婉如過來蹲身福了福，「姑娘，沒有侯爺的吩咐，您不能離開。」

「我偏要走！」蘇婉如氣得伸手去推婆子，左邊的婆子手輕輕一拂，她便被一股力道推得蹬蹬後退兩步，坐在了地上。手心擦地頓時火辣辣的疼，可心驚更甚，沒有想到沈湛府中連守門的婆子都身懷武藝！

「姑娘，奴婢和您說了，這門您是出不去的。」

技不如人，蘇婉如不惱婆子，卻更氣沈湛，心底也發寒，青柳說的對，在這裡她便是插翅也難飛出去。

「鬧騰什麼？」忽然，門被人從門外踹開，沈湛喝道：「老子不在……」他的話沒說完，看見了坐在地上的蘇婉如，頓時眼睛一眯，「本侯才去赴個宴，妳們便要翻天了？」

「侯爺。」呼啦啦的，院子裡的幾個人都跪了下來，「回侯爺的話，姑娘要走，奴婢們正在勸她。」

沈湛大步進來，看著蘇婉如，「妳就打算這麼坐在地上？」

「我要回去。」蘇婉如站起來，手心蹭掉了一塊皮，疼得眉頭緊蹙，「你讓開！」

一堵牆似的，沈湛立著未動，看著她，喝問道：「手怎麼回事？」

說到手，蘇婉如頓時炸了毛一般，「你憑什麼抓我過來，憑什麼!?」

「請妳，妳會來嗎？」

「你讓我走，我不想看到你。」她當然不會來，發了狠的用力推他，「走開，你這條攔路狗！」

「別鬧了！」他不耐的拽住她的手腕，像是對待一個無理取鬧的熊孩子，「妳給我安靜點兒！」

蘇婉如不想再白費力氣，停下來瞪眼看他。

沈湛見她不鬧了，神色略緩，托著她受傷的手，回頭看向兩個婆子。

「是奴婢。」出手的婆子心中一驚，將方才的事說了一遍。

沈湛就拖著蘇婉如往院子裡去，邊走邊道：「自己動手吧！」

婆子身體一抖，看著蘇婉如的背影，難以置信。

青柳也是臉色煞白的站起來，侯爺雖冷漠鐵血，可對身邊的人一向寬容，今天居然為了一個女子，要砍了婆子的手！

要知道，這院子裡的人都是跟著侯爺許久的，看來，她還是低估了蘇婉如在侯爺心中的分量了。

蘇婉如推著沈湛，忽然聽到身後傳來悶哼一聲，她蹙眉回過頭去，就看到方才拂她的那個婆子的左手自手腕處斷開，掉在了地上。

「啊！」蘇婉如驚叫一聲，傻了一樣停下來，呆呆的看著那個婆子。

她兩世生活環境都極好，家人也護她，縱然這幾年戰事未斷，但她卻過得風平浪靜，突然看到這樣血腥的畫面，胸口一陣噁心，捂著嘴便乾嘔了起來。

「怎麼回事？」沈湛臉色鐵青，露著殺氣，「除了手還有哪裡傷了？」

他這是在殺雞儆猴嗎？蘇婉如用盡了全力推開他，「人命在你眼中是不是連草芥都不如？你憑什麼讓她自斷一掌？是我要出去，我也推她了，你是不是也要砍了我的手？不，你乾脆砍我的頭好了！」

沈湛卻再次抓住她的手，視線落在她紅通通的手心，「別亂動，蹭到了會疼的。」

「讓我走，我不想待在這裡，你讓我覺得噁心。」蘇婉如只覺得他假仁假義，不就立了一點軍功，不就封了個破侯爺，得意什麼？

「爺瞧妳歡喜就行了。」沈湛沒了耐心，一把將她扛在肩上，大步往內院走，「妳再蹬鼻子上臉，爺就辦了妳。」

蘇婉如卻不管不顧，拳打腳踢，發瘋似的恨不得立刻將他弄死才能解恨，「沈湛，你就是一隻仗勢欺人的瘋狗，你就是棄了兵權躲到應天來，也終究逃不過鳥盡弓藏的一天，你且等著，總有一天你會死得比所有人都慘，到時候我一定擺酒三日，慶你入阿鼻地獄！」

沈湛不僅毫不在意，還大聲笑道：「這麼看來，我在妳心中還真與別人不同！」

「呸！」蘇婉如啐一聲，下一刻就覺得天旋地轉。

她被他丟在了炕上，隨即他欺身而上，將她壓在身下，「爺說過，妳從前日起就是爺的女人，乖巧了賞妳口飯吃，鬧騰了，爺隨時隨地就辦了妳。」

「你休想，除非我死！」

沈湛一隻手撐在一側，另一隻手捏住她的下頜，「死了爺也有辦法要妳，妳若不信，儘管試試！」

「不要臉，大變態！你會不得好死，你會被千刀萬剮！」蘇婉如只覺周身血液倒流，沒想到他居然能說出這種話來！

「千刀萬剮前，爺也是有力氣辦了妳！」沈湛的手撫上了她的臉，「當然，妳若迫不及待的想獻身，就繼續鬧吧！」

蘇婉如氣得發抖，可卻是毫無辦法。

「真是嬌氣！」他起身拿了傷藥，抓著她的手倒了一手的藥粉。

藥刺激著傷口，疼得她想抽回手，沈湛卻緊抓著不放，「沈湛，你到底想幹什麼!?」

「睡妳！」他言簡意賅，直白的讓人頭皮發麻。

前世她也算出身名門，自小家教極嚴，求學時就算有男生對她有意思，可因為她的家世和她的冷清，莫說粗話髒話，就是內斂的表白也沒有人和她說過。

四年前穿越來到這裡，即便時局已隱隱開始動盪，但以她的身分，根本無人敢這麼跟她說話。

現在聽到沈湛這樣粗俗的話，她壓抑了幾個月的傲氣和驕縱就瞬間爆發，跳起來揮著拳頭打他的胸口，腳也不管不顧的踢著，「粗鄙，無恥，流氓，我要和你同歸於盡。」

沈湛低頭看著她，她發瘋似的又打又踢，這種事要是尋常女子，肯定如夜叉潑婦一樣，可她做起來，偏偏好看得很，像隻炸了毛的小貓崽子，眼含水光面龐紅通通的，不但可愛還惹人憐惜，他悶悶的一笑，抓了她的手啄了一下，低聲道：「妳會來求著爺睡的。」

今晚受了驚，又受了氣，蘇婉如心口被氣堵著，眼前一陣陣的發黑，而他撲在她耳際的熱氣，像是吸走了她最後一點清明，腿一軟栽倒下去。

沈湛眼明手快將她接住，她嬌軟的身軀就歪在他懷中，令他心頭一縮，打橫將她抱起，嫌棄道：「輕飄飄的，還不如一隻小豬崽子。」

再次將人放在炕上，摟著她動作笨拙的餵她喝水。

蘇婉如只是暈了一下，一睜開眼，就看到他放大的臉，一驚怒道：「滾開，不要你假好心。」

沈湛吼道：「妳若想獻身，就別怪爺！」

蘇婉如頓時不敢動了，「你最好殺了我，否則總有一天我會宰了你！」

「等妳的刀有本事架在爺的脖子上了，再來吹這個牛。是妳自己喝，還是爺餵妳？」

他的餵自然是嘴對嘴。

「我自己喝！」雖然不甘心，蘇婉如還是接過茶盅把水喝了，「你可以滾了！」

「這是爺的房間。」他將她拉過來，一手攬住她的腰，「妳人都是我的，我要走也帶著妳。」

「你休想！即便你位高權重，也不能強搶民女！」

「爺有的是辦法。」他丟了本摺子給她。

知道他肯定不安好心，蘇婉如快速打開摺子看了，隨即一臉震驚的看著他，「你什麼意思？」

「字面的意思，於我而言，毀了錦繡坊就如同捏死一隻螞蟻般簡單，一旦錦繡坊沒了，妳的事也辦不成了。」

他知道了什麼？蘇婉如看著他，可他雙眸幽暗似黑洞一般讓人看不清。

不可能，母后說這件事連她兩位哥哥都不知道，沈湛怎麼會知道。

一定是巧合，她穩了穩心神，「沒了錦繡坊我還可以去別的地方，侯爺還是少做這種無聊的事比較好，免得糟蹋了世人對你的崇敬。」

「這是爺的事。」沈湛不以為然，將她抱放在炕上就開始脫衣服。

蘇婉如大驚失色，護著自己，警告道：「你……你不要亂來！」

沈湛光裸著上半身湊近，翹起嘴角，「妳想我亂來？」

蘇婉如沒力氣再動手了，只能嚇唬他，「你要敢動我，我就死給你看！」

他喜歡她這樣，凶巴巴的非常有趣，他笑了起來，手一托將她抱在懷裡，「走，爺帶妳去練劍。」

夜色中，沈湛手中的長劍就像一條銀龍繞著他上下翻飛，左右盤繞，彷彿被賦予了生命，奪目張揚，招招致命。

蘇婉如坐在石墩上，一時間看呆了。

「侯爺的功夫，這世上鮮少有人能及。」青柳打量著蘇婉如，神色比以往都要謹慎，「姑娘是沒見過侯爺在戰場上的樣子，若是瞧見了，肯定一輩子都忘不了。」

夜郎自大！蘇婉如很不客氣的翻了個白眼。

過了一刻，沈湛才歇下，青柳將茶遞上，「侯爺，熱水備好了。」

沈湛擺了擺手，春柳看了蘇婉如一眼，退了下去。

「好看嗎？」沈湛走過來，汗珠在他額頭、胸前留不住，順著腹肌往下滑。

蘇婉如無法違心的說不好看，只好不自在的撇過頭去不看他。

沈湛眉梢一挑，將一條帕子丟給她，「汗太多，替爺擦了。」

蘇婉如抬頭惱怒的看著沈湛，就見對方嘴角一勾，「想清楚了再說話。」

他在威脅她，蘇婉如咬牙切齒的抓了帕子去他背後，他肩膀寬厚，脊背如山，汗自肌肉線條中徐徐滑落，落在褲腰和挺翹結實的臀線，她撇過視線看向別處，使勁的給他擦背，恨不得擦下一層皮才好。

「恨不得剝了我的皮嗎？」沈湛好像能看透她的心一樣，突然轉過身興味盎然的看著她。猝不及防，蘇婉如的手便擱在他的胸口，手心下是他結實有力的胸肌，甚至還抖了抖。

她一愣看向沈湛，就見他昂著頭，一臉得意的樣子。

「下流！」蘇婉如收回手，睨他一眼，真真是媚眼如絲。

彷彿一根羽毛在他心頭撓了一下，沈湛說不出什麼感覺，一把將她拽過來，摟在懷中，

「爺帶妳去剝皮玩？」

「我不要。」蘇婉如嚇得臉色發白，「我要回去，你讓我回去。」

想到今晚她受的驚嚇過多，情緒激動的還暈了一次，就沒再繼續逗她，鬆了手頷首道：「方才表現不錯，作為獎勵，爺讓妳早點回去吧！」

蘇婉如心中一喜，但卻不喜他這種恩賜般的態度，眸子微微一斜，滿目的嬌嗔。

沈湛側目看著，心口一蕩，眼露情慾，「還不走，是想爺辦了妳嗎？」

蘇婉如一驚，提著裙子就跑。

看著她落荒而逃的背影，他嘴角勾出自己都未察覺的愉悅，吩咐道：「這女人太蠢，你跟著去，別叫她亂走找不著回去的路了。」

「是。」盧成領命而去。

「小白眼狼。」沈湛罵了一句回了院子。

閔望跟上，「爺，要不然把事情告訴姑娘吧！」

沈湛脫了衣服跨進浴桶裡，「說了，她會信？」

居然不記得他了，可恨的女人。

「這樣的話，爺太委屈了。」

「爺會讓她想起來的。」

閔望嘴巴動了動還想說什麼，一條濕巾飛了過來，他險險避開。

沈湛已道：「還不一邊涼快去！」

閔望不敢遲疑，退了出去。

「爺發火了？」青柳朝裡面看了看。

閔望闔上門，好心提醒她，「今天算妳命大，下回長點腦子。」

青柳臉色一變，「她到底是什麼人？」

她和閔望還有盧成幾個人不同，她不曾與沈湛上過戰場，情分自然不同。

閔望高深莫測的一笑，點著腦子，「多動動，不該問的別多問。」話落，抱著劍便往外走，走到院門口就看到前面的小徑上有個女子探頭探腦，見他出來嚇得趕緊縮了回去，他嘴角一勾靠在院門上。

過了一刻盧成回來，朝院內看了一眼，「爺生氣沒有？」

「生氣了你就敢不進去覆命？」閔望嫌棄的道：「趕緊去，爺正等著你回話呢！」

「小人！」盧成白了閔望一眼，才進了院子，見青柳失魂落魄的立在門口，他彷彿沒看到，在門口喊了一聲推門進去，沈湛光著上身在練字，他看了一驚。

跟著沈湛這麼久，還是頭一回見到沈湛練字，好像自從找到姑娘後，爺是越來越講究了。以前根本不在乎穿什麼、吃什麼，現在卻不同，這個月都做了三回衣衫了，每一件都是織造府上好的料子，華麗貴氣。

「回去了？」沈湛頭也不抬，筆走龍蛇，但字卻依舊不敢恭維，他不滿意的揪了丟在一邊。

「屬下目送姑娘翻牆進了院子才離開的。」

翻牆？沈湛嘴角不由自主的勾了弧度，忽然很想看看嬌滴滴的小丫頭是怎麼翻牆的？想到這裡，他抬頭看著盧成，「你親眼看到的？」他都沒看到。

盧成一愣，他實話實說，怎麼爺突然就不悅了，但卻不敢撒謊，「是。」

「出去。」沈湛將筆化箭射了過來，擦著盧成的耳朵釘在了門上，「礙眼！」

盧成驚了一身汗，慌忙退了出去，卻是滿頭問號，「我說錯話了？」

閔望笑得高深莫測，拍著盧成的肩膀，「不是說了不該說的，是看了不該看的。」

「我沒有啊！」盧成一臉懵。

閔望低聲一笑，幸災樂禍，以後他堅決不送蘇婉如回去，免得遭殃。

✣ ✣ ✣

「姑姑，還有足夠的時間，您別太過憂思，小心自己的身體。」陸思秋挽著袖子，親手遞上一盞茶。

邱姑姑接過喝了一口，「我倒不是怕時間不夠，只是要好好想一想，屆時獻上一幅什麼樣的作品才好？」

皇后和太后出身都不高，但卻都很喜歡刺繡和書畫。

「不還有我們，到時候我們一起想。不過到底送什麼，是不是也要和其他兩位姑姑商量一下，還有京城的繡坊也要打聽一下，免得大家想到一處去了。」

「已經遣人去京城打聽了，過幾個月就有消息回來。」邱姑姑含笑打量著陸思秋，「妳一大早來尋我，不會就為了說這件事吧？妳自己的繡品才定稿，也不是閒人。」

陸思秋搖著頭，聽到外面的腳步聲親自開門出去，接了婆子提回來的早飯，親自擺在桌上，「我哪有什麼事，就是一早起來念著您，特意來陪您說說話。」

「妳是為了高春來我這裡討巧賣乖的吧！」想到高春，邱姑姑雖覺可惜，可到底厭惡多一點，「往後她若來尋妳，妳就將人打發出去，別和她來往了。」

陸思秋點頭應是，「這事其實我也有錯，是我管教不當了。」

「和妳有什麼關係？她也不小了，做事若還不知分寸，將來誰敢許她前程？」邱姑姑說完，低頭喝起粥來。

「姑姑不怪我，是姑姑大度，可我心裡總是過意不去，所以有件事，還請姑姑應允。」

「什麼事？」邱姑姑頭也不抬。

「蘇瑾那丫頭雖和高春鬧得不大愉快，可到底是新來的，年紀又小。我就想著，不如讓她頂了高春的位置，我親自帶她。她有底子好好教著，過幾年就應該能獨當一面了。」

聞言，邱姑姑頓時露出欣慰之色來，「妳能這樣想也不枉費我看重妳一場。」她擦了擦嘴角，「錦繡坊雖說有百年聲望，可前面幾十年戰火不斷，眼下確實大不如從前了。若能多培養一些人才，出幾個像當年的段掌事和宋五娘那樣的能手，不愁錦繡坊不能恢復往日鼎盛。」

邱姑姑想到幾十年前錦繡坊車水馬龍熱鬧的場面，「蘇瑾的事妳就自己看著辦，頂替高春倒不用，妳用點心教她們就行了。」

「是。」看來邱姑姑也沒有特別待見蘇瑾，陸思秋笑了起來，「蘇瑾若真有天分，我一定好好教她。」

邱姑姑欣慰的拍了拍她的手，「妳是越來越有大師傅的氣度了。」

陸思秋垂著頭羞澀的笑了笑，服侍邱姑姑漱口，剛放了茶盅，小丫頭在門口稟道：「姑姑，焦繡長來了。」

「今兒又不是初一、十五請安的日子，怎麼就扎堆的來我這裡了。」邱姑姑失笑，「請她進來吧！」

焦振英走了進來，瞧見了陸思秋也在裡面，不動聲色的先朝邱姑姑行了禮，又和陸思秋見了禮。

邱姑姑請她坐下，「怎麼一早來了，妳那邊幾個人的稿樣是不是也要定好了？」

「這……」焦振英猶豫了一下。

「怎麼了，欲言又止可不是妳的性子。」

焦振英就含笑直言道：「是這樣的，思秋和蘇瑾因高春的事鬧得不大愉快，姑姑不如將她換到我這裡，省得以後又鬧起來，大家都不舒服。」

「這倒是巧了，方才思秋還在和我說，她要好好教蘇瑾，妳又來說讓她去妳那邊。怎麼才一天的工夫，妳們就都爭搶著要那丫頭了？」

焦振英微愣，她可不相信陸思秋會如此大度。

「我是不大喜歡那丫頭，只不過公歸公，私歸私，她若是有天分我也不可能為難她。」陸思秋掩面一笑，「倒是振英，妳怎麼忽然瞧上她了，這可不是妳的性子。」

她性子怎麼了？焦振英蹙眉掃了一眼陸思秋，和邱姑姑道：「思秋那邊高春一走，無異於少了一條臂膀。我便想著，讓竇嬈過去幫她，那丫頭做事穩，繡工純熟，好好調教將來能頂大用。」

「妳前幾日可沒這麼心疼我。」陸思秋輕輕一笑，半玩笑半認真的樣子，「莫不是那丫頭怕我刁難她，所以去求妳了？」

焦振英面色微微一沉，已經肯定陸思秋今天一早來，就是來等她的，看來她是事先知道蘇瑾去找她了。

「那丫頭真去找妳了？」邱姑姑的神色頓時冷了一分，覺得蘇婉如心思有些深，她不喜歡這樣的人，「妳應了？」

陸思秋似笑非笑的看著焦振英，等著她說話。她若說是，那就證明蘇瑾不但是個惹事精，而且還有挑起兩組矛盾的嫌疑。都在山水館，跟著誰都一樣，偏她一個在中間折騰。可若焦振英說不是，那恐怕就要給邱姑姑一個要人的理由了，單前面一句解釋是站不住腳的。

「兩個新人也才進組，我原想著按喜好換一下不是什麼大事，以前我也換過周槐娟，早知道我就不來了。」她沒有回答邱姑姑的話，意味不明的看著陸思秋。

陸思秋心頭冷笑，蘇瑾還真是有手段，短短幾日，就能讓素來冷漠的焦振英護著她。哼！妳越是想去，我就越要將妳留在手裡。

「不是她去找妳的？」

焦振英擺著手，笑道：「姑姑還不知道我嗎？她要真的來找我，那也得想個說服我的法子才行，無才無識的我費這個勁兒做什麼？」

「那倒是，那丫頭相貌雖好，可手藝也沒顯出不凡來，妳還真是瞧不上。」

焦振英附和著笑了笑，今天事情若辦不成，那她在那個小丫頭眼中，豈不是成了無信之人！只是陸思秋開口斷了她的退路，想辦成已是不易。

第五章 應對

「阿瑾，妳快起來，出事了！」蔡萱直奔蘇婉如的住處，著急忙慌的喊人起床。

蘇婉如這幾天都沒有睡好，頭疼得厲害，撐坐起來抓著衣服披在身上，「出什麼事了？」

「我方才在路上碰上陸繡長和焦繡長了，妳猜我聽到了什麼？」

蘇婉如看著蔡萱，不疾不徐的靜待下文。

知道蘇婉如的性子，蔡萱索性不賣關子，「陸繡長和焦繡長說，往後她會好好培養咱們，讓咱們代替高春。」

看來焦振英事情沒辦成，蘇婉如不在意的下床穿衣梳洗。

蔡萱在一旁壓著聲音繼續道：「陸思秋肯定不會這麼好心，莫說給咱們事情做，怕是心裡正想著怎麼折騰咱們呢！」

蘇婉如拿帕子擦了臉，手心劃破的皮歇了幾個時辰，已經結了痂，她不由自主的想到昨晚那婆子的手，說愧疚倒不至於，可心裡難受噁心是真的。和沈湛比起來，陸思秋就顯得不那麼可憎了。

「阿瑾，妳聽見我說話了沒有？」蔡萱見蘇婉如心不在焉的，急得推了推她。

蘇婉如一笑，「聽到了，妳在哪裡看到她們的？」

這麼早，她們兩個人會在一起，不可能是路上碰到的，那就是去了邱姑姑那邊。

「在二院裡，我估摸著是從邱姑姑的院子裡出來，因為我往妳這裡來的時候，路上恰好碰見了邱姑姑。」

「應該是我去找焦繡長的事被陸思秋知道了，她一早就去了邱姑姑那邊，將這路堵死了，還是我思慮不周了。」她應該做得再隱蔽一點。

只是山水館人來人往，想要不被人發現，還真不是件容易的事。

「那怎麼辦?阿瑾我不想留在她那裡，妳還有沒有辦法?」她想做事，不想虛度三年。

「不著急，事情總會成的。」焦振英既然答應了，就一定會辦好，如若連這點事都做不好，那就當她高看焦振英了，「再等幾日看看，今兒不是初七了嗎？」

錦繡坊百年的規矩，初一、十五要給掌事還有各館的姑姑們請安，就在她們剛來時訓話的前院。如果焦振英不行，那她就自己去找邱姑姑。

聽蘇婉如這麼說，蔡萱鬆了口氣，頓時放下心來，「也是，不急於這幾天。」

兩人吃了早飯便去了館裡，繡娘們陸陸續續到齊後，陸思秋就開始訓話，「妳們跟著我也不是一天兩天了，我不會厚此薄彼，虧待了誰，妳們也不要背後動什麼見不得人的心思，若讓我知道了，我定不會輕饒。」

陸思秋說這話時，視線往蘇婉如身上一掃，又道：「秋月和紅杏以及阿桃和翠娟抓緊做事，其他人雖不評比可手裡的活也不能因此懈怠。」

眾人都垂頭應是。

「蘇瑾、蔡萱，妳們也來了好幾日了，也不要總當自己是外人，既然進了錦繡坊就得將這裡當做自己的家，家好了妳們才能好。」說著，陸思秋走到桌邊拿了兩個花樣子過來，

「江陰侯府的老夫人要兩個插屏，妳們照著這花樣子繡就好了。」

蔡萱驚訝抬頭，顯然沒有想到陸思秋居然給她們派活了，而且還是江陰侯府要的東西。「好好繡，也讓我們看看妳們的手藝。妳們是新人，若是不懂的，就多請教大家。」將稿樣交給蘇婉如，又吩咐眾人，「若是她們不懂事，作為師姐的妳們自然也是能教訓的。」

眾人譏誚的看著她們，意味深長。

陸思秋掃了兩人一眼，轉身去了裡間，眾人散了，各自去做事，一樓頓時安靜下來。

蔡萱心中不安，湊過來小聲道：「她這是真的打算好好相處？」她簡直不敢相信，高春才走沒幾天，陸思秋不該嫉恨她們嗎？

「如今也只能且行且看了。」蘇婉如笑笑，心裡卻是一動，江陰侯府一位嫡出的公子，兩位小姐，上次來的那位就是世子韓江毅。韓老夫人請錦繡坊出馬，不是給韓江毅繡聘禮，就是為兩位小姐攢嫁妝。

韓江毅是世子，聖上又剛剛取得天下，怕是婚事由不得他們自己做主。韓二小姐年紀還小，那麼韓老夫人就應該是為了韓大小姐了，會不會是衝著沈湛去的？

她看著手中兩幅稿樣，一幅是牡丹圖，一幅是石榴多子圖，雖面積都不大，可對針腳配色有極高的要求。蘇婉如拿了複雜的石榴多子圖，將牡丹圖給了蔡萱，尋了空的繡架，兩人坐了下來，上底布描底稿。

蔡萱忙活半天，一轉頭看到蘇婉如描的底稿，頓時驚呼道：「阿瑾，這圖妳描得太好了，這石榴跟真的一樣了。」

蘇婉如剛要說話，裡間的門吱呀一聲打開，陸思秋走了出來，笑盈盈的一個一個的巡視，停在一個年紀小的繡娘前，蹙眉道：「妳這壓瓣怎麼壓的，水路這麼明顯，快修過來。」

那繡娘年紀不大，被陸思秋一說頓時紅了眼睛。

「要哭一邊哭去，弄髒了底布瞧姑姑怎麼罰妳。」陸思秋不耐，一拂袖走到蘇婉如這邊來，瞧見琉璃紗上的底稿，頓時眼眸一瞇，「沒想到妳的描稿手藝這般好，大家都來瞧瞧，難怪姑姑喜歡她呢，原是我們有眼無珠，不識得這金鑲玉了。」

眾人都放了針擠了過來，方才那哭著的小繡娘抹了眼淚，不服氣的道：「描得好做畫師就是了，繡娘靠的還是繡活。」

「妳懂什麼。」陸思秋啐了一口，「等妳有蘇瑾這水準的時候，就會明白，這底稿和繡活一樣重要。」

大家都沒說話，打量蘇婉如視線中的惡意越發明顯。

「好好繡，我看妳這手藝，估摸著一個月就能完工了。」陸思秋一副很欣賞蘇婉如的樣子，「那就半個月後交給我吧！這兩個插屏可是韓家老夫人給韓小姐做添妝用的，早點送去也好讓老夫人安心。」

半個月怎麼可能繡得好，除非她日夜趕工，「繡長謬讚了，我才來心裡不免有些忐忑，就怕做得不好，就會更加小心謹慎一點。半個月怕是繡不完，您看能不能多寬限半個月？」

陸思秋扯了扯嘴角沒說話。

「怎麼成不了，妳一天少睡幾個時辰就夠了。」站在陸思秋身邊的一位容長臉的繡娘嗤笑一聲，「妳是來做事的，還是來享福的？還沒做就想著找退路呀！」

「秋月姐姐，我少睡幾個時辰自是沒關係的，就怕心中急了，手中的活也粗糙了。刺繡講究的是心靜，我若急了豈不是糟蹋了這麼好的底布，更辜負了繡長的栽培之心。」

「還沒做事就找了一堆卸責的理由給自己留後路。」林秋月臉上滿是譏誚，「妳就直接承認沒能力，繡長也不用費心栽培妳了。」

蘇婉如笑了笑，沒說話了。她爭辯不是為了讓陸思秋真的寬限時間，因為就算她說得天花亂墜，陸思秋也不可能改變主意，但就算這樣她也不能隨她們說什麼她聽什麼，讓她們覺得她好拿捏。

「行了。」陸思秋不想再扯皮，「好好做事，做得好了自然有妳們的好處。」

眾人幸災樂禍的笑著各自回去做事。

蔡萱憤憤不平，「我去找姑姑。」

「別衝動，她若只是嘴上刁難一下，我們忍忍就是了。」

蔡萱聽話的繼續埋頭配色分線。

蘇婉如暗暗嘆氣，比起這裡的煩惱，她更怕沈湛那邊，決定晚上去住蔡萱那裡。

心思定了，她便繼續做事，不知不覺到了吃午飯的時間，大家三三兩兩的結伴走了，蘇婉如和蔡萱稍遲了一會兒也去了飯堂。

「咦！」蔡萱端著盤子很驚訝今天的伙食，「不但這米白得發亮，而且這肉……昨天的燉白菜裡，肉就跟指甲蓋似的，我吃完了才扒拉出來一塊肉皮，今兒居然有紅燒肉！」

尋常只能見到肉末的繡娘們見到整塊的五花肉都開心不已，打飯的時候紛紛朝南面行禮，給沈湛道謝。

「聽說是托胡姐姐的福。」阮思穎端著盤子坐過來，朝坐在角落裡一個人吃飯的胡瓊月看了一眼，「胡姐姐將那個帕子修補的特別好，侯爺一高興就賞了錦繡坊兩頭豬，十石占金米，今兒一早廚房收拾出來就燒了。」

蘇婉如嘴角忍不住抖了抖，別人打賞都是玉佩瓷器，再不濟真金白銀也可以，他居然賞了兩頭豬！還真是特別。

她戳了一塊肉塞進嘴裡，想著吃的就是沈湛的肉，嚼著嚼就笑了起來，可又覺得噁心，忙壓了這個念頭。

不過這占金米她好久沒吃到了，在錦繡坊裡吃的是糙米，她每日吃著，都覺得喉嚨被刮疼了，喝水也覺得有股泔水的味道。

她知道這幾年在宮裡她被養得太嬌了，她強忍了十來日才慢慢適應下來，如今再看到占金米，心裡五味雜陳。

「原來是這樣，胡姐姐真厲害。」蔡萱真誠的讚嘆，「她被錦繡館的王姑姑要去了，那以後豈不是可以給聖上繡東西？」這是無上的榮耀啊！

「應該是吧？」阮思穎點著頭，問後面坐著的竇嬈，「竇姐姐，是這樣的吧？」

竇嬈啪的一聲放了筷子，起身就走了。

阮思穎尷尬的紅了臉，「蘇姐姐、萱兒，我吃好了，妳們慢慢吃。」就跟著竇嬈走了。

「竇嬈真的是越來越奇怪了，每次看到她，我都懷疑自己是不是欠了她銀子了？」蔡萱將自己盤裡的肉分一半給蘇婉如，「妳多吃點，最近瘦了，臉色也不好。」

有嗎？蘇婉如不饞吃的，卻很感動蔡萱的照顧，她滿含暖意的笑笑，摸了摸蔡萱的頭。

要是早幾年認識，她還能許她榮華富貴，縱然不會長久，可也能讓她家富足起來。可眼下她自顧不暇，吃塊肉都要激動半天。

「妳是比我大一歲，但外表看起來，我可是比妳大呢！」

蔡萱比蘇婉如黑點，也胖點，所以看著就要比瘦弱的蘇婉如年長點。

蘇婉如輕笑，心裡的鬱悶一掃而空，和蔡萱吃過飯就一起回山水館，決定以後把午睡的時間省了，免得陸思秋額外找出什麼話刁難她們。

兩人剛一進門，裡面原本說話的聲音就是一靜，蔡萱狐疑的看向蘇婉如，低聲道：「她們都不回去午睡的？」

最近要趕著評比的繡品，這幾位手上都忙，不午睡也在常理，蘇婉如沒有多想，和蔡萱去了自己的繡架，隨即一頓。

她原本描好的底稿上被人滴了墨汁，順著琉璃紗的紋路暈開，成了一個不規則的十字。

「怎麼會這樣!?」蔡萱驚呼起來，滿臉的駭然，隨即想到什麼，和蘇婉如一起朝眾人看去。

幾位繡娘也看向她們，面無表情，蔡萱氣得發抖，質問道：「阿瑾的底布上怎麼會有墨汁?是不是妳們做的？」

「妳是瘋狗嗎?見著人就咬。」上午那位年紀小的繡娘氣怒的走了過來，叉著腰幸災樂禍的看著蘇婉如，「我看是有人自己失手弄的，卻又不敢認，就來誣陷我們吧？」

「我們走的時候明明還好好的。」

「呵呵，這我可不知道。不過有件事我要提醒妳們，這一塊琉璃紗可是織造府出來的，尋常百姓莫說買，就是見也見不到的。這一塊雖不大，可估摸著也得值個十兩銀子，好好想想怎麼賠吧！」小繡娘說著，和另外幾位繡娘紛紛笑了起來。

「我去找姑姑評理。」蔡萱轉頭就要出去。

蘇婉如拉住了她，「去也沒用。」

雖知道是有人故意刁難她，可是沒有證據就是扯皮的事，她剛和高春鬧了一通，若再有事，邱姑姑難免會覺得她事多。而且她還不知道今天早上焦振英如何和邱姑姑說的，若提了她，那她現在就更不能去了。

「那怎麼辦？坊裡有規定，若是壞了底布可是要我們自己賠的。」

蘇婉如蹙眉，沒有說話。

「當然要賠，十兩銀子可不少呢！」小繡娘譏誚一笑，「不過有人長得好看，或許能靠色相換點銀子吧？」話落，幾個繡娘又都笑了起來。

蘇婉如掃了那小繡娘一眼，「妳叫什麼名字？」

她語氣很淡，目光中甚至含著一絲笑意，可小繡娘心頭莫名一怔，結結巴巴的道：「巧……巧紅。」說完，又覺得為什麼要怕她，不過一個新來的，頓時色厲內荏的道：「這事明明是妳自己做的，妳若是想誣陷我，我也不怕。」

擺出一副我不怕妳的樣子，可怎麼看都露著幾分心虛的樣子。

「巧紅，我記住了。」蘇婉如不再看她，拉著蔡萱坐回繡架前，看著底布若有所思。

蔡萱急得額頭冒汗，「怎麼辦，這事不找姑姑，我們解決不了啊！」

「我想想。」蘇婉如手指在墨汁上輕輕滑過，就在這時，門口有人罵道：「大中午的在鬧騰什麼？有這時間不如多繡幾針。」

陸思秋進來了，還不等她再說，巧紅就跑過去，拉著她道：「繡長，蘇瑾把墨汁滴到底布上了，好好的一塊上品琉璃紗就毀掉了！」

陸思秋臉色一變，三兩步走了過來，「蘇瑾，怎麼回事？」

「繡長，是她們故意刁難阿瑾的，我們走的時候明明很乾淨的。」

陸思秋也不理蔡萱，回頭吩咐巧紅，「這時間姑姑應該還沒有休息，去請姑姑來。」

巧紅應是，蘇婉如忽然道：「等等。」她站起來看著陸思秋，「一滴墨而已，誰說底布就毀了？」

什麼意思，滴了墨汁還不算毀了底布，陸思秋簡直要笑出來了，「怎麼，妳還能將墨汁洗乾淨？我可告訴妳，這琉璃紗不能入水的。」

「請繡長給我三天時間，三天後這底布毀還是沒有毀，自會有答案。我若不能解決這個問題，自會去向姑姑請罪，是賠錢還是離開，全憑姑姑裁奪。」

「好！」陸思秋艱難的壓抑住臉上的笑意，「那我就給妳三天時間，三天後妳弄不乾淨這琉璃紗，就給我滾出錦繡坊！」

她故意曲解蘇婉如的話，聲音又高又響，回過頭就和眾人道：「她的話妳們可聽到了？」

「聽到了，三天後恢復不了底布，她就滾出錦繡坊。」巧紅一副幸災樂禍的樣子，「我還是頭一回聽說，這底布毀了還能恢復原樣的。」

樓上，劉三娘和焦振英聽到動靜一起下來，「怎麼回事？」

陸思秋分享笑話似的道：「三娘，蘇瑾的底布滴了墨汁，讓我給她三天時間恢復原樣呢！」

劉三娘一愣和焦振英對視一眼，兩人走到繡架前，雙雙擰了眉頭。

琉璃紗做插屏，繡雙面單面都是上品，可不好的是，琉璃紗太嬌了，一點髒都不能有，所以她們拿到底布後，從來都是小心翼翼的。如今這滴墨不管前因，但後果卻是可以肯定，是毀了，而且毀得徹徹底底。

「蘇瑾，妳確定能恢復？」

蘇婉如朝兩人笑了笑，沒說話。

她雖沒說話，可焦振英卻從她的眼中看到了從容和篤定，不由得想到她描的那幅底稿，還有她說的那句話——那十年，我不只是學畫而已。

她還學了什麼？難道真有辦法弄乾淨墨汁不成？

莫名的，焦振英期待起來，今早她沒有辦成事，雖對蘇瑾有些歉疚，可也不是那麼著急。事情耽誤了，索性再等等，遇到好時機後再將人要過來便是。她手下多的是有本事的繡娘，至於畫師，也不是找不到出色的。

如今再看蘇婉如，她便猶疑了，是不是應該再去找姑姑說一說？

「她既說三天，那就等三天吧！」劉三娘掃了一眼蘇婉如沒有再說什麼，拉著焦振英出了門，兩人並肩走著，她低聲道：「再等三天，若她沒有辦成，到時候妳再出面。若她能辦得成，那她就更值得我們留了。」

焦振英點點頭，「只是沒想到那丫頭弱不禁風的，脾氣倒是倔得很。」

劉三娘淡淡一笑，「泥人還有個土性，發不發端看當下的情境罷了。」身分高了，發了脾氣別人也只能受著，身分低賤的，便是有脾氣也只能憋著。

「這亂世，只認權，不認人！」劉三娘說著，自嘲的搖了搖頭。

焦振英握住她的手，心疼的道：「別想了，我們都要往前看。妳不也說，那小丫頭很特別也很聰明，說不定有了她就有機會了。」

「我沒事，只是感嘆一下罷了。如今天下的主已換了，不由想到後宋在時的樣子。外面亂得厲害可江南卻是一派祥和，後宋缺的還是運氣罷了。」

「這話可不能說了。」焦振英看看四周，露出和她平日不相符的謹慎小心，「這天換不換，都不是妳我能左右討論的。」

劉三娘不置可否，兩人來到大門前，門口張貼的畫像清晰可見，「這畫像妳說到底是不是真的？我以前可是聽說後宋的公主生得嬌美如花，怎麼這畫像……可配不上那清雅的名字啊！」

「我也覺得奇怪，侯爺是從哪裡弄來的這幅畫像？」焦振英也想不通。

「算了，別想到，咱們還是快去快回，別耽誤了上工的時間。」

而在後院裡，陸思秋則找上邱姑姑。

「她說給她三天時間？」

「是，還立了軍令狀，說處理不好她便離開錦繡坊。她既誇下海口我也不好攔著，反倒讓她覺得我欺負她似的，便私自做主給了她三天時間。姑姑，我沒做錯吧？」

「妳沒錯。」邱姑姑有些不悅了，「倒是我看錯那丫頭了，手藝沒露，膽子倒先露了。」

琉璃紗洗不得，揉不得，連她都是小心翼翼的伺候著，可蘇瑾卻誇下海口，看來不過是緩兵之計，「妳讓人這三天都留心著她。」怕蘇婉如悄悄一走了之。

蔡萱則急得團團轉，「阿瑾，妳怎麼能答應她呢？她分明就是故意挖坑等妳跳的。」

蘇婉如安撫的朝她笑了笑，「不答應也沒有辦法。」即便請了邱姑姑來，該賠錢還是要賠，該攆出去還是要攆出去。

她不會離開錦繡坊，可是賠錢……蘇婉如不由苦笑，活了這麼久，還真是頭一次體會到一文錢逼死英雄漢是什麼滋味。

更何況，對於她目前的情況來說，已經不單是賠錢而已了，只怕邱姑姑覺得她不省心，對她徹底失望。就算不攆走，以後她也沒有機會再出頭，不出頭她就沒辦法進登月塔。

「妳做妳的事，我回去了。」她說著將繡架拿起來，又拿了幾捲線，「若陸繡長問起來，就說我這三天在房裡做工。」

蔡萱沒有錢幫她，也想不到什麼好辦法，只能點了點頭。

蘇婉如的事到下午就傳遍了山水館，加上之前她得了沈湛的誇讚，接著和高春鬧了一通，所以眾人一提起就知道她是誰。

「也是可憐，才來幾天就要走，被錦繡坊趕出去，以後再想去哪個繡坊都不可能了。」

「這是她自找的，身為繡娘豈能那般粗心大意！」

「可見老天也是公平的，給了她一張好容貌，卻沒有給她一雙巧手。」

蘇婉如才來，還沒有和誰相處過，所以議論的人皆是一副看好戲的樣子。

蔡萱聽不得，下了工就回了院子。

阮思穎焦急的過來問道：「萱兒，外面傳的都是真的嗎？阿瑾弄壞了底布，要被趕出去了？」

「不還有三天，急什麼？」蔡萱哼了一聲，進房間了。

阮思穎摸了摸鼻子，訕訕然道：「我又沒說什麼，她至於氣成這樣嗎？」

竇嬈過來拉她，「往後別自討沒趣了，離她們遠點。」

阮思穎哦了一聲，沒有再說。

而蘇婉如回到自己的院子，看著站在門口臉色古怪的雀兒笑了笑，「這兩天我無法出門，勞煩妳去幫我領飯了。」

「沒問題，姐姐有事只管吩咐。」

蘇婉如道了謝，將門關上，她現在唯一擔心的是沈湛的人又來抓她過去。離了身分和父母兄長的庇佑，她就成了一個廢人似的，連命都不由己了。

不過讓她奇怪又欣喜的是，一連三天，沈湛的人都沒有出現，她居然安安穩穩的過了三天，除了睡得少，心裡卻是格外的安穩。

第三天下午，巧紅來了，「蘇瑾，繡長請妳過去，說三天時間已經到了。」

躲得了初一，躲不了十五，即便多了三天時間，結果也沒什麼不同，今天總算可以替高春報仇了！

巧紅心裡想著，就見門吱呀一聲開了，蘇婉如站在門口道：「妳先回去，我收拾一下就過去。」

巧紅以為蘇婉如至少會拖延一會兒，沒有想到她這麼乾脆，「那妳快點。」哼了一聲，轉身走了。

陸思秋與邱姑姑坐在山水館正堂裡等著，見巧紅回來便問道：「人呢？」是不敢來了吧！

沒想到巧紅卻指了指身後，「在後面。」

陸思秋一愣，順著她手指的方向，就看到蘇婉如抬著繡架徐徐走了進來，她穿著水洗藍的短褂，布帕裹著頭髮，一張小臉白生生的近乎透明，弱柳扶風般讓人心生憐愛。

狐狸精！陸思秋嫉妒不已，又看向她手中的架子，上面搭著布，看不到裡面的樣子，不過猜也猜得到，一定是那塊毀了的琉璃紗。

「姑姑。」蘇婉如放了繡架行了禮，「又給您添麻煩了。」

邱姑姑失望的擺手，「蘇瑾，我當初買了妳三年的工，並不僅僅是因為看上了妳的手藝，更多的是我覺得妳乖順，如今妳實在是讓我失望了。妳也不要多說了，這琉璃紗……就當妳我相識一場，我送妳做紀念了。」

這是要趕她走了！陸思秋眼睛一亮，朝巧紅使了個眼色，巧紅立刻就道：「姑姑，這琉璃紗值十兩，她三年的工錢都抵不上十兩，太便宜她了！」

邱姑姑惱怒，「我說的話要妳來質疑！」讓她走，不是因為琉璃紗，而是不喜說大話的人。

巧紅滿臉通紅，不敢再說話了。

眾人都看著蘇婉如，只見她靜靜立著，莫說求饒，就是一絲慌亂都看不見。

「姑姑，琉璃紗雖不是我毀的，卻也是我保管不當的緣故，我不辯解。這三日我待在房中，一來是反思自己的過錯，二來是為了兌現三日前的承諾。至於結果，還請姑姑看完後再裁定。」

邱姑姑一愣，難道她真的能將琉璃紗弄乾淨？

蘇婉如也不等邱姑姑發話了，將繡架上的布一掀，「請姑姑過目。」

「天啊！」不知是誰最先看見，忍不住發出驚嘆。

邱姑姑立刻站了起來，朝繡架看去，隨即也露出驚訝之色。

琉璃紗上繡著石榴枝，一枚熟透了的石榴落了半面殼，露出瓤內顆顆飽滿紅潤的石榴籽。畫面立體，配色鮮亮，瞧著便分泌出口水來，彷彿已經嚐到那酸酸甜甜的滋味。

因為時間太趕，繡品才繡了三分之一，可就這寥寥小半幅圖，便能看得出繡娘的技術，絕非泛泛之輩。

「時間太緊，只能繡出這麼多，讓姑姑見笑了。」

當初錄用蘇婉如時，就知道她手藝不錯，可是沒有想到，她的手藝居然好到這種地步！外行人不懂，可是她很清楚，這針腳沒有七、八年的日日苦練，名師指點，斷不會有這樣的效果，就連前幾日被趕出去，學了十多年的高春都不及她。

陸思秋臉色極其難看，她沒有想到蘇婉如的手藝居然如此精湛，甚至已經超越她了！周身驀然一涼，她轉頭去看邱姑姑，就見對方神色複雜，可欣賞和驚喜卻毫不掩飾。

邱姑姑最大的心願，就是培養出第二個宋五娘，第二個當年的段掌事，能名動天下，能重振錦繡坊。而眼前這個小丫頭不過才十四、五而已，就有這樣的水準，若再培養幾年，豈不是……不行，不行，不能讓蘇婉如被邱姑姑看重，否則她的繡長之位遲早保不住的。

想到這裡，陸思秋朝發怔的林秋月使了眼色，巧紅太衝只會罵人，林秋月較為沉穩聰明點。要是高春在就好了，更能懂她的心思。

林秋月心頭一跳，明白了意思，這是她表現的時候，邱姑姑這邊不提，若能得陸思秋的重視，有體面的活給她做，她能多得賞錢不說，還能結交一些達官貴人，將來出了錦繡坊，她也能有好的出路。

「蘇瑾，妳說這是妳三天繡的，但妳的本意是挽回毀掉的琉璃紗，這塊底布卻是乾乾淨淨，妳不會是偷偷換了一塊吧？」

聽林秋月這麼一說，眾人這才回神，對啊，這繡品是很好看，可墨汁也不見了，肯定是她偷換了。

陸思秋沒說話，巧紅卻來了勁兒，我就說嘛，她為什麼有恃無恐，原來是偷琉璃紗回去換了，膽子可真大！」

蘇婉如不驚不怒，只看著邱姑姑。

「妳閉嘴！」邱姑姑瞪了巧紅一眼，看向蘇婉如，「妳解釋一下吧！」顯然已經明白其中門道。

巧紅滿臉通紅，憤憤不平的看著蘇婉如。

蘇婉如應是，躬身將繡架的卡扣拆開，取了繡品翻面，也是一枝石榴枝，但上面開的卻是火紅的石榴花。

「是雙面繡！」巧紅失態的驚呼，隨即捂住了自己的嘴巴，單面繡或許七、八年能磨練出來，可雙面繡……她六歲進錦繡坊，今年十三，姑姑說她有天分，可這七年來她努力學習，卻也只會單面繡，雙面繡連碰都沒有碰過。

蘇婉如今年十五，不過比她大兩歲而已，居然已經會了，而且還繡得這麼好！

陸思秋也是臉色發白，搖搖欲墜。若說剛才她還心存僥倖，那麼現在她是清清楚楚了。

蘇婉如沒有換掉琉璃紗，她是用雙面繡法，將那滴墨蓋在了繡品裡，讓原來的墨汁變成了底色，不但沒有毀掉底布，還添了幾分層次的陰影之感。不但手法精妙，配色大膽，就連這創意也是獨一無二的。

「不錯。」邱姑姑接了繡品過來，吩咐一位繡娘，「請三娘下來，讓她也看看。」

繡娘應是跑上樓去，劉三娘和焦振英很快就下來了。

「妳們都看看吧！」邱姑姑將繡品遞過去。

劉三娘只一眼就看明白了，「這心思實在是奇巧了！」

「還真是沒有想到。」邱姑姑笑了起來，頷首道：「我本以為她是說大話，不曾想她居然用這樣的方法補救，效果還真是不錯！」

「還是姑姑獨具慧眼，在茫茫人海中找到如此優秀的人才。」

「都是緣分。」邱姑姑將繡品遞還給蘇婉如，心中陰霾一掃而空，指著上面一顆的石榴籽，「這一針斜了，這籽兒明顯不如別的有光澤，妳還得多下功夫才行。」

捧了再壓，蘇婉如明白，「是，多謝姑姑教導。」

「妳年紀還小，慢慢練，不可急功近利，反而容易成了假把式。」邱姑姑說完，回頭看著陸思秋，「她既是補救了，且還做得不錯，這件事就算解決了，往後妳多指點指點她。」

這算是給陸思秋臺階下了。

陸思秋當然明白，這個時候什麼都不能說，但心裡實在不甘心。

焦振英卻是一咳道：「姑姑，要不將人給我吧！思秋那邊人才濟濟，瞧得我眼熱啊！」

「妳可真會見縫插針，一點虧都不吃。」邱姑姑無奈的搖頭，「這事妳和思秋商量，她若是同意我也沒意見。免得我應了妳卻傷了思秋的心，好人才誰不想留著。」

焦振英便看向陸思秋，「妳眼下可是忙得很，我幫妳好好調教一番，將來妳若還想要回去，我再還給妳便是。」

陸思秋嘴角抖了抖，她之前還想留著蘇婉如磋磨她，現在卻不想再留人了。將一隻猛虎留在身邊，不知哪天就會被反咬一口，給焦振英正好解了她心腹大患。

陸思秋勉強擠出笑意，「只要蘇瑾沒意見，我定然不攔著她的。」

這個時候她答應或者不答應都能說得過去，畢竟才鬧了一件不愉快的事，可若答應得太乾脆，難免讓人覺得她早就蓄謀好了。

「多謝焦繡長的好意，但陸繡長對我也很照拂，這回若非她給我三天時間，我也繡不出這雙面石榴。」

精明的丫頭，看著是捧，實則卻是貶，因為誰都知道，這三天時間陸思秋抱的是什麼心思。焦振英心裡暗笑，又去看邱姑姑。

只見邱姑姑眉頭微鎖，掃了一眼陸思秋。有的事不點破，不代表不知道，邱姑姑有時候是願意裝糊塗的。

陸思秋很想啐蘇婉如一口，虛偽的狐狸精，明明是妳找焦振英，現在還想在我這裡耍花腔裝好人，她張口想說話，焦振英卻搶先一步拉著她道：「思秋，我可是和妳搶定了。」

陸思秋臉色很難看，她甚至懷疑焦振英和蘇婉如在一唱一和，可一想到焦振英的脾氣，又覺得應該不會，她艱難的笑笑，「搶什麼呢？是妳的人也好，還是我的人也罷，最後不都是姑姑的人，都是錦繡坊的人。」

這是在暗指她會白忙一場嗎？焦振英眉梢微挑，假裝沒聽懂，「蘇瑾，妳怎麼說？」

蘇婉如看著自己手中的繡品，「這活兒是陸繡長派給我的，說是韓老夫人著急要，現在只完成一小半，我若走了豈不是耽誤了時間，要不我把這繡品繡完，就去您那裡點卯？」

「行啊！」焦振英爽快應了，「我在樓上等妳。」

蘇婉如應是。

「都散了去做事吧，離八月十五也沒多少時間，抓緊把手裡的繡品繡好。」邱姑姑心情很好，對蘇婉如的去處沒有再多說一句，轉身去找段掌事了。

劉三娘和焦振英上了樓，直到進了房裡關上門才各自露出不同的神色。

「還真是沒有想到，她居然用這樣的方法！我還以為她會神不知鬼不覺的換塊新的。」

「她是不屑如此，不過倒是證明了她的能力，算是在姑姑面前露臉了。」

劉三娘點了點頭，想起了那小半幅的雙面多子石榴，繡得倒是真不錯，若心能再靜幾分，少了急躁應該會更出色。而且從那繡品裡，她也看出蘇婉如的心不在錦繡坊。

「振英，妳說她是用盡全力，還是和之前一樣有所保留？」

焦振英搖了搖頭，「我看不透那丫頭，說不清。」

「算了。」劉三娘笑著拿了鑰匙開了櫃子，從裡面拿出一件男子直裰，朱紅色的錦袍，滾了金邊，衣襬上繡著青竹，竹竿筆挺，竹葉顫巍巍的掛著露珠。

若是蘇婉如看到，定然會暗暗讚嘆這手藝。

焦振英掃了一眼那直裰，目光閃了閃低頭喝茶。

樓下，蘇婉如擺好繡架坐穩，撚了針接著繡她未完成的繡品。

巧紅過來叉腰瞪著她，「裝模作樣，我看妳乾脆去做戲子算了！」話落，踢了蘇婉如的椅子一腳，轉身去了淨房。

如廁完，巧紅出來，就看到蘇婉如抱臂靠在門口似笑非笑的看著她。

「妳……妳做什麼？」巧紅驚得後退一步。

「不做虧心事，不怕鬼敲門。」蘇婉如走過去盯著她，「那墨汁是妳滴的吧？」

「是我又如何？妳有證據證明嗎？」剛剛蘇婉如在邱姑姑面前隻字未提，可見她根本不敢提。

「要什麼證據！」蘇婉如朝著巧紅肚子就是一腳。

巧紅被踢得蹬蹬後退了幾步跌倒在地，驚恐萬分的看著她，完全沒想到蘇婉如會直接打人。

蘇婉如蹲下來，勾起巧紅的下頷，「我不和姑姑說，是因為說了也沒有用，但不代表我會嚥下這口氣。」

「妳給我等著。」巧紅從驚怔中回神，「我要去告訴姑姑，請她將妳趕出錦繡坊。」

「證據呢？」蘇婉如睨著她，就和那滴墨一樣，光憑嘴巴說是沒有用的，「往後手和嘴都放乾淨點，否則我有的是辦法收拾妳。」

「妳欺軟怕硬。」巧紅氣得直抖，蘇婉如不敢打陸思秋，就拿她出氣。

蘇婉如嗤笑一聲，揪著巧紅的衣領，「妳欺我難道不是覺得我好欺負嗎？」什麼樣的人用什麼樣的手段，巧紅這樣的，就要將她打怕了。

巧紅不敢再說，看蘇婉如的眼睛裡多了一份懼怕。

「往後離我遠點。」蘇婉如拍了拍她的臉，壓著聲音道：「告訴妳，我爹娘是賣藥的，三步倒還是七步顛我能讓妳死得不留痕跡。」

巧紅嚇得哇的一聲哭了起來。

小姑娘就是好嚇唬，蘇婉如一笑，起身出了淨室。

好一會兒，巧紅才回到前面，林秋月見她眼睛紅紅的，問道：「怎麼哭了？」

「沒……沒事。」巧紅搖著頭不敢說，想著蘇婉如那句「我能讓妳死得不留痕跡」就冒冷汗。

蘇婉如心情很好的帶著繡架出了院子，這三天為了趕工，她總共睡不到六個時辰，得回去補眠才行了。

胡瓊月卻在小徑等著她，譏誚道：「怎麼，決定不忍讓了，出了風頭還動手打人！」

她們二人私底下也曾動過手，所以她很瞭解蘇婉如的脾氣。

「妳就這麼閒？」蘇婉如不置可否。

「我只想知道妳為什麼急著出頭？」

「妳說呢？」蘇婉如當然不會告訴她，逕自回去，洗漱後倒頭就睡了。

這一覺睡得極沉，等再醒過時，不出所料，她躺在沈湛家中的暖閣裡。

第六章　震撼

「妳是豬嗎？睡得這麼沉。」他抱了她一路她都沒醒，要是換做別人，她是不是也這樣？他擄人還有理了！蘇婉如翻身坐起來，「常在河邊走，侯爺就不怕濕鞋？錦繡坊怎麼說也是歸司三葆管，你就不怕得罪他。」

「一個閹人，爺怕他什麼？」

「等沒仗打的時候，我看你還怎麼得意？」蘇婉如睨他一眼，鄙夷一笑。

這一笑在沈湛眼中就成了含嬌帶嗔，看得他心頭一蕩，將她提溜起來，放自己腿上圈著，「爺做事喜歡長久，打仗這事，爺說了算。」

三天忍著沒見她，想得他肝都疼了。

蘇婉如卻是被他氣得肝疼，當她是什麼，青樓裡的姑娘，還是他院子裡的妾室，想抱就抱，握起拳頭就開打，「你離我遠點！」

「行了，行了。」沈湛抓著她的手，「撓癢都比妳重點。」

蘇婉如氣餒的瞪著他，「卑鄙無恥！」

看著她紅紅的眼睛，氣鼓鼓的臉，心情頓時大好，「和爺說說，這幾天都在做什麼？」

「和你無關。」蘇婉如撇過頭去。

「別動不動就生氣，咱們今晚好好說話吧！」

「我和無恥的混蛋沒什麼好的。」

沈湛不怒反笑，得意的道：「行啊，不說話就幹正事。」

「你要敢碰我，我就……」蘇婉如一臉戒備，但話說一半就說不下去了，因為在他面前，她實在太弱了，根本無力反抗。

瞧她色厲內荏的樣子實在是有趣得很，他心頭溢滿了歡喜，卻故意板起臉道：「小小年紀不學好，成天想什麼亂七八糟的事！」

這個下流胚子，居然倒打一耙，蘇婉如紅了臉怒道：「無恥！」

他沒忍住，大笑起來，捏了捏她的鼻尖，「曲子學得如何了？唱首給爺聽聽。」

「你不配。」

「那誰配？」他哼一聲，盯著她殺氣騰騰，「爺把他宰了。」

蘇婉如氣極反笑，「趙之昂啊，你有本事就把他宰了。」

「腦子還挺靈活的。」沈湛拍了拍她的頭，「還是和以前一樣聰明。」

他的話狀似無意，蘇婉如聽著卻是一怔，盯著他滿臉的戒備和懷疑，「我們以前見過？」

她不記得見過沈湛，難道是這具身體的原主和沈湛認識？可聽說原主體弱，根本就不出門啊！

沈湛看著她，小丫頭顯然是在考量推敲他話中的意思，「妳不記得爺了？」

他果真認得她！蘇婉如臉色刷的一下白了，「侯爺此話當真？」

她滿身的戒備，像是刺蝟一樣，他頓有些懊悔不該拿這件事逗她，不過她也是笨死了，既然他都知道了，當然就不懼昭告天下，也做好了護她周全的準備。

「剛還誇妳機靈。」沈湛手指一曲彈在她的額頭上，「就算爺以前見過妳又如何？總之爺既然相中妳了，妳就是爺的人了。」

蘇婉如暗暗鬆了口氣，她的身分在他們之間就像是一層窗戶紙，她感覺他是知道的，可是他不說她就不敢去捅破，她怕破了以後，她的命就真的丟在這裡了。

沈湛得寸進尺，抬著她的下頜，唇便覆了上來。

蘇婉如大驚用手捂住嘴，瞪圓了眼睛，「沈湛，你敢！」

「我怎麼不敢！」他當即在她額上親了一下，露出得逞的樣子，「笨死了。」

蘇婉如氣得撇過頭去不接話了。

沈湛笑了起來，就聽到盧成隔著簾子低聲道：「爺，屬下有事回稟。」

沈湛擰眉，聲音不悅，「說！」

「周先生受困燕子磯，探子回報說是後宋殘留的一股餘孽，想要拿住周先生來威脅您。」

周奉，表字道然，前朝進士，只是當時朝堂混亂，他空有一腔壯志卻投報無門，蹉跎三十多年後投靠了武夫沈湛，做了幕僚。

周奉是不是心甘情願的蘇婉如不知道，但是她聽說沈湛對周奉很看重。

蘇婉如心思轉過，看著沈湛的側臉，他有事也不回避，是因為在他心中，她就是他的私有物吧？自己的東西當然不用防著。

蘇婉如垂下眼簾，周身氣息驟冷。

沈湛掃了她一眼，忽然將她放下，牽著她的手往外走，「爺帶妳長見識去！」

蘇婉如被他拖著，心裡已猜到他要去做什麼，抵觸的道：「我不去，我哪裡都不去。」

沈湛卻不放手，步子邁得極大，「很有趣的，爺保證妳會喜歡。」

「我不去。」蘇婉如知道他要去殺人，她不想看，更不覺得有趣，「我不去，你鬆手。」

沈湛忽然停下來不耐煩的看她一眼，一把就將她扛在肩頭上，打著她的屁股，「妳就不能消停點，非得和爺唱反調。」

「沈湛！」蘇婉如大吼一聲。

沈湛語氣又軟了下來，「這樣走路快，妳這細胳膊細腿的，跟螞蟻爬似的。」

盧成站在屋簷下，目瞪口呆的看著遠去的背影，爺面對姑娘時，真是讓他覺得陌生啊！難道想娶媳婦的男人，都是這樣好脾氣？

院外，閔望看到沈湛扛著蘇婉如出來，問盧成，「爺要親自去？」

「是啊，我以為爺會讓我去的。」盧成撓了撓頭，臉色古怪，「爺為什麼要自己去呢？」

一群烏合之眾，還不夠讓沈湛親自出馬的。

「爺這是要彰顯雄風啊！」閔望露出一副只有我懂的得意樣。

盧成撇撇嘴，懶得理他，趕緊跟上了。

馬蹄錚錚，猶如踏上了戰場，蘇婉如被沈湛箍在胸前，心隨著每一次的顛簸，幾乎要躍到嗓子眼。

沈湛什麼意思？難道那些所謂的後宋餘孽她會認識，還是說，他故意要在她面前殺掉所謂的後宋餘孽來震懾她？

不會，以他的行事作風，完全沒有必要這麼做。

這點匪寇，他隨便派個屬下去就解決了，甚至報了官，自有人給他辦得妥妥當當的，一個活口不留。但是他卻選擇親自出馬，他到底什麼意思？

胡思亂想間，前面出現了騷動，隨即馬被勒停了，蘇婉如就看到一處山坡，坡上火把隱隱綽綽，看得見有人在跑，可卻沒有一個準頭，是怕照得太亮或是定著不動，成了箭靶子。

而沈湛這邊來了約莫百來人，她不知道他怎麼眨眼工夫就能招來這麼多人，平日他府中安靜的出奇，這些人都安置在哪裡呢？

「上面的人聽著，限你們一刻鐘內，將周先生交出來，侯爺可饒你們全屍。」

乾淨利索的話，根本不是商量，也不像解救人質，霸道得讓人瞠目結舌，蘇婉如翻了個白眼。

果然，山坡上有人回道：「放你娘的屁！老子限你們一刻鐘之內，送三十匹馬……不對，送五十匹馬過來，否則你們就給周道然收屍吧！」

話落，周圍寂靜了一息的工夫，驟然爆發出一陣大笑。

蘇婉如暗暗搖頭，兩方不論人數，就這戰鬥水準和策略也不在一條線上，一句威脅送馬的話，就暴露了他們的人數，都不用別人套話，自己就洩底了。

「五十匹夠不夠啊？」有人笑著打趣，「我們周先生一人就能吃一匹馬，你可別餓著他老人家啊！」

笑聲中，還夾雜著葷段子，聽得蘇婉如面紅耳赤。

「閉嘴。」一直沉默的沈湛忽然怒喝一聲，「平時怎麼教你們的，要以理服人。」

眾人一愣，頓時安靜下來，卻不知道沈湛為什麼發怒，他們平時行軍又沒有女人，這葷段子一口氣能說出百來個，就為了解悶。平時爺也不攔著，有時候興致好了還能和他們一起笑鬧，今兒奇怪了，要以理服人，難道這批匪寇來歷不簡單？

眾人思索著，還真就認真嚴肅起來，有人問道：「爺，這些匪寇難道是蘇家老二的那支野兵？」

蘇季擅練兵，他招募了兩千人的私兵，不歸後宋朝廷管，可自由來去。雖不入流可戰鬥力卻是極高，戰場上猶如一柄利劍，無往不利。

只是蘇季這支野軍就消失了，若真是那支兵，他們還真要認真一點。

他們問著，沈湛卻沒有說話，而是低下頭問蘇婉如，「妳認為呢？」她的身分，有的事可以不親自做，卻不能懼怕，這是今晚帶她來的目的之一。

蘇季練兵蘇婉如只參觀過一次，還是遠遠的站在屏風後看的，所以對方到底是不是，她怕還不如沈湛拿捏得穩。

只是這會兒沈湛問她，她不由認真思索了一下，反問道：「侯爺不必戲弄小女子了，我見識短淺，怎會有什麼想法。」

「爺問妳就答，哪裡來的這麼多託辭。」沈湛手臂一緊，箍著她，「說，不然這馬背上也不錯，新鮮。」

正經不過三句話，蘇婉如氣急，「你就不會說點別的？」

「除了這事我對妳沒別的想法。」沈湛答得嚴肅認真。

蘇婉如撫額，知道她今天若不說出個一二三，他說不定真會做出什麼荒唐事來。

「這些人來歷我不知道，但絕非經過正統操練的兵，很有可能只是一批打著後宋名義的草寇。這山坡看著易守難攻，可到底不過是個土坡，他們從抓住周先生到現在，至少有兩個時辰，這兩個時辰足夠他們找一處更好的藏匿地，就算找不到，在坡底設下落馬索，挖一條溝，布一些陷阱也是可以的。可他們什麼都沒有做，等在上面。看著有恃無恐，可心裡一定惶恐不安，戰戰兢兢。戰爭，比的是兵力戰術，可也比氣勢和底氣，這幾樣他們一樣都沒有，怎麼看都不像是後宋殘兵。」

就連人質周奉都沒有架著刀子拉出來溜一圈，現在被沈湛的兵氣勢所震懾，他們至多再熬半個時辰。

「說得好。」沈湛毫不吝嗇的誇讚，揉了揉她的頭，「不過，妳說得對不對，一會兒就知道了。」

蘇婉如一愣，就聽到沈湛一聲高喝，「杵著做什麼，以理服人！」

「是！」齊聲高呼，像是劊子手久不開刃，迫不及待的要拿人頭祭刀一樣，電光石火間，所有人衝了上去，沒有火把，沒有星光，他們像是生了貓眼，毫無障礙。

不是以理服人嗎？蘇婉如忍不住翻了個白眼，心內腹誹，就算兵再快，可也快不過上面人的刀子，兔子逼急了還會咬人，他們這樣不講究策略，豈不是逼得他們殺了周奉！

不過，她和周奉沒什麼關係，談不上可惜，所以她只是看著而已。說不定，沈湛也想鳥盡弓藏，借刀殺周奉呢！

蘇婉如心頭飛快的轉了幾道彎，不等她放穩心緒，沈湛拍馬箭一般的衝了出去，她頓時大驚，「你幹什麼!?」

他不會也要上去吧？她不要看殺人，不要體會血肉模糊，屍首分離。

「帶妳長見識。」沈湛單手攬著她的腰，另一隻手握著一柄足有七尺長的刀，刀面很寬，刃口又寒又利，泛著殺氣。

眨眼工夫，四周一片躁亂，嘶喊馬嗚糅在一起，有人在跑，有人倒下，蘇婉如目瞪口呆，遲鈍的感受著。

忽然，寒光一閃，血線飛濺，一顆人頭斷在沈湛的刀下，擦著她的臉飛了過來。頭離了身體，眼睛還瞪得圓溜溜的，死不瞑目的樣子，蘇婉如直愣愣的和那雙眼睛對視，像是被攝走了魂魄，定在了原處。

「爺厲害吧？」沈湛揚眉，俊臉湊近看著她。

蘇婉如啊的一聲驚叫，指著飛來的箭，「小心！」

沈湛眸光一亮，飛快的在她臉上親了一下，「還知道關心爺，沒白疼。」話落，他反手一抓，那支箭就在他手心止住，隨即手中長刀一投，那刀如同生了眼睛一般，直接插入敵人胸膛，戳了對穿。

蘇婉如嚇得揪著他的衣襟，將臉埋進他的胸膛。

「膽子真小。」沈湛將她牢牢抱在懷中，沒輕沒重的拍著，不過聲音難得柔和，透露著令人驚訝的耐心。

蘇婉如的神智漸漸回籠，黑黑的眼睛像是點了一盞燈，重染了神采，她慌張的推著沈湛，「你走開，走開！」

她就知道他不懷好意，帶她來這裡，就是為了嚇唬她的，這個可惡粗鄙的武夫！

「來勁兒了是吧！」沈湛彈了一下她的腦門，「看來爺是對妳太好了，讓妳忘乎所以。」

蘇婉如推著他的手驀然頓住，方才的一幕幕重回了腦海中，那顆死不瞑目的人頭，那對穿的身體，一具具倒下的屍體，她很清楚這場面實在算不得血腥，真正的戰場遠比這個殘暴可怕得多。

可是……蘇婉如痛苦的閉上眼睛，眼淚在眼眶轉著，生生的被她逼了回去。她的經驗太少，所以一直以來她雖知道沈湛不是普通之輩，可只停留在想像中，今天她算是見識到了。

就如他下令讓手下的人衝上去，她以為他們會來不及救周奉，她甚至鄙視沈湛沒有策略。可是她不知道，在這種情況下，沈湛根本不需要策略，他早就料準了對方根本不敢殺周奉。準確的說，不是不敢，而是根本沒有反應的時間，殺的能力。

他們太快了，像一陣血腥的颶風，眨眼之間捲到人前來，掃著頭顱裹著血腥，將原本人頭攢動的山頭夷為平地。

是啊，沈湛若沒有這樣的實力，又怎麼會打敗父皇和兄長他們，幫趙之昂奪得天下，她小看他了。

「想什麼呢？」他們依舊坐在馬背上，蘇婉如靠在他懷裡，雙眸對視，他蹙眉不耐煩，「還怕？」

她抿著唇搖了搖頭，「不怕。」

「死人而已，有什麼可怕的。」沈湛又拍了拍她的後背，像是要安撫似的，「多看看就好了。」

她不想看，不想經歷這些，她就想救出二哥，以後躲在二哥的背後過她的小日子，所以她恨沈湛，討厭他。

馬前有人走了過來，蘇婉如動了動，示意他讓自己坐好，沈湛霸道的箍著她，「坐穩了，小心掉屍堆裡去。」

蘇婉如心頭一跳，閉上眼睛不敢再動。

「侯爺。」周奉完好無損的出現在屍堆裡，五、六十歲的樣子，或許因為年輕時過得不順，便顯得有些蒼老，渾濁的眼睛裡透著精光，「這些人原是徐州焦奎的部下，前些日子焦奎被盧成剿了，他們就隨著二當家想從應天逃去鳳陽，沒想到進了應天卻出不去，正巧打聽到屬下路經此地，所以就抓了屬下做人質，給侯爺添麻煩了。」

周奉心裡很激動，他以為沈湛會派盧成走一趟，萬萬沒有想到，沈湛居然親自來了！作為幕僚能得主家這般看重，乃是極大的顏面。

「先生可曾受傷？」

「回侯爺的話，屬下只是被蚊子叮咬了幾個包，稍後抹點藥膏便可。」

「還是蚊子凶殘些，先生先行回府歇息，餘下的事交給應天衙門。」

周奉應是，抬頭不經意的朝上一掃，隨即愣住。他剛剛來時周圍太黑沒有細看，等到了跟前又一直低著頭，所以並沒有看到沈湛胸前還抱著一個女人，現在發現不由一驚。

別人不知道，他卻是清楚沈湛的脾氣，這幾年他收女人來者不拒，可從來沒有碰過，留在府中三五日就轉手送人的不計其數，所以還是第一次看到他這麼親密的抱著一個女人，出現在大庭廣眾之下。

他打量著那女子，容貌沒什麼可說的，自然是極美的，年紀約莫十四、五歲的樣子，倒是這身氣質讓他微微一愣，看穿著打扮不像是高門閨秀，且高門閨秀這半夜也不可能和沈湛來到這裡，且還做出這般親密之舉。

那麼就是普通女子，甚至很可能出身很不好，可是女子的氣質卻很特別，彷彿嬌生慣養出的世家小姐，有著睥睨天下的雍容和矜貴。

這樣的氣質若在一位公主或妃嬪身上自然恰到好處，可是出現在她身上很奇怪。

周奉這段心思一轉，不過一瞬間，他收回目光退了下去，卻轉身找到了閔望，「和侯爺在一起的女子是何人？為何早前不曾見過？」

「我也不知道。」閔望含糊其辭，下意識的不想多言，尤其是蘇婉如的身分太特別了，他連一個字都不敢多言。

周奉蹙眉，心裡好奇卻沒有追問，不管怎麼樣，到底是個女人罷了，或許就是因為特別，才得了侯爺的青眼。

「天快亮了。」蘇婉如揪著沈湛的袖子，聲音裡有著她自己都未曾察覺的柔弱，「我要回去。」

沈湛看著她像隻小貓一樣，軟乎乎的歪在他懷中，心頭一蕩，語氣不由自主的軟了下來，「知道了，這就回去。」

馬兒掉頭，慢悠悠的往山下走，比起來時的風馳電掣，此刻的速度讓蘇婉如懷疑天亮前她能回到錦繡坊嗎？若是之前她或許會問，可現在她卻不想再問了，沈湛要做的事，她根本左右不了。

「妳猜對了。」馬依舊走得很慢，他打算和她聊聊天，「想要什麼獎勵？」

蘇婉如一愣，下意識的轉頭看他，卻因為離得太近，她的鼻尖擦著他的下巴過去，忙又尷尬的回了頭，「我不要獎勵，只求你以後不要再讓我看到這些就行了。」

沈湛低頭看著她，「妳可知道焦奎是什麼人？」

「不想知道，我並非心疼誰的命，只是不想看到這樣的場面。」

她聽說過焦奎，在徐州一帶很有名，趁著亂世燒殺搶奪無所不作，當時父皇一心對付趙之昂，此類草莽打算等等再收拾，卻沒有想到，父皇沒處理的人，沈湛幫著他處理了。

蘇婉如沒有婦人之仁，這讓沈湛很滿意，捏著她的下頷，迫著她看著自己，本來似乎想說什麼，卻在看到她的眼睛時愣住了。

幽暗中，她眼睛似打磨過的寶石，浸在水中，透亮的讓他心頭一悸。他不悔帶她來這裡，卻心疼她受到的驚嚇。

嬌滴滴的蘇婉如像開在溫室裡的花朵，根本不曾經歷過風雨，忽然讓她面對這些，她當然會害怕，會惶恐。

「別怕。」他捧著她的臉，唇毫不猶豫的落下。

✣ ✣ ✣

蘇婉如坐在床頭，雖然沈湛還是趕在天亮前將她送回來了，但直到此刻心頭還是慌亂的，飛快的跳著。她想到沈湛的那一吻，她想讓開的，卻發現根本反抗不了。

今晚她真正認識到，她之前的抵抗和寧死不從是多麼的無知自大，他想要對她做什麼，莫說在侯府，就是在錦繡坊裡，他也手到擒來。

她現在就是魚肉，而他就是架在她脖子上的那把刀，攔在她前面的那隻惡狗。

她無權無勢，手無寸鐵，就算是死，他也有能力讓她辦不到。更何況，她不想死，她辛苦逃出來，不是為了窩囊的死在這裡，蘇季還等著她去救呢！

蘇婉如閉上眼睛倒在床上，沈湛的氣息毫無徵兆的鑽了進來，她驚了一跳睜開眼睛，房間裡並沒有別人，她才舒了口氣，卻覺得他那蜻蜓點水的一吻，依舊停留在她唇上。

他的唇乾淨溫暖，氣息如同他的人，渾厚強勢，霸道的落下卻並未停留。

吻後，他一副意猶未盡的看著她，笑露著白牙，讚道：「甜！」

若非她氣得哭了，他恐怕會繼續下去。

使勁的搓著唇，她煩躁不已，發狠的砸著枕頭，好像這就是沈湛一樣，恨不得撕碎了才好，「等我救出二哥，要你好看！」

咕噥著，她不知不覺的睡著，直到雀兒和蔡萱在院子裡嘰嘰喳喳的說話聲傳進來，她才迷迷糊糊的睜開眼，卻覺得頭昏腦脹，渾身乏力。

「生病了嗎？」蘇婉如揉著頭，想要喊雀兒，可聲音卡在喉嚨裡，人又渾渾噩噩的睡了過去。

不知過了多久，有人朝她的嘴裡灌了苦澀的藥，她皺眉抓著那人的手臂，「杜舟，這藥太苦了，你是不是忘記放蜂蜜了？」

「阿瑾，阿瑾。」有人在她耳邊喊著。

阿瑾是誰？她不記得認識這人，腦子裡嗡嗡作響，心頭念叨著，「父皇，我好害怕，人頭像球一樣骨碌碌的滾著！父皇，我進不了登月塔，我拿不到如月令，我好沒用，什麼都不會。父皇，那個人攔在我面前，我好怕就算我拿到如月令，他也不會讓我救出二哥的。」

蘇婉如懊惱的哭著，恨自己沒用，那顆人頭，那雙眼睛就像定格的照片，在她眼前放大，嘴角流著血，惡狠狠的瞪著她。

「二哥……二哥！」蘇婉如猛然驚醒，窗外豔陽投射進來，她出了一身的汗，像是長跑過似的，全身一點力氣都沒有。

她苦笑，自嘲不已，這點驚嚇就讓她病了一場。她當初還信誓旦旦的和母后說，她一定會拿到如月令，一定會救出二哥。

她撐著坐起來，想要下床，就在這時門被推開，雀兒端著藥進來，看見她醒了頓時高興的道：「蘇姐姐妳醒了，真是太好了，我剛煎了藥，妳快喝了。」

「謝謝。」蘇婉如接過來喝完，「我睡了多久？」

雀兒接過碗又給她遞了顆蜜餞，「就睡了一個上午，我還以為妳會像大夫說的要睡個一天呢！姑姑來過了，說讓妳歇著，不用急著去上工。」

「嗯。」蘇婉如拿了蜜餞愣了一下，還是放進嘴裡，去床後把汗濕的衣服換了，「大夫怎麼說的？」

「大夫說妳可能是太過疲累又受了驚嚇的緣故，歇一歇喝兩劑藥就沒事了。」

還真是受驚了，蘇婉如哭笑不得，鄙視自己的沒用。

「我已經好了。」經過昨晚，她忽然鎮定下來，沈湛那邊她先見招拆招，看樣子他暫時不會對她怎麼樣。當務之急，她要在錦繡坊出頭，想辦法取得邱姑姑和段掌事的信任，帶她進登月塔。

「妳不再休息一下嗎？姑姑都說了讓妳休息的，妳就安心躺著養身體吧！」

蘇婉如梳洗後，雖腳步有些虛浮，可到底精神好了不少，「沒事，我要是累了就回來歇一歇。」

雀兒勸不住，只能隨她去了。

蘇婉如還是去了館裡，眾人見她來也沒什麼反應，各自做著事，只有蔡萱過來扶她，「妳怎麼過來了？」

「燒退了，已經沒事了。」她不想耽誤時間，想早點離開這裡。

蔡萱也不多勸，只是奇怪的看了一眼坐在一邊的巧紅，尋常這時候她該嘲諷幾句才是，怎麼今天卻跟霜打的茄子似的，半句話都沒有？

不但是她，就連林秋月也覺得奇怪，巧紅今天太反常了。

這時段掌事和邱姑姑過來，眾人歇了針起身行禮，「掌事好，姑姑好。」

「做事吧，時間也不是多充裕。」

大家就又各自忙碌，沒了聲音。

「阿瑾妳怎麼來了，不是讓妳休息，身體好了？」邱姑姑看見蘇婉如便走了過來。

「已經好了，就來上工了。有姑姑關心，我更是不敢懈怠了。」

「妳這孩子也太實誠了。」邱姑姑搖了搖頭，雖這麼說，可眼底皆是滿意。

段掌事也跟了過來，目光落在繡架上，微微一愣又細看了幾眼，「這是妳繡的？」

「是，繡的不好，還請掌事和姑姑指點。」

段掌事看了她一眼，伸手撫了撫針腳，像是想到了什麼久遠的事，神色有些複雜。

「掌事，可是有什麼不妥？」

「沒什麼。」段掌事回神，看向蘇婉如，「妳這針法受過誰的指點？」

字有筆跡，針有針腳。

外行瞧著繡品自然沒有區別，可內行的卻是能辨出針腳的不同，就好像師父教徒弟，徒弟學的武功出自師父，拳腳走向套路上，自然就會有師父的影子，內行一看就明白。

段掌事有這一問，邱姑姑雖沒有立刻懂，卻大致猜到了什麼，怕是蘇婉如的師父是段掌事認識的。可是段掌事一生都在錦繡坊，從原來聞名天下的繡娘變成這裡的掌事，她認識的人自然也出自錦繡坊，她心頭疑惑，也朝蘇婉如看去。

蘇婉如心如明鏡，她的師父宋五娘，和段掌事系出同門。天下人都知道宋五娘進宮做了公主的師父，所以她不敢太張揚，只露了稍許，讓段掌事覺得親切罷了。

「在家時有一回接了繡莊的繡活，繡好後送去繡莊，恰巧遇到一位繡娘，得了她幾日的指點。掌事，可是我的針腳有什麼不妥？」

「沒什麼。」段掌事著重看了眼蘇婉如，這針法有宋五娘的影子，她看著就想起年輕時的光陰，不由含笑道：「妳小小年紀有這功力已是難得，不過這旋針盤時若能再穩點會更好。」

邱姑姑暗暗鬆了口氣，「掌事多年不開口指點誰，妳這丫頭是有福氣的，還不快點謝謝掌事。」

「謝謝掌事。」蘇婉如笑著道謝。

「多練練就好了。」段掌事頷首，吩咐邱姑姑，「妳讓三娘下來吧，我說幾句話就走。」

邱姑姑應是，指了蔡萱去喊劉三娘。

不一會兒劉三娘從樓上下來，快步過來行了禮，「掌事、姑姑，可是有什麼吩咐？」

「鎮南侯來應天已有月餘，司公公想要宴請他，親自登門幾次他都未答應。今天再去，他的幕僚居然替他應了。」這不是什麼機密要事，段掌事便當著眾人的面說，「定的是十日後，司公公也想借此機會在應天露個臉，再和侯爺攀個交情。遂點名囑咐讓妳這幾天趕製二十個荷包出來，顏色大氣點，到時候他裝了東西打賞用。」

劉三娘是山水館的頂梁柱，也是錦繡坊的招牌之一，司公公要面子，讓她親自繡荷包雖有大材小用，但也可以理解。

「是。」劉三娘當然不能推脫，「那我將手裡的活放一放，專心給公公繡荷包。」

段掌事滿意的點了點頭，「到時候妳跟著邱姑姑和我一起去，也順便帶妳們認識幾位夫人。」

居然還請夫人！司公公這是打算給沈湛做冰人？如果真是這樣，那這應天城中恐怕就要不太平了。不過要是沈湛成了親，那就不會再來找她發神經了吧？想到這裡，蘇婉如心裡頓時高興起來。

段掌事說完，又吩咐邱姑姑，「妳跟庫房打聲招呼，讓蘇瑾去挑塊布料，做身衣服，雖不是大家小姐，也不能穿得太寒酸。」

邱姑姑面色複雜的掃了一眼蘇婉如，點頭應是。

蘇婉如心頭一跳，驚訝的看向段掌事，「掌事，我也要去嗎？」

劉三娘地位不同，去是理所應當，她不過一個小繡娘，段掌事為什麼帶著她？難道是因為覺得她的針法親切。

段掌事沒說話，邱姑姑卻是咳嗽了一聲，「能去那種宴會是妳的福氣，妳到時候只管跟著三娘就好了，不用戰戰兢兢的。」

「都去忙吧！」段掌事不再多言，帶著邱姑姑出了門。

兩人出了山水館，邱姑姑低聲問道：「掌事，帶蘇瑾去可是朱公公的意思？」

上次沈湛對蘇瑾的喜歡沒有掩飾，她覺得朱公公很有可能做這件事。

果然，段掌事無奈的點了點頭，嘆氣道：「今時不同往日，如今我們仰人鼻息求活路，自然是他們說什麼，我們做什麼。」

邱姑姑頓時臉色難看起來，錦繡坊的繡娘多，雖出身都不大高，可也是良家女子。這幾年她們也會給繡娘們說親事，幫出去的繡娘找東家，可從來沒有做過將她們送給權貴的下作事。

「掌事，若是侯爺真的看中蘇瑾，朱公公做主要送了她，怎麼辦？」

到時候錦繡坊的名聲就完了。

「走一步算一步吧！蘇瑾畢竟不是賣身給我們，她有決定自己去留的權利。若真的走到那一步……」要真的走到那一步，其實她們一點辦法都沒有，「所以我們一定要打起精神來，務必給宮裡的主子留下好的印象。」

有了靠山，就算司三葆胡作非為，她們也能有個投訴的地方。

「明白了。」邱姑姑點頭，卻覺得段掌事的態度不夠堅決。

蘇婉如則心裡發涼，蔡萱高興的說話聲，林秋月幾人陰陽怪氣的嘲笑聲她都聽不清。

段掌事為什麼帶著她一起去，方才她還沒有想到，此刻卻已經明白了。怕是司三葆想要討好沈湛，而來作踐她。

這個閹人！蘇婉如氣得牙癢。

「阿瑾，我陪妳去找料子，要找身鮮豔點的，到時候妳一定比那些世家小姐還要漂亮。」

「好。」蘇婉如心不在焉的應一聲，一回頭看到陸思秋陰冷著臉站在門口。

陸思秋見她看來便陰陽怪氣的道：「妳這插屏早點繡出來，今兒江陰侯府還派了媽媽過來問了。」

是了，如果讓急著和沈湛結親的韓家知道司三葆也在打沈湛的主意，韓老夫人會怎麼想？

瘦死的駱駝比馬大，韓老夫人的勢力自然比她這個小繡娘要高呀！

晚上，蘇婉如賴在蔡萱房裡不回去，胡瓊月下工回來，見到她猶如沒有看見一般，自顧自的洗漱上床。

蔡萱覺得有些尷尬，就笑著問道：「胡姐姐，錦繡館那邊是不是也要比賽，妳參加了嗎？」

胡瓊月本不想答，可一看到蘇婉如，便故意道：「我不用參加比賽，姑姑讓我獨自為皇后娘娘做套衣服，煙霞色的琉璃紗。」

「天啊！妳一個人做嗎？到時候妳也會進宮嗎？」蔡萱十分羨慕。

蘇婉如卻好像沒有聽到似的，低著頭飛針走線。

胡瓊月彷彿一拳打在了棉花上，意興闌珊的翻個身不搭理她們了。

蔡萱嘟了嘟嘴，低聲和蘇婉如道：「胡姐姐越來越怪了。」

她是沒炫耀成功心裡不舒服而已，蘇婉如太瞭解胡瓊月了，「快做事，時間不多了。」

蔡萱哦了一聲，沒有再說話。

這一夜很平靜，蘇婉如一覺到天亮，醒來的時候看到蔡萱對著她笑，她也笑了起來，心情出奇的好，「晚上我還來妳這裡睡。」

就這樣，一連六天蘇婉如都睡在蔡萱的房裡。

「看來他也要臉，怕被人發現啊！」蘇婉如有些得意的咕噥。

第七日時，她的插屏繡好了，就捧著去找陸思秋，「繡長，插屏繡好了，您過目。」

陸思秋看著插屏一愣，插屏是扇形，右邊圖案上次見過，半包著的石榴鮮紅欲滴，左邊的卻是淺棕樹幹，樹幹下歇著一隻五彩的錦雞。這配圖她還是頭一回見，很是特別。

「東西好不好我這裡說了不算，一會兒東西會送韓府去，韓老夫人如何說才最關鍵。」

蘇婉如應是，目光微微一轉，露出擔心的神色來，「繡長，墨汁的事韓老夫人不會知道吧？」

陸思秋心裡一動，眼睛都亮了幾分，隨即擺手道：「我們不說，她如何知道？」

蘇婉如點頭應是，笑著離開了。

陸思秋立刻喊來婆子，「這是江陰侯韓老夫人訂的插屏，妳帶著當時的花樣一起送過去。記得多誇誇蘇瑾，這插屏她繡得不易，當初那滴墨她花了三天的工夫才處理好。也好叫韓老夫人知道，我們錦繡坊對她老人家的重視。」

婆子眼睛滴溜溜一轉就明白了陸思秋話中之意，「繡長放心，這些話婆子一定說。」

「去吧，路上幫我買點糖栗子，剩下的錢媽媽拿去買酒吃。」陸思秋塞了錢給婆子。

婆子滿臉堆笑，拿著東西就去了江陰侯府。

「阿瑾，妳說韓老夫人會不會打賞？」蔡萱很期待。

蘇婉如不屑，想到了以前。江陰侯從前追隨父皇，恨不得自宮服侍，現在後宋沒了，他們散盡家財四處巴結。所以她料定韓老夫人一定會盯著沈湛，想要和他這個當朝新貴聯姻。

如果她能左右，她倒是很樂意沈湛和江陰侯府成事。江陰侯府雖是百年世家，但內裡早已腐敗不堪，沈湛若是答應，不出五年就能被江陰侯拖累得沒了氣勢，是一舉兩得的好事啊！

「若是有，我們就上街買糖吃。」蘇婉如在繡架前漫不經心的劈線等待結果。

一個時辰後，有兩位婆子匆匆跑來，站在門口喊道：「陸繡長，陸繡長在嗎？」

陸思秋從房裡出來，「蔡媽媽找我，可是姑姑有事吩咐？」

「是，姑姑讓妳和蘇瑾姑娘去一趟管事那邊。」

「我們這就過去。」陸思秋眉梢一挑，眼底頓時亮了起來，似笑非笑的撇了一眼蘇婉如，「蘇瑾，跟我去掌事那邊。」

蘇婉如淡然應是，隨著陸思秋出了門。

「怕是韓老夫人覺得妳繡的好，要賞妳呢！」陸思秋走著，斜眼看著蘇婉如，她鼻梁高挺，皮膚白裡透紅，吹彈可破，她頓時惱怒的連諷刺的話都不想說了。

蘇婉如掃了她一眼，含笑道：「托繡長的福。」

陸思秋心底冷笑，暗自腹誹，一會兒有妳好受的。

第七章 轉危

兩人去了前院，段掌事處理公事的書房就在側院，離正門很近，所以她們穿過垂花門，蘇婉如就看到黏貼在門頭上的那張畫像——胖嘟嘟的臉，豔麗的衣服，經過幾日曝曬越發的慘不忍睹。

蘇婉如不禁想起罪魁禍首，又在心裡將沈湛罵了一通。

書房外守著的婆子進去通稟，兩人前後進了門。

房間一溜的書架，擺著的書不多，但一應的繡品掛畫卻是很多，皆都是上佳之作，段掌事和邱姑姑在羅漢榻上對面而坐，蘇婉如隨著陸思秋行了禮。

「坐吧！」段掌事揉了揉額頭，端著茶喝著。

邱姑姑見此便先開了口，「思秋，江陰侯府的插屏是妳讓婆子下午送去的？」

陸思秋沒坐，躬身立著回道：「前幾日韓老夫人身邊的媽媽來催過，今日蘇瑾繡好了，我就自作主張讓婆子送去了。」

這事陸思秋是能做主的，邱姑姑便沒有多說，「韓老夫人讓人請蘇瑾去侯府。」

「請蘇瑾？」陸思秋顯得很高興的樣子，看了一眼乖巧站在一邊的蘇婉如，「老夫人這是很滿意？」

邱姑姑眉頭就擰了起來，看向一邊站著的婆子，那婆子就回道：「奴婢將插屏送去的時候，韓老夫人沒說什麼，後來韓大小姐來了，也不知從哪裡聽得說插屏的底布是髒的，還親自當著老夫人的面指出來了。老夫人當下就很生氣，說錦繡坊可是看著他們江陰侯不如從前，隨意應付了事。」婆子學著韓老夫人的語氣，餘光有些幸災樂禍的瞥著蘇婉如。

「怎麼會這樣？」陸思秋驚訝不已，「繡品處理得很乾淨，根本看不出來呀！」

邱姑姑看了一眼段掌事，解釋道：「這事只看收貨的人怎麼想的罷了。」對方如果有意為難，就算妳繡得再好，也是會找碴的。

「姑姑，要不然我替蘇瑾走一趟吧！我以前拜見過韓老夫人，也算能說句話。更何況蘇瑾是我的人，東西也是我送去的，責任理應由我來擔。」陸思秋說得情真意切，一副很有擔當的樣子。

「妳這孩子是個有擔當的，不過妳去也沒什麼用，讓邱姑姑帶著蘇瑾去吧！免得她見著妳們兩個小丫頭，又說我們錦繡坊慢待他們。」

掌事發了話，陸思秋當然不會堅持，更何況她也沒有真的想去。

「那我就帶蘇瑾走一趟。」邱姑姑心裡不舒服，她覺得蘇瑾的繡品算是上品了，尤其是那滴墨處理得極好，不但不影響繡品，而且還增加了一些野趣。

韓家的人若想要拿錦繡坊立威，她也不會任由欺負的。錦繡坊雖沒有實權，可韓家真想要對她們怎麼樣，也不是容易的事。

邱姑姑打量了一眼蘇婉如，見她穿著坊裡的衣裙，模樣很俏麗，不用再特意捯飭，「走吧，路上我教妳一些高門府中的規矩，妳照著我說的做就行了。」

蘇瑾直到現在才開口，「是，我聽姑姑吩咐。」

邱姑姑很滿意蘇婉如的態度，不卑不亢也不慌張，讓她瞧著心裡也莫名安定了許多。

兩人去了側門，門外候著馬車，駕車的是個婆子，隨車的兩個婆子膀大腰圓，蘇婉如看著心頭失笑，覺得她這回是跟著邱姑姑去江陰侯府打架的。

「妳也不用緊張，進門不要東張西望。韓老夫人要是問妳話，妳只管回答就行了，別的事有姑姑在。若是被罵了或是譏諷了妳便忍忍，除此之外她們也不敢對妳怎麼樣，有姑姑在，定能護著妳。」

蘇婉如抬頭看向邱姑姑，甜甜笑了起來，「謝謝姑姑。」

她不笑時模樣乖巧溫順，嬌嬌弱弱的，可一笑大大的眼睛便彎成了月牙兒，嘴角淺淺的梨渦俏皮可愛，看得人心都能跟著化開，邱姑姑情不自禁的摸了摸她的頭，「妳這孩子生得也太好了。」但想到了司公公的意思，又暗嘆了口氣。

馬車走在街上，外面車水馬龍異常熱鬧，蘇婉如卻規規矩矩的坐著。

「妳這規矩不錯，現在北方那邊也跟著南方學規矩，百年望族規矩多不用說，那些新起之貴更是嚴厲，處事樣樣都照著規矩來，女子連二門都不出。我們錦繡坊裡的姑娘雖出身不高，可將來說不定也要進這些高門做事，克己些沒有壞處。」

蘇婉如應是，心頭卻在腹誹，趙之昂出身草莽，別說規矩，怕事連書都沒讀過幾本。他的皇后出身將門，騎馬打仗不再話下，可讓她統管後宮做天下女人賢淑溫良的表率，她牙都要笑掉了。

還讓勛貴將規矩立起來，難不成有了規矩，大周這群草包就不是草包了？根本是自欺欺人罷了。

不一會兒馬車在江陰侯府側門停下，跟車的婆子遞了名帖，她們就在側門外足足候了小半個時辰才進去，過了影壁在垂花門停下，換了個婆子引路，往內院去。

就在這時，一陣男子的哄笑聲傳來，邱姑姑一驚回身拉著蘇婉如往前走，引路的婆子也催促道：「走快點。」

「前面的人跑什麼？站住！」

身後傳來呵斥聲，引路的婆子頓時回身行禮，「世子爺、朱大爺、杜二爺。」

蘇婉如就不得不跟著邱姑姑一起行禮。

「美人啊！」朱珣像是發現寶藏似的，眼睛發光，「子陽，沒想到你們府中還藏著這樣的寶貝！」

子陽，是韓江毅的表字。

「這不是我們府中的。」韓江毅一眼就認出蘇婉如，那天沈湛和她說過話，他印象很深刻，「是錦繡坊的小繡娘。」

朱珣是山東人，父親是趙之昂舊部朱一攀，此番受封為長興侯，在京城開了府。這一次他是跟著沈湛一起來應天的，暫住在江陰侯府。

「啊哈，我知道了，就是上次沈老八誇了句江南美人的那位繡娘。」朱珣拿著扇子就去挑蘇婉如的下巴，「今兒運氣不錯，居然讓小爺碰到了！」

蘇婉如厭惡至極，蹙著眉頭不等他的扇子碰到自己，便躲在邱姑姑後面，低聲道：「姑姑，我們去遲了韓老夫人不會怪責我們吧？」

一群飯桶，封賞的鐵券還沒焐熱，就學著人家做紈褲膏粱了，蘇婉如鄙夷不已。

「世子爺，老夫人召見，不敢耽誤。」邱姑姑暗暗鬆了口氣，高興蘇婉如的機靈。

韓江毅深看了一眼蘇婉如，小姑娘看上去受了驚嚇的樣子，大大的眼睛水汪汪的，恐怕快要哭出來了，他頷首攔住了朱珣，「不是要去城外迎侯爺，再不去就來不及了。」

朱珣一聽，立刻點頭，「對哦，說好去迎他的，要是沒去他肯定又不理我了。」說完，又盯著蘇婉如，嘻嘻笑了起來，「小姑娘，改天我去找妳啊！」

韓江毅擰眉，卻沒有再多說什麼，拉著朱珣離開。

「沈老八這次一走好幾日，你說他去做什麼了？」朱珣念叨著，「說好一起玩的，他卻一個人偷偷出去，把我留在這裡，太不夠意思了。」

張口閉口沈老八，韓江毅是不敢喊的，「不是說寧王要來江南，會不會是準備迎寧王的事宜？」

「他去迎寧王？」朱珣一副吃了魚刺的表情，「聖上來了他都不會去迎，莫說那個半道認父的寧王了。」

韓江毅想想沒敢附和。

「走了，走了。」朱珣拉著韓江毅，又忍不住回頭去看蘇婉如，意猶未盡的樣子，「等接了沈老八，咱們一起去繡坊。」

原來沈湛出門了！蘇婉如聽了一耳朵，前幾天的得意頓時消失的無影無蹤。

還以為她和蔡萱住在一起，對方才沒有敢派人來擄她，今晚要把門窗關好才行。

和邱姑姑進了正院，在外面又候了一盞茶，終於出來一個大丫鬟，「邱姑姑請隨奴婢來。」

邱姑姑道了謝，帶著蘇婉如進了右邊花廳，一進門是一扇屏風，一看就是錦繡坊的手藝，繡著八駿圖，色彩配得很張揚，兩人繞過去便是一連排的多寶閣，上面擺著各式各樣的玉器琺瑯，擺設得很華貴。

靠窗的羅漢榻上，坐著韓老夫人，穿著深紫右衽的褙子，頭髮花白，容貌保養的倒是不錯，一雙眼睛精光熠熠，和蘇婉如想像中的模樣差不多。

韓老夫人身邊坐著一位十五、六歲的女子，繡眉大眼，神態端莊，正一臉討巧的給韓老夫人垂著胳膊，這應該是韓大小姐了。

韓夫人早世，江陰侯並未續弦，所以侯府中饋由韓老夫人掌管。

邱姑姑上前去行了禮，韓老夫人淡淡的掃了她一眼，指了指擺在一邊的插屏，「妳既是親自來了，就把插屏帶回去，讓劉三娘繡一個補上，這事便作罷。若不然，我明兒便親自去找司公公，讓他給我一個說法。」

劉三娘現在的身價，憑江陰侯怕是還請不起，就算是統管錦繡坊的司公公想要她繡荷包，也是先和段掌事商量的。

韓老夫人一上來就點名劉三娘，讓邱姑姑直皺眉，可到底身分有別，她只得解釋道：「老夫人，這插屏雖不是三娘所繡，可繡活卻是極好的，自己把玩還是送人都不失身分。」

不管怎麼樣蘇婉如是她的人，而且插屏是雙面繡，繡工她親自看過，不辱江陰侯府的面子。

「邱氏，繡工如何我老眼看得清，可底布是髒的，妳又怎麼解釋？我倒是不知道，堂堂錦繡坊，居然連塊琉璃紗都換不了？還是說，妳們瞧不上我江陰侯府，隨意糊弄了事？」

「我們絕對沒有這個意思。」邱姑姑有些著急。

韓老夫人端了茶，沉了臉，「妳不用解釋了，這件事妳要做不了主，就請妳們掌事來，若妳們掌事也不行，那就讓司三葆來和我說。」

韓老夫人這是想要殺雞儆猴，拿錦繡坊立威了！邱姑姑心頭不悅，也不想多解釋了，想拿了插屏走人，蘇婉如卻是先一步捧住插屏，看向韓老夫人，笑道：「老夫人，民女姓蘇，這插屏就是我繡的。」

韓老夫人就擰眉不喜的看著蘇婉如，「怎麼，妳還想邀功不成？」

「倒不是這個意思。」蘇婉如安撫的看了一眼邱姑姑，將插屏擺在炕几上，又在一邊端了燈擺在後面。

燈光一照韓老夫人立刻就看到了原本被遮住的墨汁印跡隱約透了出來，她臉色更加難看，「放肆，妳一個小繡娘，也膽敢來羞辱我！」

「老夫人您誤會了，當初落了墨汁我們沒有更換底布，並非是對侯府不重視，而是我們沒有捨得換。」

韓老夫人一愣，一邊端坐著的韓正英也滿臉驚訝，不由去細看上面的印跡，隨即驚呼了一聲，「這上面的圖案像是……虎頭！」

「是的，這印跡純屬意外，卻意外的頗有些野趣，民女覺得這是機緣，所以就留下來了。」

事實上這所謂的「機緣」，是蘇婉如後來自己添加上的。

韓老夫人也細細的打量，一邊的婆子也貼上來，看了幾眼後頓時笑著道：「老夫人，還真是個虎頭呢！」

韓老夫人沒有說話，但臉色卻和方才完全不同。

邱姑姑也看到了，不由滿腹疑問，當初蘇婉如可半句沒有提。

「除了這圖案，還有另一件事。」蘇婉如接著又指著上面的雞，「那一夜我趕活兒，迷迷糊糊打了個盹兒，等醒來的時候，我竟不知不覺繡了隻展翅的錦雞。這雞繡成後，這繡品如虎添翼般的有了靈性，所以民女就擅自給這繡品取了個這個名字。」

如虎添翼，對於現在的江陰侯府來說，是最想聽的話了。

「還真是有幾分野趣了。」韓正英掩面一笑，就挽著韓老夫人，「祖母，這插屏本來不覺得有趣，可這小繡娘一解釋，我反倒是越看是喜歡了，就別換了，收了吧！」

韓老夫人沒有說話，視線落在插屏上神色莫測。

難道真是天意？鎮南侯屬虎，正英屬雞，這插屏她又是給正英做嫁妝的，若婚事能成，江陰侯府豈不正是如虎添翼！

想到這裡，韓老夫人轉怒為笑，嗔怪的和韓正英道：「妳這孩子，剛剛還說不喜歡的，這轉眼又說喜歡了，真拿妳沒有辦法。」話落，又看著邱姑姑，「行了，既然正英說留下，那便依她吧！」

邱姑姑頓時鬆了口氣，這事解決了就行，她還真怕韓老夫人鬧到司公公那邊去，小事變成大事，「難得大小姐喜歡，是我們錦繡坊的福氣，多謝。」

「不用謝我。」韓正英看了眼蘇婉如，沒想到錦繡坊居然有容貌這麼出色的繡娘，「是這位小繡娘機敏，見著野趣就留了底布，還聞弦音知雅意的添了隻錦雞，實在是心思巧妙。」

邱姑姑笑著應是，蘇婉如也笑得眉眼彎彎，孩子氣的道：「是吧，我覺得老虎很有趣，上回鎮南侯來錦繡坊修補帕子，上面繡的也是一隻老虎呢！」

韓正英一愣，不等她說話，韓老夫人就問道：「侯爺去錦繡坊修補帕子？」侯爺府中是有女人，可那些不過只是玩物，他不可能特意為了那些女人走一趟錦繡坊，一定是有什麼別的事。

蘇婉如還要再說，邱姑姑卻打斷了她的話，「我們來叨擾多時，這便告辭了，老夫人和大小姐往後有事派人過去吩咐一聲即可。」

「嗯。」韓老夫人就不再留，賞了蘇婉如十兩銀子，讓人送她們出去，待她們一走便喊了心腹婆子過來，「妳去打聽一下，鎮南侯去錦繡坊做什麼？發生過什麼事？細細的打聽，不要遺漏。」

婆子來去很快，和韓老夫人細細說當日情形。

「去查後宋的公主？」韓老夫人就想到那年在平江府皇宮拜見林皇后時，那隔著屏風纖細玲瓏的身影，和嬌蠻的語氣，「沒有查到？」

婆子點頭，「不過侯爺將後宋公主的畫像貼在錦繡坊的門頭上了。」又說了一下後宋公主的容貌，實在是太醜了。

醜？韓老夫人擺了擺手，「這話不當說，那公主我雖沒有見過，可林皇后的容貌卻是天下少見的，不單單她，蘇正行也是清俊周正的，他們的孩子怎麼會難看成那樣？」

婆子想想也對，「或許那畫像是恨他們的人刻意畫的。」

「這事暫時不提。」韓老夫人的重點還是放在沈湛身上，「妳說他還誇了一個繡娘生得好看？」

婆子餘光掃一眼在一邊安靜喝茶的韓正英，低聲道：「侯爺誇了，奴婢也生了好奇心，還特意打聽了一下，那繡娘就是今兒跟著邱姑姑來咱們府裡的那位。奴婢看著那繡娘就不喜歡，您可注意到，那繡娘笑起來眼睛發光似的會勾人。」

韓老夫人當然感覺到了，可這並不重要，「一個野丫頭，生得美可不是福氣。」

「老夫人，聽說過兩日司公公要宴請侯爺，卻是指名段掌事要帶著那位蘇繡娘赴宴呢！」

這麼說，司三葆打算投其所好，送美人巴結沈湛？

「好一個司三葆，拿了我們的好處，卻和我玩這套！錦繡坊什麼時候也做起了這皮肉生意了？」

韓老夫人氣得不輕，說話就沒了顧忌，婆子聽著一驚咳一聲，暗示的指了指韓正英。

韓老夫人蹙眉，將韓正英打發回去。

韓正英放了茶盅就辭了出去，卻是覺得韓老夫人心急了些，不過一個繡娘，司三葆就算送去沈湛收了又怎麼樣，難道還能抬了做正室不成。

沈湛眼下雖有從龍之功，可到底根基太淺，上無父母幫忙支應，後無族人扶持打理，他若是個聰明人，眼下和江陰侯結親是最合適的。

他們門第高卻處境尷尬，需要沈湛的提攜，而沈湛恰好用得著侯府盤根錯節的關係。彼此各取所需，站穩腳跟。

韓正英覺得沈湛能走到今天這一步，絕不會是個傻的，所以這門親事他勢必不會拒絕。

既如此，祖母就不用這樣患得患失，司三葆也好，朱珣也罷，都是次要的，只要讓沈湛看到他們侯府的實力和對他的好處，他不會不願意的。

韓老夫人卻不這樣認為，她方才說的雖是氣話，卻知道司三葆這個人的本事，更知道沈湛的脾氣。這門婚事不等新婚洞房，都不算成事。

「後天的宴席，我要仔細想想。」韓老夫人靠在羅漢榻上，眉頭深鎖，慢慢做著打算。

而城外，朱珣一行人騎馬立在城門口，老遠就看到沈湛朝這邊奔馳而來。

「沈老八。」朱珣揮著手，「你太不夠意思了，走都不和我說一聲。」

沈湛策馬過來，二話不說，突然出手將朱珣從馬背上扯下來，砰的一拳就打在了他的臉上。

「你發什麼病啊!?」拳頭雨點似的，朱珣被打懵了，只能拼命護著臉，「你別打臉啊，我就靠這張臉了。」

沈湛才不管他，劈里啪啦一頓打。

韓江毅幾個人懵了好一會兒，才想起來上前拉架，「侯爺息怒，都是兄弟，有話好好說。」

「沈湛，你騎馬磕著腦子了是吧？」朱珣一張臉立刻腫了起來，「你今天要不說出個理由，我和你沒完。」他說著，疼得嘶嘶吸氣。

沈湛指著朱珣的鼻子，「老子看你不順眼，這理由算不算？」

「你！」朱珣咬牙切齒，一口氣堵在胸口，「你什麼時候看我順眼過，為什麼獨獨今天動手？」

沈湛哼了一聲，翻身上馬，「滾回京城，要不然見你一次打一次。」話落，拍馬走人。

朱珣一臉的委屈，他招誰惹誰了，好心好意來接他，居然二話沒說被揍了一頓，他怎麼這麼倒楣！

「正言，你還好嗎？」韓江毅不忍看朱珣的臉，「我陪你去看大夫吧！」

朱珣擺擺手，「皮肉傷，塗點藥就行了，我沒這麼嬌氣。」

「那……」韓江毅猶豫著，「你現在去找侯爺，還是先回府裡？」

朱珣扶著馬背立著，「回去收拾東西，我明天回京城。」

韓江毅聽著心頭大怔，他忌憚沈湛是因為他的軍功和聖上對他的寵信，可是私心裡還是覺得沈湛是一個莽夫，畢竟他做事常常是一時意氣。就拿剛才的事情，他無緣無故的就動手打人，朱珣雖不足為懼，可他父親卻不得不忌憚的，就算是沈湛也該思量輕重。

可比打人更令他驚訝的是，朱珣不但不追究，還真的聽沈湛的話明天就回去，這莫名讓他心頭不安。

「正言兄，你這身傷能趕路嗎？」

朱珣翻身上馬，捂著臉樣子極其的滑稽，「沒事。」他要不走，沈湛真的會見他一次打他一次。

他打不過沈湛，也惹不起沈湛，而且如果讓他爹知道他和沈湛鬧翻了，肯定要打斷他的腿。還是老實點的好，臉沒了，好歹還有命。

更何況，他們多年交情，沈湛說話做事看著隨意，卻絕不會無的放矢。他先回去，其中內情早晚都會知道。

「事情解決了就好。」段掌事鬆了口氣，實在是不想無事生非，「江陰侯府雖不如從前，可想為難我們還是輕而易舉。」

邱姑姑應是，看著蘇婉如，「也是這丫頭聰明膽大，不然今天這事還真是不好說了。」

段掌事也含笑看著蘇婉如，「好好學，將來必有前途。」

「我一定好好學，將錦繡坊的手藝發揚光大。」

她的一派天真惹得段掌事和邱姑姑都笑了起來，「這話說得倒也不算錯。」蘇婉如的繡法和宋五娘有點像，也算是師出錦繡坊。

邱姑姑含笑點頭，待蘇婉如離開，才道：「先讓她磨練一年，明年我就讓她到三娘身邊去。」自己的人得了掌事肯定，她也與有榮焉。

段掌事頷首同意。

而蘇婉如一回到山水館，裡面嘰嘰喳喳的吵鬧聲就驟然停了，陸思秋問道：「韓老夫人如何說的？姑姑可罰妳了？」她語氣關切，可眼底的興奮卻怎麼也掩藏不住。

就算不罰，可由韓老夫人訓斥一頓，再將這事傳出去，往後再也不會有人找蘇瑾繡東西。連勛貴的東西她都沒機會，就更不要說送進宮中的繡品了。這樣的人留在錦繡坊就如同雞肋，姑姑是瞧不上的。

陸思秋很高興，真是自作孽不可活，當初自作聰明為了自保，在墨汁上繡東西。當所有人都要來誇妳一句聰明手巧嗎？其實是自食惡果。

「阿瑾，為什麼姑姑要罰妳？」蔡萱似懂非懂，「出了什麼事？」

蘇婉如搖了搖頭，「韓老夫人知道了插屏底布曾經弄髒的事，所以喚我過去問問罷了。況且有繡長的維護和栽培，姑姑怎麼會罰我呢？」

沒有罰她嗎？不可能的！陸思秋臉色一變，壓著怒意和疑惑，生硬的道：「既然沒事，就回去歇著吧！」

「姑姑允了我和萱兒上街走走，繡長，那我們就先走了。」話落，拉了蔡萱，「不是想出去逛逛，還不快點。」

「真的嗎？」蔡萱頓時興奮起來，「那妳等我一下，我回去拿錢。」

蘇婉如笑著將荷包遞給她，「韓老夫人給的，十兩銀子呢，妳想吃什麼都行。」

「阿瑾，妳太厲害了！」蔡萱笑著接過荷包，又想到什麼，得意的道：「有時候做事不單單靠手，還要靠腦子的。」話落，拉著蘇婉如往外跑了。

陸思秋攥著拳頭，臉色極其難看。

林秋月走過來低聲道：「繡長，我剛才去打聽過了，不是姑姑給她求情的……」她將打聽到的說了一遍。

她們都知道那滴墨是巧紅滴的，根本不是什麼老虎圖案。

「一定是她後來自己添的。」林秋月說著，不寒而慄，「繡長，如果真是這樣，蘇瑾就太不簡單了。」

這表示蘇瑾當時看到墨汁，就算到了今日的局面，所以她將錯就錯，改了墨汁的形狀，還在繡插屏時，在上面繡了一隻錦雞。

「韓老夫人和韓大小姐聽她解說後很高興，說是很吉利。」林秋月甚至覺得陸思秋突然想起來讓婆子去江陰侯府告密的事，根本就是蘇婉如引導利用的。讓她就此得了邱姑姑的另眼相看，說不定其中還有別的緣由也未可知，這個女人城府太深了。

「行了。」陸思秋越聽越氣，「來日方長！」

樓上，焦振英端著茶盅若有所思的道：「當時我們也在，卻沒有一個人發現那墨汁的圖案，妳說，她何時弄上去的？」她不敢相信蘇婉如能未雨綢繆的做了這些事。

「能是什麼時候，自然是繡那半塊石榴前。」劉三娘坐在一邊繡荷包，靛藍色繡著山水館裡登月塔的圖案，很精緻，「她猜到屏風的用處，預料到東西送去後韓家的反應，所以提前做了準備。」

焦振英面色古怪，像高興又像是忌憚，喃喃的道：「那丫頭確實不簡單。」

「還有一點。」劉三娘放下針線，按了按攢竹穴，「江陰侯如今處境尷尬，他們眼下最需要的，就是一門得勢得力的姻親。而世子爺的婚事他們做不了主，所以韓大小姐的婚事肯定要好好打算。」

「妳說是鎮南侯？」焦振英一點就透。

「嗯，他們的心思明眼人一看就知，但是有一點妳不知道，鎮南侯屬虎。」

啪嗒一聲，焦振英放下茶盅驚訝的道：「難道……」

「沒錯。」劉三娘點了點頭，「韓大小姐屬雞。」

焦振英起身踱步，有些興奮又有些焦躁，「這麼說，她也猜到掌事帶她去宴會的意圖，所以想要借著韓老夫人的手來攪和這件事？」

劉三娘再次點頭。

「果然聰明，走一步想三步。三娘，我們一定要將她收為己用，她一定能幫到我們。」

劉三娘倒沒有焦振英這般激動，淡淡一笑，「她是聰明人，我們就不能用普通的方法收攏她。」

「也對，我們要好好想想。」

而在街上，蘇婉如手裡抱著一堆零嘴，蔡萱像隻小鳥一樣這邊看看，那邊瞧瞧，又想到什麼緊張的道：「阿瑾，妳真的不用存錢嗎？我們把錢花掉真的好嗎？」

「錢不就是用來花的。」蘇婉如失笑，「妳記得買些東西回去送焦繡長，等咱們去樓上，還要得她照拂呢！」

蔡萱點頭如搗蒜，「我正在想呢！」

蘇婉如依舊穿著館裡的衣裙，周身上下沒有一點飾品，就這樣站在路邊看著蔡萱笑，月牙似的眼眸，細白的皮膚，嬌瘦婀娜的身材，引得路邊的行人紛紛回頭打量，不一會兒四面就停了許多男子，有意無意的朝她看。

「糟了！」蔡萱注意到了，拿帕子捂住蘇婉如的臉，「快走，快走。」

蘇婉如其實對這一切也很新奇，來了四年卻是頭一回大搖大擺的上街遊逛。

兩人往回走，方走了幾步，路邊忽然躥出來幾個婦人，攔住了她們，「二位姑娘，我們主子有請。」

「妳們什麼人？妳們主子什麼人？」蔡萱一驚將蘇婉如護在身後，「我們不認識妳們主子。」

幾個婦人也不解釋，只盯著蘇婉如看。

她在應天沒認識什麼有權有勢的人，蘇婉如暗罵一句，安撫蔡萱道：「萱兒，別怕，我認識她們。」

✣ ✣ ✣

他有什麼了不起的，等著，這個仇她一定報。

嗝沒停過，眼淚更是不斷，蘇婉如覺得委屈，就是這個人讓她沒了家，沒了國，現在還來羞辱她，哭都不准哭。

「好了，別哭了。」沈湛覺得自己剛才是凶了點，遂放柔了語氣，「我可以讓妳直接做掌事，妳卻不讓我插手，那妳說，妳想我怎麼做？」

蘇婉如擦著眼淚，「我只要你離我遠點。」

「不可能。」他捏她的臉，兩腮被扯得長長的，「讓我離遠點，妳打算離誰近，嗯？」

蘇婉如臉疼，拍他的手瞪他，「你聽不懂人話嗎？讓你離遠和我離誰近沒關係，你的邏輯被狗吃了嗎？」

「總之這事免談，換個要求。」

「那……那你以後不准欺負我，不能再親我。」

沈湛為難的盯著她，在她臉上親了一口，嚐到了眼淚的鹹苦，才勉為其難道：「行吧，以後少親點。」

蘇婉如還要再說，他皺眉威脅道：「小白眼狼，不要蹬鼻子上臉。」

她頓時沒了話，卻忽然悟出一個道理來，想要對付沈湛，恐怕還是要來軟的。

「我要回去。」蘇婉如終於停了哭，可是嗝還沒停，「還有萱兒，你把她放了，她膽子小會害怕的。」

沈湛沒說話，門被人敲響，閔望和盧成垂著頭各自端著一只托盤進來，將菜餚一一擺在桌上，兩個鎮南侯身邊的第一侍衛垂著頭又無聲的出去，關上門。

「先吃飽再回去，沒幾兩肉，硌得手疼。」

蘇婉如看著桌上三菜一湯及數十顆饅頭無語，就轉頭看著他，兩個人離得太近，她依舊坐在他的腿上，所以她不得不把身體儘量往後仰拉開點距離，「我不餓，剛剛吃了許多零嘴。」

嫌我硌手，你離我遠點啊！

「吃。」沈湛遞給她一顆饅頭，「和別處不同，妳吃吃看。」

是江南少見的開花饅頭，「你讓廚房做的？」

這饅頭是她唯一會做的點心，以前在宮裡時她還做了許多次，也不算純粹的饅頭，裡頭包著蓮蓉餡。

「嗯，試試看味道如何？」

蘇婉如吃了一口，隨即暗暗鬆了口氣，饅頭裡包的不是蓮蓉而是肉，她疑惑的看著沈湛，「你喜歡吃這個？」

「嗯。」這蠢女人連自己做的饅頭都不記得了，氣死他了，「都吃了。」

蘇婉如瞪了他一眼，秀氣的吃著。

「妳會做點心嗎？這樣的點心。」沈湛雖是試探卻像審問。

蘇婉如心頭咯噔一跳，搖著頭，「不……不會。」

牙齒磨得咯吱響，沈湛忽然有種她忘記他並非無意，而是故意為之，就是為了氣他的，

「有一年大雪，平江府湧進了許多難民，妳沒有跟著城裡的達官貴人一起施粥救濟？」

他記得，她當時八、九歲的樣子，戴著帷帽，坐在車轅上，穿著繡花鞋的腳俏皮的擺動著。她聲音嬌滴滴的，聽得人骨頭都酥了，手纖細白嫩的像蔥段，他當時就在想，這世上怎麼會有這麼好看的女人？

她嫌棄的看著他，「你個子這麼高，怎麼不去找事做？整日遊手好閒，不覺得丟人嗎？」

頭一回被人罵，他一點都不生氣。

「我做的饅頭。」她從食盒裡拿了碟饅頭出來，「吃了饅頭就去做事，別再靠人接濟。」

他傻笑，想撩開帷帽，看看她到底生得什麼模樣？

「喂！」她把碟子往前推了推，「聽到我說話了嗎？你要不吃我拿走了啊！」

「多謝。」儘管他不餓，可還是上前接了饅頭，一股腦兒的倒進懷裡，「妳叫什麼名字？家住哪裡？改日我好去答謝。」

「不用了，幾顆饅頭而已，不用你答謝。」說完，她就進了馬車。

他一直目送車走得很遠，其後他便開始打聽，果然讓他打聽到了。

「我和你說話呢！」蘇婉如推了推他，看著他發呆的樣子目露疑惑，「想什麼呢？」

一陣恍惚，她的語氣和他們第一次見面時一樣，他笑了起來，「想到以前的事，那年妳

沒接濟過別人？」

「沒有。」蘇婉如搖頭，她沒有原主的記憶，而且這樣拋頭露面的事，母后不會讓她出面的。

沈湛擰眉，沒有說話。

「有件事要問你。」她說起司三葆宴請的事，「你會去吧？」

沈湛見她不吃饅頭，就夾了一大塊肉往她嘴裡塞，「去，爺正缺錢，他送錢來不收是傻子。」

蘇婉如嘴巴被他塞得鼓鼓的，少有的可愛，他看著一喜忍不住在她唇上啄了一口，「別這樣看著爺，爺定力不好。」

「你剛剛答應不親的，怎能不講誠信呢？」

「我說少親，沒說不親。」沈湛不耐煩的將勺子塞她手裡，「況且爺要誠信做什麼？兵不厭詐，懂不懂？」

和他講誠信，那她就不會在這裡坐他腿上了。

「那天我也去。」蘇婉如忍著怒氣，她一定要幫韓大小姐，促成他們的姻緣，等親事定了，他肯定不會再來找她了，「到時候能看到你嗎？」

「想見我啊！」沈湛嘴角翹得高高的，「行啊，趁著機會將妳介紹給大家認識認識，以後就沒人敢欺負妳了。」

「別！我不想讓任何人知道我認識你，你要敢亂來我就和你拼命！」

沈湛又不高興了，盯著她陰森森的，「我都沒嫌棄妳，妳還嫌棄我！」

「民女不敢嫌棄侯爺。」現在只要他不明目張膽的欺負她，蘇婉如覺得自己都能忍，就連坐腿上這種事，她都忍到了現在。

「這還差不多。」沈湛頓時露出滿意之色，摸摸她的頭，「司三葆請妳去做什麼？妳一個小繡娘，去有什麼用？難不成讓妳端茶遞水？」說著，他就不高興了。

「應該不會，我們在錦繡坊都不做這些事，何況去了司公公那邊。他堂堂織造提督，家裡還能沒有下人使喚嗎？」蘇婉如再次叮囑沈湛，「總之你不准自作主張。」

「親爺一下，爺就聽妳的。」他將自己的左臉湊過來，一副等著她親的樣子。

她瞇著眼睛，覺得他可能當自己在哪個青樓裡，否則怎麼就能對著她說出這麼輕佻的話來！

「有病。」蘇婉如磨牙，恨不得用鞋底抽他，可到底不敢，「聽不聽隨你，我不親。」

沈湛哈哈一笑，並不意外，捧著她的臉在她嘴上親了一下，得意的道：「那爺親妳。」

蘇婉如大怒，可又拿他沒轍，只能擦著嘴恨恨的罵道：「無恥、卑鄙、流氓、無賴！」

他照單全收，一點都不介意，「要是司三葆欺負妳，妳就告訴爺，爺將他剁了燉粥。」

我不想剁司三葆，我只想剁了你，然後燉粥餵狗！蘇婉如腹誹了幾句，心裡痛快多了，

「麻煩你下次別這樣行不行，大街上，很容易被人看到的。」

她這樣避如蛇蠍的架勢，讓沈湛很不高興，可又拿她沒辦法，便指著桌子上的菜，「吃完，爺就讓妳走。」

她又不是豬，「我不吃，我要走！」

「爺餵妳。」沈湛夾了一塊魚遞她嘴邊，她撇頭，他就喝道：「張嘴！」

她嚇了一跳，瞪他，「你聽不懂人話嗎？我吃不下，我要回去！」

「那將饅頭帶著。」他抓了饅頭往她兜裡塞。

腦中有什麼一閃而過，蘇婉如按住他的手，「等一下。」這場景怎麼這麼熟悉!?

「不舒服嗎？」沈湛擰眉看她。

蘇婉如脫口想問我們以前真的認識嗎？可是話到嘴邊她便嚥了回去，搖了搖頭，「沒事，只是突然頭疼了一下。」

沈湛正要說話，蘇婉如趁著他鬆懈，連忙推開他起身往門口跑，「你不准追過來，我要回去。」

沈湛冷著臉，嫌棄的揮手，「快走，快走，妳當爺多想見妳呀！」

不想見你別找我啊！蘇婉如腹誹，開門一溜煙的跑了。

「姑娘，請留步。」盧成自動跟上，遞了個包袱過去。

「什麼東西？」蘇婉如狐疑，並沒有去接包袱。

「爺買的帷帽，各色都有，薄厚也齊全。」

蘇婉如無奈的接了包袱，抽了一頂戴上，瞪著盧成，「這樣行了吧？」

盧成臉一紅，點了點頭。

「有什麼主子，就有什麼下屬。」蘇婉如又抽出一頂薄紗的出來，遞給盧成，「這個留給侯爺，就算是男人，生得美也是罪！」說完哼了一聲，提著包袱走了。

盧成呆呆的拿著帷帽，看看蘇婉如，又回頭求救的看著閔望，「要不要送進去？」

「你有權利替爺做決定嗎？」閔望白了他一眼。

盧成一個頭兩個大，想了想敲了門。

門內傳來沈湛不悅的聲音，「敲什麼門，說事！」

「爺。」盧成推門進去，小心翼翼的將帷帽遞過去，「姑娘臨走前給您留的。」

沈湛愣了一下，盯著帷帽，「她沒說什麼？」

「姑娘說，男人生得好看也是罪，這帷帽留給您戴。」盧成說完，立刻將帷帽放在桌子上，生怕沈湛把他和帷帽一起從樓上丟出去。

沈湛聽著，揚眉，嘴角立刻翹了起來，心情大悅，「這麼說，小丫頭覺得爺生得俊美！」

還是頭一回被人說美，他覺得很動聽。

盧成愕然，轉身就走，迅速關好門，壓著聲音不可思議的和閔望道：「爺拿了帷帽很高興。」

「說你笨你還真急著驗證。」閔望不想理他，視線落在樓梯下。

蘇婉如提著包袱剛下了兩個臺階，便瞧見一男子由三個侍衛簇擁上樓，她認出是韓江毅，便自動的退避在一邊。

韓江毅起初並未在意，走了另外一邊，擦身而過的瞬間，他腳步一頓，覺得戴帷帽的女子身形有些熟悉，回身想問，女子卻像見了鬼似的，提著裙子快步下樓了。

他身邊侍衛生疑問道：「世子爺是覺得那女子有問題？要不要屬下跟去看看？」

「不用。」韓江毅擺了擺手，笑著上樓去見沈湛。

第八章 赴宴

看到沈湛，韓江毅就想到被打的朱珣，態度越發的恭敬，「侯爺，正言明日就啟程回京，讓我問問您，可有什麼要捎回去的？」

沈湛指了指椅子，示意韓江毅坐，「讓他早點滾就行，別的沒有。」

韓江毅笑著應是在他對面坐了下來，「以正言現在的行程，在路上說不定能和寧王相遇。」

他事後想了想，沈湛讓朱珣回京，會不會和這件事有關？因為除此之外，他實在想不出沈湛突然翻臉的理由。

「寧王正得聖寵，又是風流人物，要是遇上是他的福氣。」沈湛遞了個杯子給韓江毅，「我還以為你會和朱珣同去燕京。」

韓江毅倒酒的動作一頓，「侯爺說笑了，不得聖上召見，子陽哪敢輕易上京。」

難道真的是因為寧王？韓江毅從沈湛話裡猜不到信息，遂順著話道：「說起來，寧王既定了行程，應該很快就會到應天，您看屆時派誰去迎比較妥當？」

「此事可不歸本侯管。」沈湛喝了口酒，看著韓江毅，「要不，你跟著司三葆一起去。以寧王現在的聲勢，你去迎對你沒有壞處。」

韓江毅一愣，寧王早年一直流落在外，聖上登基後他才進京認親，聽說是立了大功，聖上很看重他這個失而復得的皇子，便封他為寧王。

聖上一共有七子，除了太子外，就只有他封王，但是因為寧王回京遲，他打聽不到沈湛和寧王的關係如何，所以這一次來他是來試探沈湛的，透過沈湛的態度來決定對寧王的親疏。

「侯爺若是讓子陽去，子陽定當去的，只是寧王才回京，我等對他實在不熟，就怕冒冒失失反而得罪了人，恐怕還要侯爺指點一二。」

沈湛說話，從不拐彎抹角，可並不代表他聽不懂別人話裡藏話，「明人不說暗話，寧王尚未娶妻，你要想振興門庭，倒是可以動一動他的腦筋。他立了軍功，正是隆恩盛寵之時，你和他走近好處有多少我不知道，但若是結了姻親，助益多少這帳誰都能算得清。」

韓江毅忽然明白，是他以小人之心度君子之腹了，沈湛並不是在試探，「不瞞侯爺，茲事體大，子陽要回府好好和家人商量一番。」他面上不顯，可心裡卻是驚濤駭浪，這事他也想過，但韓老夫人覺得沈湛才是良配，而他也和家中人想法相同。只不過難就難在，他們一直無法確定，沈湛到底有沒有結親的意思。

「嗯。」沈湛起身，視線落在桌上的帷帽，想了想拿起來，「還有月餘，你慢慢想，也不用著急。」

韓江毅也站了起來，驚訝的看了一眼帷帽，卻不好細問，「是，子陽定當細細琢磨。」

「我還有事就先走了。」沈湛說著拍了拍韓江毅的肩膀，「你若有難處儘管來尋我，都是兄弟，不必見外。」說完，徑直出了門。

韓江毅若有所思的立了好一會兒，他身邊的人問道：「世子爺，侯爺這話的意思是不是在告訴我們，他無意和我們府中結親呢？」

「意思是這個意思，怕就怕祖母她老人家一意孤行，最後反而會得罪侯爺。」韓江毅嘆了口氣，「韓琦，你派人去細細打聽寧王喜好，再看看這次他來，隨行的都是些什麼人？」

寧王的事都不是祕密，他要打聽的，當然是私密之事。

沈湛才剛出酒樓，周奉就快步迎了過來，「屬下才得知侯爺回來，失迎了。」

「迎什麼，該回就回，不必講這些虛禮。」沈湛負手走著，也不騎馬。

周奉跟著他，低聲問道：「侯爺真的建議江陰侯世子和寧王結親？」

「自然。」沈湛頷首。

周奉心頭一驚，他其實是想沈湛和江陰侯府結親的，江陰侯府雖處境尷尬，可他們底子厚，百年大族背後的枝節是他們這樣底子單薄的人可望而不可及的，沈湛很需要這樣的門庭為他所用。

「侯爺說的是真的？」周奉試探的看著沈湛。

「爺什麼時候說過假話，不玩虛的。」

周奉愣了一下，停下來思索片刻，隨即緊追了幾步，「侯爺，可是京中有什麼消息？」

「什麼消息不重要。」沈湛眉梢一挑，透著股邪氣，「爺只知道，這天下太平了，就沒我們的飯吃，吃飽肚子才是關鍵。」

武將不上戰場，難道要和文臣比嘴利？

周奉一怔，就看到沈湛戲謔的看著他，隨即失笑道：「屬下年邁，這腦子果然不夠用了。」

「先生謙虛了，想想還是戰時比較自在，現在不打了，天天動腦子，累得慌。」

周奉笑著，看到沈湛手裡女子的帷帽，「爺從何處得了這頂帽子？」

沈湛揚眉，很是得意，「我媳婦兒的。」

周奉腳步一頓，滿臉的驚愕。

沈湛已經大步走遠，盧成上來扯了扯周奉，「先生，您這打算一直留在這裡發呆？」

「侯爺要成親了？」周奉追問盧成。

盧成捂著耳朵，搖頭，「先生不要問我，我什麼都不知道。」說著，也快步走了。

周奉急急忙忙的追著，氣喘吁吁的喊著，「爺，婚姻是大事，您要仔細打算啊！」就算不是江陰侯府，回京城也是可以的，百年大族不行，內閣千金也不錯啊！

盧成咕噥了一句，「侯爺打算了一輩子了，還要怎麼細？」

他們走遠，巷口戴著帷帽的蘇婉如悄無聲息的走了出來，又看見韓江毅朝另外一邊走去。

「看來，他和江陰侯確實走得很近。」蘇婉如自言自語，雖沒有聽到沈湛和周奉說什麼，可看兩人神情，心情應該不錯，她想了想，看向路對面擺著攤子代人寫信的先生，快步走了過去。

✣　✣　✣

蔡萱愕然的指著蘇婉如手中七、八頂帷帽，一臉驚奇，「妳在平江府的朋友，她們找妳，就是為了將這些給妳？」

「我也沒有想到。」蘇婉如尷尬的笑笑，「妳沒事吧？我擔心妳和她們鬧了起來。」

「沒有，她們人特別好，說酒樓裡的菜隨便點，不收我的銀子。」蔡萱說著，偷偷拿了個紙包出來，「我包了半隻鴨子，配著妳這幾顆饅頭，再去買點果子酒，咱們今晚可以賞月喝酒了。」

蘇婉如低頭看著饅頭哭笑不得，「妳手裡還有活，必須抓緊時間做完，吃酒賞月有的是機會。」

「妳說得也對，我得先把事情做完，早點去二樓點卯。」

兩人回去，蔡萱忙著將零嘴四處分了，胡瓊月分得一包瓜子，似笑非笑的看著蘇婉如，「邱姑姑現在很看重妳啊！」

蘇婉如還真是有手段，才這麼些日子，她就得了邱姑姑的看重。

「吃妳的瓜子，廢話真多。」蘇婉如懶得和她說，轉身收拾東西。

「說起瓜子，我倒是想起小時候給妳剝瓜子的事，妳從小便就心計多。」胡瓊月剝著瓜子一臉的嘲諷，「一個瘋起來能爬樹，罵人中氣十足的人，怎麼就手疼的剝不了瓜子呢？」

蘇婉如本不想和她廢話，卻是忽然看著胡瓊月，「我……爬過樹？」

不可能啊，母后說她小時候身體不好，而且還非常乖巧，莫說爬樹，恐怕連樹都沒摸過幾回。

「還真是貴人多忘事。」胡瓊月只當她忘記了，話鋒一轉，「難道妳做這麼多事，是為了接杜舟過來？」

見她不說，這話題便揭了過去，蘇婉如卻是想到什麼，「七、八年前平江府雪災，我們有沒有出去施粥？」

「妳什麼意思？」胡瓊月皺眉，不知道蘇婉如的意思，自然就想得複雜了。

蘇婉如一看她的樣子就不想和她說話，可心裡存著疑惑，還是很好奇，「字面意思。」

「我去賑災了，至於妳……」胡瓊月還真的想了想，平江府也就鬧了那麼一次雪災，雖然當時她們只有七、八歲，可她還是記憶猶新，「妳沒有和我一起，不過妳自己一個人偷偷出去也未可知。」

「我一個人？」蘇婉如覺得不可能，「我身邊左右都是人，能出得去嗎？」

胡瓊月嗤笑一聲，「妳自謙了，誰不知道妳的本事。」

她什麼本事？蘇婉如越發的奇怪，母后說她身體不好，所以鮮少出門，她穿越來了以後，也鮮少讓她出門。有時她想出去，也都是戴著帷帽小心翼翼出去轉一轉。

她瞭解時下局勢，若她遇到了意外，無異於給家人添負累，所以大多時候她都是乖巧待在自己的宮中畫圖繡花。

可胡瓊月的話卻讓她心生疑惑，是母后騙她的，還是胡瓊月故意這麼說？

我該問杜舟的，蘇婉如打定主意，等以後見到杜舟要好好問問，想到這裡她對上胡瓊月探尋的目光，擺手道：「算了，當我沒問過。」

「妳一定有事瞞著我，妳到底在找什麼？」

胡瓊月確實很聰明，細微末節居然猜到她在找東西。她心頭轉過，面上不顯，「我在找寶藏，我爹留了一堆寶藏給我，妳要不要和我一起尋寶呢？」

「我沒心思和妳說笑，我們是一根繩上的螞蚱，所以妳做的事有必要讓我知道。」

蘇婉如白了她一眼，「妳的臉真是大得清奇。」說著站起來要出門。

胡瓊月拉住她，「妳為什麼想去江陰侯府？」

「攀高枝啊！」蘇婉如似笑非笑，「妳可要攀一攀？」

胡瓊月面色微變，蘇婉如能毫無顧忌的行走，是因為當年皇后娘娘護得緊，鮮少讓她出門，即便出去也是護得嚴嚴實實。莫說街上，就是那些外命婦來朝覲，也沒有人見過後宋的公主，可她不一樣，曾跟著皇后娘娘待客過，若拋頭露面，保不齊就能撞上哪個見過的人。

蘇婉如看著她笑了笑，轉身出了門。

胡瓊月看著她的背，若有所思，要是別人說攀高枝她是信的，可蘇婉如不會，她這人太清高了，讓她低頭阿諛奉承，恐怕還不如自我了斷來得乾脆。

那她到底想做什麼呢？她想不通。

蘇婉如回了房裡，躺在床上想胡瓊月的話，想來想去也沒有思路，便丟開一邊不再想。院子裡隱隱傳來哭聲，她愣了一下推門出去，就看到雀兒蹲在牆角抹眼淚，「雀兒，出什麼事了？」

「沒……沒事。」雀兒擦了眼淚，擠出笑容，「蘇姐姐，聽說妳得了韓老夫人的賞，還上街去玩了？」

蘇婉如打量著她，將零嘴遞給她，「剛剛街上買的，妳帶回去。」

「謝謝。」雀兒收了東西，「我去給妳打水梳洗，明天我會早點過來的。」

蘇婉如頷首，沒有再問。

雀兒離開，蘇婉如洗漱後靠在床上發呆，院門被敲響，她心頭一跳，就聽到有人喊道：

「蘇瑾，睡了嗎？」

是焦振英，蘇婉如鬆了口氣，她也是急中生亂，要是盧成過來怎麼會敲門。

「還沒呢！」她出去開了門。

焦振英含笑站在門口，「正好路過進來看看妳。」

蘇婉如請她入內，沒有茶便上了清水，兩人對面坐下。

「後天的宴席在司公公的宅子裡辦，他的宅子在織造府的隔壁，我上個月和三娘因為送東西曾進去過一次。」

蘇婉如打量著焦振英，心頭淡淡一笑。焦振英一定是察覺了段掌事帶她去的意圖，也猜到了她的打算，所以今晚特意過來善意的提醒她。

「聽說宅子是御賜的，一定很大吧？」蘇婉如聞弦音知雅意，「我還是頭一回去這種大宅子，心裡慌得很，就怕走錯路、做錯事，丟了錦繡坊的臉。」

真是個聰明的小姑娘啊，焦振英心中讚嘆，面上已是笑道：「三娘也去，只要她不忙，妳跟著她就是了。」

言下之意，只要妳要做的事不是太危險，劉三娘說不定還能幫一幫妳。

「好。」蘇婉如點著頭，高興的道：「跟著劉繡長，我心裡也有些底了。」

「那妳早點歇息，明兒衣服應該能送來。蔡萱手裡的事也就這兩天了吧，妳們記得來我這裡點卯哦！」

蘇婉如笑著應是，送她出去，剛轉身就看到院牆暗影裡站著一人，她驚了一跳，那人才走了出來。

蘇婉如皺眉怒道：「你們主子又讓你來綁我？」

「不……不是。」盧成提了個食盒過來，「爺說這是姑娘下午吃剩的菜，讓屬下給姑娘送來，說不能浪費了。」

蘇婉如愕然，「下午那間酒樓的剩菜？」

「是。」盧成真想找個地洞鑽進去，爺也真是的，明明是讓廚房新做的菜，卻偏要說是剩菜。

「放著吧！」蘇婉如一點都不奇怪沈湛會做這種事，她是知道了，他就見不得她順心，不弄點什麼事噁心她，恐怕他夜裡都睡不安穩。

盧成嘴角動了動，尷尬的道：「爺還說，他惦記著姑娘，半夜送宵夜，姑娘也該表示表示，禮尚往來。」

「禮尚往來。」蘇婉如不解，「他想要我怎麼表示？」難不成也起了爐灶給他做頓吃的？想得倒美！

盧成撓了撓頭，「姑娘隨便給個什麼東西讓屬下帶回去就行了。」

「那你說說看，我能給個什麼東西讓你帶回去，表示我的心意呢？」她很想給他一面鏡子，或者一把刀。

「這個……屬下不知道。」盧成站著不動，一副妳不給我東西，我就不走的架勢。

蘇婉如無語，想了想，「你等一下！」進了房裡，拿了炭筆隨手塗鴉了一幅畫，疊好出來遞給盧成，「墨寶，誠意夠吧！」

「夠！」盧成長長的鬆了口氣，事情辦成了，他回去就不會受罰了。

蘇婉如哼了一聲，看著盧成離開，轉身要回屋，看到地上放著的食盒。她蹲下將食盒打開，裡面是一碟紅燒肉，一碟烤鴨，外加兩顆開花饅頭。

「竟把剩菜送來噁心我！」蘇婉如二話不說就倒掉了。

盧成開心的回去交差，沈湛剛練完劍，一邊擦汗，一邊問道：「她說什麼了？」

「姑娘沒說什麼。」盧成不敢撒謊，可更不敢說蘇婉如一臉嫌棄，只好避重就輕，「姑娘畫了幅畫做為回禮。」

沈湛嘴角一勾，「拿來！」接了畫打開，就看見紙上畫的是一隻齜牙咧嘴的大狗，正惡狠狠的瞪著他。畫得很逼真，寥寥幾筆就將大狗的特點勾勒出來。而在大狗腳邊有個食盒，看樣子是盧成提過去的那個。

盧成也看了畫，臉都黑了，小心翼翼的往後退，神仙打架往往都是小鬼遭殃啊！

沒想到沈湛卻是笑了，「小丫頭真是一點虧都不肯吃，把這畫裱上，裱得精緻些。」

盧成應難以置信，但還是上前接了畫，「是。」

難怪姑娘那麼乾脆，原來是畫了那樣的畫，最奇怪的是，爺不但沒生氣，還一臉受用的樣子。

「爺沒有以前有男子氣概了。」盧成唉聲嘆氣的拉著閔望訴苦，「要是以前，爺肯定就動手了。」

閔望一巴掌拍在盧成腦袋上，「傻子，要動手也是對你動手！這叫夫妻間的情趣，你懂不懂？你看到的是狗，可在爺的眼裡，那是姑娘的墨寶，意義重大啊！」

盧成恍然大悟，點頭不迭，「你說的有道理。」

沈湛確實很高興，洗漱後去了書房，周奉正坐在桌前寫奏疏，見著沈湛來他起身行了禮，將一封書信呈上，「侯爺，太子爺來信了。」

沈湛接了信坐在對面看，眉頭蹙了蹙。

周奉低聲問道：「讓皇孫去修祖陵，合適嗎？」

太子趙標和太子妃是對患難夫妻，所以即便封了太子後，他府邸也不曾添新人，而太子妃早年隨征時落了病根，得了一子後就再無所出。

這個皇孫是趙標的獨子，也是趙之昂的長孫，從小聰明懂事，很討人喜歡。

「沒什麼合適不合適的。」雖這麼說，沈湛的眉頭還是蹙著，將信丟在桌子上，「看聖上的意思，鳳陽約莫要封都，太子讓皇孫去，是想讓他歷練一番。」

雖是皇孫，可今年也有十五、六歲了。

「依屬下看，這應該是其一。寧王來應天，太子就將皇孫也送來，這事也太巧了。」

太子和沈湛的來往是早就有的，當年在戰場上，沈湛還救過太子一命，但儘管如此，兩人的關係還是私密的。現在立大功得聖寵的寧王來了，太子這是怕沈湛棄了他。

「來就來吧！反正沒仗打，大家都閒得發慌，不生點事多無趣。」

這是朝堂鬥爭，風雲暗湧，怎麼到侯爺的嘴裡就成了閒得無事生非了，周奉失笑，可轉念一想又覺得有道理，「天下大定，見著龍椅好坐，誰都想上去坐一坐了。」

沈湛沒說話，想到了蘇婉如，有她在，這渾水他非攪不可，攪得越渾他的小丫頭就能早點成媳婦兒。

而另一頭，蘇婉如翻來覆去的睡不著，腦海中就浮現出沈湛拿到畫時的表情，不由失笑，「氣死你！」

她索性坐起來，從包袱裡摸了對紅寶石耳釘出來，沒什麼稀奇的，卻是母后送給她的東西。

「也不知道什麼時候才能拿到如月令，父皇、母后，你們在天之靈，一定要保佑二哥平安。等我和二哥團聚，我們就尋一處清淨的地方，安度此生。」

以蘇季的本事，奪一地界，當一方霸主也不是不可能，但她卻不想，如今天下好不容易能安穩了，再打仗，他們有沒有本事不說，對百姓來說太殘忍了。只是這事不是她說了算的，蘇季應該有自己的打算。

想了想，她給杜舟寫了封信，才又躺回去迷迷糊糊睡去。

翌日一早，她尋了守門的婆子，將信送出去，又去了登月塔站了一會兒。

清晨的登月塔格外的美，晨曦剛露半邊塔身籠罩在陽光中，猶如太極，半明半暗，透著一股琢磨不透的神祕。

她忽然很好奇，父皇為何將如月令放在登月塔裡？可惜這些疑問都不會有人來給她答案，只有救出蘇季，才能解惑。

這一整日她都待在房中休息，第二日一早外院做的衣裙就送來了，上身是件淺粉的素面比甲，盤扣做得很精緻，上下都盤成了蝴蝶樣。下身是條鵝黃的挑線裙子，料子都是潞綢的，和她以前穿的自然不能比，但這身面料穿在繡娘身上足夠了。

蔡萱得了消息很興奮趕來，拉著她試穿衣服，又要親自給她盤頭，一會兒墜馬髻，一會兒垂柳髻，「好像單螺髻也挺好的，乾乾淨淨的綴個粉色絲帶。」

蘇婉如無所謂，「萱兒眼光好，都聽妳的。」

「那我就幫妳梳了。」蔡萱興奮得讓人覺得蘇婉如不是去赴宴，而是去成親似的，「如果有胭脂就好了，要不然我去和阮思穎借了來？」

「行了，行了。」蘇婉如哭笑不得，「我又不是主角，去了以後指不定待在那個旮旯兒裡，打扮得好與壞都無所謂。」

相較於這邊的輕鬆，沈湛書房中的氣氛就顯得有些嚴肅了。

周奉拆開了信讀了一遍，看向沈湛，「曹恩清近日在赤峰外草原發現了達日阿赤的蹤跡，他遞摺子回京，請求聖上將甘肅周巢的五萬兵馬給他用，他要帶兵去取達日阿赤的人頭。」

達日阿赤是前朝丞相元邡的兒子，前朝滅亡後他殺了後主自立可汗，帶著十二部餘眾逃出關，這十幾年中原內戰無論是趙之昂還是蘇正行都沒有空收拾他，反倒給了他休養生息的時間。如今的他和十二部的實力，雖不如從前，但已經恢復了不少元氣。

「曹恩清？」沈湛眉梢一挑，「青州的事他是圓不過去了，現在想要軍功好回京。」

曹恩清當日和蘇季對陣，口若懸河的吹噓了幾個月，可一碰到蘇季，還沒開打就被嚇得棄城逃了。

「屬下也是這麼想的，他打戰不行，玩心眼倒是一個頂三個。」

「聖上不會同意的，前些日子王大海還去了洛陽挖人祖墳，折了幾百人，卻沒有挖出值錢的東西出來。」

王大海是羽林衛統領，也是趙之昂得力心腹之一。

沈湛很鄙夷，挖墳都不會，蠢死了。

「沒有軍餉確實寸步難行。」周奉深以為然，當初沈湛沒有軍餉的時候，就帶著他們挖了一個藩王的墓，那裡頭的金銀整箱整箱的搬。

「不過曹恩清恐怕不會就此罷休，他指不定會來走您的路子。」

「我？」沈湛指著自己的鼻子，隨即哈哈一笑，「讓他來，老子倒要看看他要怎麼賄賂？」

周奉也笑了起來，隨即想到了皇孫和寧王，「侯爺，這一個個的都往應天來，您接下來怕是難以清淨了。」

「過些日子去徐州一趟，焦奎的殘部我要親自去理一理。」

周奉撫掌大笑，「那屬下隨爺一起去。」

焦奎的老巢早被他們剿乾淨了，連塊布料都沒給人剩下，沈湛要去徐州，意當然不在此。

他猜測，一來是為了避一避，讓寧王和皇孫以及曹恩清先對上。二來，徐州是戰事要地，當年沈湛在那邊停留過四個月，還有些人留在那邊，得去理一理留著將來用。

「還有件事。」沈湛想了想，「讓人在京中、平江府和應天各買一座宅子，要大點的，修得富麗堂皇一些，明年我要用。」

周奉立刻想到了那頂帷帽，驚愕的道：「爺真要成親？」

「嗯。」沈湛一臉肯定的樣子，「要成親。」

周奉嘴角抽了抽，沈湛看著一臉正經，可壓不住的嘴角還有眼底的得意，比外頭明晃晃的日光還要扎眼。

說起成親，周奉就想到司三葆的鴻門宴，苦口婆心的勸道：「侯爺若不娶韓家大小姐，等回京去選也可以，朱家不還有個……」

「長得太醜。」沈湛嫌棄不已，「配不上爺。」

莫名的，周奉就想到那天夜裡，沈湛攏在懷中的女子，那雙眼睛秋水般波瀾蕩漾嫵媚跌宕，可卻又不落俗，矜貴倔強，讓人不敢褻瀆，這世上恐怕沒有男人能抵擋得了。

「那侯爺您今天還去不去赴宴？」

「赴宴？」沈湛忘了這事，聽周奉一提他就想到蘇婉如說她也要去，便興致高昂的起身，「走，先生幫我挑衣服去。」他要穿得豔麗華貴一些。

周奉嘴角又抖了抖，盧成說得沒錯，侯爺來應天後講究多了，恐怕是心裡真的有人了。

沈湛換了身朱紅色錦袍，神采奕奕的出了門。

這邊，蘇婉如說不打扮，可最後還是被蔡萱梳了個單螺髻，雙耳上別一對珍珠耳墜。甫一出門，就讓雀兒看直了眼，「蘇姐姐好美啊，像仙女似的。」

蘇婉如無言以對，蔡萱是不知道司三葆請她去是做什麼的，要是知道她打扮得越好看，危險就越大，怕是要抱著她哭一場了。

「快走，快走。」蔡萱怕她反悔，「一會兒掌事和姑姑等急了。」

蘇婉如被推著出了門，好不容易哄了蔡萱回去，她立刻將耳墜取下來，在井邊洗了把臉，又取下髮髻上的絲帶，雖不說變化多大，可寡淡了很多。

「怎麼沒戴首飾？」段掌事見了就眉頭一皺，吩咐蔡媽媽，「我記得我有對珊瑚的耳墜子，妳取來給她戴上。」

蘇婉如不想反抗了，總之今天她絕不會讓司三葆成事，想將她送人做妾，門都沒有！

戴了珊瑚耳墜子，她和劉三娘並著錦繡館裡另一位有名的繡娘坐一輛車。

青紅年紀和劉三娘差不多，都是二十五、六歲的樣子，但容貌不如劉三娘清秀，人也略有些胖。

「這小姑娘才來的吧？」青紅笑起來牙很白，「生得可真是嬌，嘖嘖，三娘妳看她的臉，都能掐出水來呢！」

「就妳愛欺負新來的。」劉三娘嗔她一眼，「聽說妳在繡龍袍，明年聖上祭天前送宮裡去？」

青紅突然壓低聲音道：「不單聖上的，太子的蟒袍也在我這裡，要明年一起送宮裡，我急得嘴裡都破了！」

「能者多勞，錦繡坊也只有妳能勝任了。」

「少捧我，妳不也要繡獻給皇后娘娘的壽誕賀禮。還有，明年要跟著掌事進登月塔祭掃，這是獨一無二的榮耀啊！」

蘇婉如心頭一跳，忙好奇的道：「以前都沒有人進去過嗎？」

「妳看小丫頭多崇拜妳呀！」青紅掩面而笑，「以前除了段掌事是沒有人進去的，不過既然三娘開了先河，想必以後大家都有機會了。」

蘇婉如原來如此的點了點頭。

「妳才來不用著急，等歷練個幾年，肯定也可以。不過妳生得這麼好，保不齊過兩年就成親嫁人走了。」

「我不嫁，我的志願就是在錦繡坊裡做繡娘，做我喜歡的事。」蘇婉如笑著，像個孩子似的。

「妳才來，這次八月十五的評比沒有參加吧？若是能參加，說不定能一舉成名。讓三娘給妳開後門，這是難得的好機會啊！」

八月十五的評比她當然想參加，只是名額都定了倒是不容易，她得仔細想想了。

劉三娘啐了一口青紅，「這事我說了要是算，我就讓大家一起進宮去了。」

「好呀，我們一起去，震住燕京的錦繡坊。」

三個人都笑了起來，青紅又說起織造府的事情來，掃了眼蘇婉如，「妳年紀小，捂著耳朵別聽啊！」就壓著聲音和劉三娘道：「我聽說司公公在京城有家，還納妾了，新奇吧！」

蘇婉如在心裡翻了個白眼，內侍和宮女對食，大太監在外面娶妻納妾，這是稀鬆尋常的事，有什麼她年紀小不能聽的。

「妳從哪裡聽到的？」劉三娘莫名的用餘光看了眼蘇婉如，「我們半句都沒聽到過。」

「我聽我們姑姑講的，說是司公公要在應天至少再留兩年，他要托人買一個良家子在屋裡服侍呢！」青紅一副嫌棄的樣子。

劉三娘眉頭一蹙，「那買到了嗎？」

「誰家願意賣女兒給他。」青紅搖了搖頭，「在應天買不到。」

應天這十來年風平浪靜，沒被戰火波及，所以百姓生活富足安逸，不會有人捨得賣兒賣女的。

劉三娘心不在焉的嗯了一聲，沒有說話。

蘇婉如低著頭，一副害羞不敢聽的樣子，青紅見她們這樣也沒了說的興致，撩了簾子的一角朝外頭看了一眼，「那是江陰侯府的馬車吧？聽說司公公邀請了不少人，江陰侯府、江寧侯府，就連常州的番陽伯府都收到請帖了。」

劉三娘正要說話，忽然就聽到青紅一陣驚呼，「是侯爺，侯爺來了！」她說著把馬車的簾子拉得大一點，好讓劉三娘看，「停在路邊和別人說話呢，侯爺好英武啊！」

蘇婉如也看到了，沈湛騎在一匹純白的馬上，穿著一件鮮亮的朱紅色錦袍，衣料是織造府新出的，非常的顯眼，老遠就能看到。

輕浮！蘇婉如在心裡鄙夷一聲，移開視線，相比旁邊的韓江毅多好，一件天青色潞綢直裰，既有世家公子的溫潤如玉，又有文人的清雅高貴，一比之下，高下立判。

「侯爺真好看！」青紅滿面的崇拜，「自從他來了以後，應天城裡的公子都輿穿著華貴了，幾家繡莊裡以前賣不出的錦袍都缺貨了呢！」

劉三娘頷首，「侯爺確實風姿無雙。」

「要是誰能嫁給侯爺，真是幾輩子修來的福氣啊！」青紅盯著不眨眼，「不比不知道，妳看韓世子，瘦巴巴的風一吹就能倒了。」

蘇婉如嘴角抽抽，忍不住又瞥了一眼沈湛，他側面對著這邊，說著話爽朗一笑，笑聲霸道肆意，其實他確實挺帥的，就是太張揚了。她見過許多武將，卻頭一回見到這麼張揚華貴的武將。

好似感覺有人看自己，沈湛驀然朝這邊看來，他一動蘇婉如立刻就聽到四面八方的驚叫聲，她捂著臉飛快的靠回車壁。

儘管她動作極快，可沈湛還是看到她，隨即得意一挑眉，理了理衣袍，昂首騎馬，慢悠悠的往織造府而去。

他斂了銳氣和殺伐，一時間丰神飄灑，器宇軒昂，一路上少女們爭相擠著，只為一睹他的風姿。

蘇婉如聽著外面的動靜，忍不住在心裡腹誹，那是沒見過我二哥的樣子，沈湛連給他提鞋都不配！

到了司三葆的宅子，門口已經停了許多馬車，蘇婉如隨著段掌事和幾位姑姑從角門進去，立刻有婆子迎過來，也不客氣，「公公說掌事來了以後就去後院幫著招待各家的夫人，幾位姑娘則陪著幾家小姐在宅子裡走走。今兒人多，戲臺子就搭在西北面的水榭，除了那邊不能亂走動，別的地方都可以。」

婆子吩咐完，段掌事頷首應是，帶著蘇婉如一行人去了內院。

司三葆為了請沈湛，真的是費了許多心思。他一個內侍不但請了後宅夫人小姐們，還請了戲班子和說書的女先生，一應的消遣都安排了。

蘇婉如驀然想到了杜舟，若是後宋未亡，杜舟定然比司三葆還要風光，可惜他現在只能留在平江府，連門都不敢出。

第九章 角逐

應天的功勛一共四位，這會兒都帶著自家的閨女來齊了，江陰侯韓氏、江寧侯杜氏、廣安公劉氏以及六安侯王氏，還有應天知府等一應大小官員的夫人太太小姐們。

蘇婉如忽然很慶幸，當年她因為不喜和人來往，所以這些夫人們去平江府覲見時她不曾露面，若不然她現在真的寸步難行了。

「幾位夫人安好。」段掌事和幾家都有來往，所以一進去就帶著三位姑姑和各位夫人打招呼，蘇婉如立在最後，目光便落在幾位小姐身上。

韓正英她見過的，容貌自不必說，身材高挑，氣質端莊，另外三位小姐也是或嬌俏，或豔麗，都是富貴人家養出來的閨秀。

「穿鵝黃褙子的那位是王大小姐。」劉三娘突然在她耳邊介紹，「正喝茶的那位是劉小姐，她旁邊的則是江寧侯杜小姐。她還有位兄長，和京中長興侯世子爺朱珣關係不錯，朱世子昨天回京了。」

若說蘇婉如不震驚是假的，劉三娘看似的示好，卻明晃晃的昭示著，她知道了她想做什麼。

「沒事。」劉三娘不動聲色的安撫她，「都在應天，妳在錦繡坊時間長了以後，必然要和她們幾個府來往的。」

「是。」蘇婉如抿唇笑笑。

「這位小繡娘以前沒見過。」杜小姐生得圓潤，模樣嬌俏，「三娘姐姐，她是新來的嗎？」

劉三娘微微一福，點頭回道：「是的，今兒來見見世面。」

錦繡坊裡繡娘多得很，偏帶這位出來見世面，那這位就一定有與眾不同的地方，杜小姐打量蘇婉如，「她的眼睛真漂亮。」

這話一出，那邊說話的夫人們都朝這邊看了過來。

「是蘇繡娘啊！」韓老夫人立刻招了招手，「來這邊。」

來了！蘇婉如羞澀的應是過去，一邊的幾位夫人就顯出好奇來，「這小繡娘生得是不錯，老夫人您認識，可是幫您繡過東西了？」

都是人精，段掌事突然帶一位這麼漂亮的小繡娘來赴宴，其中有什麼意思，她們自然要揣度一下。蘇婉如不足為懼，段掌事也不成威脅，但是司三葆就不一樣了。

「繡了個插屏，手藝確實不錯。」韓老夫人誇讚的很直白，和段掌事道：「這丫頭妳要好好培養，將來又是一個青紅或一個三娘。」

「她年紀還小，當不得老夫人人您這般誇獎的。」

韓老夫人微笑，拍了拍蘇婉如的手，「今兒就跟著妳韓姐姐玩兒，等會兒去聽戲。」

喊韓正英做姐姐，還跟著世家小姐玩兒，平起平坐，這也太抬舉她了？

果然，四周一片驚愕的視線，打量著落在她身上。

蘇婉如不懼，最好都能察覺司三葆的意思，害她一頓讓她灰溜溜的滾回錦繡坊才好，或者用點什麼手段套牢沈湛，她就謝天謝地謝佛祖了。

「是。」蘇婉如一副孩子樣的行禮，退去了韓正英身邊。

韓老夫人又問，「侯爺可到了？」

段掌事回了話，「我們進門時侯爺已經到了，估摸著這會兒應該在外院喝茶。」

外院來的人更多，應天有資格來的人都出席了，皆是衝著沈湛來的。

「那妳們去玩兒吧！小姑娘家的窩在這裡聽我們說話也是無趣。」韓老夫人打發七、八個姑娘。

眾位夫人都笑了起來，「可不是嘛，我家這猴兒見天的就知道玩兒。」

「會玩好啊，妳看看我家的，整日裡和個夫子似的，就只知道看書，古板無趣得很，沒一點姑娘家的樣子。」

長輩們說著，看著是數落，卻是明著暗著的在比較。

劉小姐性子不活潑，可有學問；杜小姐年級小，活潑可愛，總之各有各的優點。

一行姑娘就呼啦啦的出了門，蘇婉如關注著韓正英，因為這裡只有韓府最盤根錯節，最合適沈湛。這樣的府邸，用好了就是觀音千臂，用不好就是菟絲纏藤，她迫不及待想看沈湛的下場。

「上次回去沒有被訓吧？」韓正英今日穿著一件淺紫的褙子，外面罩著一件薄紗，今日天陰一副要下雨的樣子，所以悶悶的走了幾步她額頭就出了一層細汗。

「沒有，老夫人都打賞了，姑姑怎麼會訓斥我呢！」蘇婉如笑得眉眼彎彎，一副年紀輕春風得意的樣子。

這副容貌和氣質有些可惜了，若生在大戶人家，少不得成為絕代佳人，韓正英心裡想了想，笑道：「那就好，我還怕話沒清楚，給妳造成困擾了呢！」

蘇婉如笑著道謝。

「我們去那邊坐坐吧！」韓正英招呼杜小姐和劉小姐幾人，在一處的亭子坐下來，不知從哪裡來了一陣風，吹在人身上不但不覺得舒爽，反而黏黏糊糊的，難受極了。

杜小姐搖著扇子，「早知道不出來了，屋裡好歹還有冰。」

青紅陪在一邊，建議道：「不然去後面的罩院，那邊的房裡放著冰。」

杜小姐就去看韓正英，一副她做不了主的樣子。

「戲要開鑼了，走過去還是一身汗。」韓正英也微微搖著扇子，比起杜小姐的焦躁她要好很多。

劉小姐依舊斯斯文文的喝酸梅湯解暑，誰知碗一放酸梅湯潑了出來，灑在了她的裙子上。

青紅和劉三娘並著服侍的丫鬟手忙腳亂，「幸好不是熱茶，不然可真是不敢想了。」

韓正英擰眉道：「去換身衣服吧，趁著還有人沒到。」

「好。」劉小姐也不慌，就扶著自己的丫鬟起身。

杜小姐忙起身跟著，「劉姐姐，我陪妳一起去吧！」

劉小姐看了她一眼，淡淡一笑，「好。」

兩人走後，亭子裡還有四、五位小姐，蘇婉如身分不比她們，就立在一旁。

一炷香後劉小姐回來了，可杜小姐卻是不見了，「杜妹妹怎麼沒和妳一起回來？」

「她說她先回來的。」劉小姐看著韓正英，神色古怪，「人沒回來？」

「估摸著去別處玩了，等她玩得一身汗，杜夫人定要罰她。」

眾人就附和著笑了起來，有位蘇婉如不認識的小姐道：「前幾天她偷偷去河裡摸魚，被杜夫人罰餓了一天，來找我哭訴呢！」

就把這事輕描淡寫的帶過去，大家都說起杜小姐的糗事來。

劉三娘與蘇婉如聽著，眸中都有一閃而過的打量。

過了一刻鐘就看到杜小姐提著裙子回來了，果然是一頭的汗，連繡鞋都濕漉漉的。

大家就面色古怪的看著她。

「瞧妳這一身。」韓正英面露無奈，「一會兒妳娘問起來，可別拉著我擋。」

杜小姐頓時拉著韓正英的手撒嬌，「好姐姐，我現在就告訴妳我去哪裡了，一會兒我娘問妳行行好幫我擋一下。」說著，掩面笑了起來，「方才我陪劉姐姐去換衣服，看到一位穿著戲服的老生，我一時好奇就偷偷跑後臺那邊看了一眼，居然讓我看到了白紅玉！」

「白紅玉嗎？他的扮相很好看呀！」一邊一位小姐新奇的道：「不過他沒上妝是什麼樣子的我沒見過，生得怎麼樣？」

杜小姐眨著眼睛，嘻嘻笑道：「不告訴妳。」

亭子裡又熱鬧起來，方才的尷尬消失無蹤。

蘇婉如注意到杜小姐的鞋底沾了半片竹葉，眉頭輕輕一蹙。

這時外面有個小丫鬟喊了一聲，「朱公公到。」

朱公公在宮中都能隨意行走，在外頭也就不存在男女大防了，笑咪咪的走了過來，「各位小姐怎麼不去院子裡走走，可是無聊了？」

「沒有，就是走累了才來這裡歇息的，讓公公費心了。」韓正英領頭回了話。

杜小姐卻是二話不說的拆臺，「其實也不是走得累，就是太熱了，動一動一身汗。」

朱公公也不尷尬，笑了起來，「今兒是很悶熱，要不這樣，幾位小姐去側院的竹林坐會兒，那裡涼爽，穿過角門就是了。」

大家眼睛一亮，都知道司三葆的府闊，沒有想到還有側院，側院還有竹林。

「好啊！」杜小姐頓時拉著韓正英和劉小姐，「我們去看看吧，我哥說過司公公府裡的竹林可雅趣了！」

韓正英一副拿杜小姐沒輒的樣子，笑著看向別的小姐，「想去嗎？」

平日都在家裡，難得出來一趟，自然是想多走走看看，所以都點了頭。

朱公公就指了婆子帶著大家往林子去，然後看著青紅三人，「妳們也去吧，照顧好幾位小姐，別出了岔子。」

青紅應是。

「這是……蘇繡娘？」朱公公認出蘇婉如，那天他心裡忐忑，其實也沒有細看，今兒這丫頭打扮了一下，他細細一看，滿眼驚豔。

「是。」蘇婉如垂眸行了禮，心裡卻是翻了個白眼，司三葆打她的主意，肯定是朱公公回來添油加醋的，她就算是個繡娘，也不能平白讓他這麼糟踐。

朱公公笑得很高興，「妳不用拘著，放機靈點就行。」

青紅對朱公公的態度有些詫異，奇怪的看了眼蘇婉如，等她們離開便低聲問劉三娘，「蘇瑾和朱公公認識？」

「不認識，她才來。」劉三娘神色淡淡的，看不出心思來，青紅哦了一聲，就沒有再問。

竹林確實不錯，有茅屋、涼亭、池塘，風一吹樹葉沙沙作響，既涼爽又雅趣。

不過讓蘇婉如驚訝的是，隔著林子的對面，居然有男子的說話聲傳來，隱隱綽綽的還有人在走動，司三葆還真是周全啊！

「那邊有琴。」杜小姐很活潑，跑亭子裡撫琴，「有琴有水有佳人，美哉美哉。」

琴聲一起便知道她功力不弱，蘇婉如暗中打量，這位杜小姐腳底有竹葉，顯然方才是來探過路了，現在又撫琴，意圖真是毫不掩飾啊！想著，又朝韓正英看去，就見韓正英臉色難看，餘光不禁朝對面看去。

那邊很靜，顯然都被琴聲吸引了，等最後一個音落下，那邊不知是誰撫掌，輕佻的道：「小姐的曲子只有天上有，人間難得幾回聞，鄙人三生有幸啊！」

這人不知是誰，但能隔著林子就喊話，可見不是什麼穩重之輩。

杜小姐臉色難看的起身，一句話不說站在亭邊看著池子裡的蓮花不說話。

韓正英眼底劃過笑意，眾人三三兩兩的坐在亭子裡閒聊，沒有人和杜小姐說話。

杜小姐安靜了一刻鐘，又笑嘻嘻的跑來拉劉小姐，「劉姐姐也彈一曲吧！」

「沒興趣。」劉小姐臉色沉下來，妳自己輕浮顯擺，現在還拉我墊背，「還是妳繼續，我們飽耳福就好了。」

「彈嘛，彈嘛！」杜小姐卻是不放棄的拉著劉小姐的袖子撒嬌。

劉小姐不耐，拂開她的手，杜小姐一時重心不穩，踉蹌著朝身後退去。

「阿元，小心！」韓正英第一個反應過來，伸手扶她。

但似乎是來不及，杜小姐噗通一聲掉進池子裡，水直接沒過她的頭，連掙扎和呼喊都沒有，就往下沉了。

「怎麼辦，怎麼辦!?」

「誰會泅水？快下去救人啊！」

亭子裡頓時亂了起來，但都是千金小姐，誰也沒有機會學泅水，所以都不會。

「我會，我去。」青紅話落，撲通一聲就跳進池塘。

蘇婉如在旁邊靜靜看著，這麼多人杜小姐淹不死，最多受點驚嚇罷了，倒是她落水得很蹊蹺。

「救命啊，救命啊，有人落水了！」不知是誰喊的，隨即林子那邊喧譁起來，隨即有人朝這邊跑來。

蘇婉如順著大家的視線看去，居然看到沈湛大步走在了前頭。

沈湛一來，亭子裡頓時安靜無聲了，方才還驚慌失措沒了分寸的小姐們紛紛收了慌張，垂首溫婉的立著，眼角餘光卻時不時往他身上瞟。

沈湛啊，當今最炙手可熱的功臣，可以說沒有他，聖上就穿不上那身龍袍。旁人怕功高蓋主，怕鳥盡弓藏，可沈湛卻沒有這顧忌，至少這二十年，聖上離不開他。

二十年後，他落地生根，枝繁葉茂，聖上就算想除也除不掉了。所以他如今是大周年輕女子們最想求的良緣，有權有勢容貌又好，還不流連花叢。

韓正英最先反應過來，盈盈一福，「見過侯爺。」

只可惜沈湛壓根兒沒看她，視線落在池中，問道：「何人落水？」

韓正英的臉色飛快一變，隨即恢復如常，「是杜小姐。」話落，又看向杜公子，焦急的道：「世子，阿元落水了。」

蘇婉如看著心頭一笑，韓正英還真是聰明，怕沈湛憐香惜玉去救杜元，所以立刻喊了杜元的哥哥。

這時青紅已經將杜元救上來，杜釗趕忙跑去，杜元咳嗽著，抱著哥哥大哭。

沈湛鬆了口氣，不由回頭找人，看到自己想看的人，乖巧的像隻貓一樣，縮在劉三娘的身後，乍一看以為她是驚著了，可細細一看，她眼睛滴溜溜轉著，顯然在動什麼腦筋。

沈湛嘴角微勾，負手便往亭子外走，韓正英忽然上前一步，正想說話，旁邊已有小姑娘迫不及待的道：「侯爺，阿元姐姐落水了，您……」您不管了啊？您管了我們才有機會說說話呀！

沈湛好似沒聽懂，目光銳利的掃了眼那姑娘，露出不耐，有人落水他就要管？他是有多閒。

那姑娘嚇得垂頭，趕緊退了下去。

韓正英鬆了口氣，看著沈湛的目光多了分複雜。

「阿哥，我好害怕！」杜元受驚，可喊的聲音卻出奇的大。

她生得嬌俏，落水後非但沒有狼狽，反而多了一絲柔弱，此刻身上衣衫盡濕，貼在身上更加顯得身材凹凸有致。

杜釗脫了自己的衣服將妹妹裹起來，和沈湛告辭，「舍妹失禮了，請侯爺包涵。」

杜元一雙眼睛直盯著沈湛，柔柔一福，「侯爺對不起，阿元落水驚著了您，下一次阿元一定小心。」

若換成別人，恐怕就顯得沒有輕重，都弄成這樣了還不知道羞趕緊回家去，可杜元說了卻十分可愛，一時間所有人都看著沈湛。

「讓司三葆將池中淤泥清一清。」沈湛蹙眉，退了一步和杜釗道：「趕緊送她回去吧！」

清淤泥？這是嫌杜元身上臭？

杜元頓時面色煞白，搖搖欲墜。

「是。」杜釗尷尬的點了點頭，扶著杜元要離開。

杜元卻不肯走，「戲還沒聽，我不回去。」

杜釗埋怨的看著杜元，一臉的無地自容。

「妹妹還是先回去吧，免得受涼就不好了。」韓正英過來，柔聲勸道：「要是想聽戲，改日我們請了戲班子好好唱幾天。」

誰要聽戲，若沒有沈湛在這裡，她才不管什麼司三葆。

沈湛忽然想到了什麼，餘光朝蘇婉如一掃，小丫頭垂著頭看著手指，好像沒聽到這裡的動靜。別人都像蝴蝶似的撲向他，就她連正眼都沒投過來，沈湛不高興了。

「侯爺我不回去，您幫我勸勸我哥行不行？」

沈湛回神，眉頭一蹙，「想聽就聽，廢話真多。」話落，他拂袖就走了，走了幾步想到了杜釗，「燕秋明日到我府中一趟。」

杜釗本來臉色很難看，聽他這麼一說，頓時受寵若驚，點頭應是。

沈湛頭也不回的走了，其他男子自然不敢多留，紛紛告辭離去。

亭子裡外，一時間安靜得落針可聞。

「轎子來了。」朱公公親自帶著轎子過來，杜元臉色蒼白的被扶上了轎子，轎簾落下那一瞬間，她朝韓正英看了一眼，似乎還是笑著的，卻讓人覺得毛骨悚然。

劉小姐扶著韓正英，「大家都受驚了，坐著歇會兒吧！」

韓正英頷首，帶著大家重新坐回亭子裡，蘇婉如和劉三娘陪著青紅去換衣服。

「好奇怪啊！」青紅打了個噴嚏，咕噥道：「那位杜小姐好像會泅水，可她為什麼不自己游上來呢？」

蘇婉如一愣，就聽劉三娘道：「或許是一時嚇著了，畢竟年紀還小嘛！」

青紅點頭，沒有再說。

蘇婉如失笑，看來那些小姐沒一個簡單的，韓正英看似要扶杜元，其實是推她下水，而杜元則將計就計的往下沉，也算沒白受罪，至少達到目的，在沈湛面前露臉了。

她的性格一向活潑可愛，就算偶爾狼狽失禮別人也不會介意，倒是韓正英有些沉不住氣了。

不過說來說去都是沈湛惹的禍，他要不來應天，就沒這麼多事，她也不用待在司三葆的宅子裡，等著被人算計。

「蘇繡娘。」一位小丫鬟忽然跑來，「朱公公說杜小姐的帕子落在林子裡了，讓奴婢來請您幫忙去找找。」

杜元掉了東西讓她去找？蘇婉如蹙眉。

「我們一起去吧！」劉三娘盯著小丫鬟，「那邊還有婆子丫鬟，人多也找得快。」

「人多反倒不好了，畢竟是女子貼身的東西。劉姐姐陪青紅姐姐去換衣服，讓蘇繡娘陪奴婢去就好了。」

這是打定主意讓蘇婉如跟著她去了。

「好。」蘇婉如點頭，不就是將她送去給沈湛，她就不信沈湛在司三葆這裡能對她怎麼樣。

蘇婉如跟著小丫鬟重新進了林子，拐了兩道彎後，小丫鬟卻不見了。

她站在林子裡，滿身的戒備，不會不是沈湛吧？

「妳這架勢是打算和人拼命？」忽然，沈湛的聲音傳了過來。

蘇婉如莫名就鬆了口氣，嗔怒道：「你找我什麼事？」

她明顯鬆懈的表情，取悅了沈湛，他幾步過來抱著她，低聲問道：「驚著沒有？」

「光天化日，你快放手。」蘇婉如推著他，「我沒事，一點事都沒有。」

她今天是要見到他的，可不代表願意和他如此親密。

「光天化日怎麼了，男未婚，女未嫁，老子高興。」

「我不高興。」蘇婉如掙扎得氣餒，「你別亂來啊，你不要臉我還要呢！」

沈湛彈了一下她的腦門，「妳腦子都想的什麼亂七八糟的東西？」

明明是他總是毛手毛腳，現在還反過來倒打一耙，「你走不走，不走我喊人了啊！」

沈湛悶悶笑了起來，「妳喊吧！正好讓大家都知道，妳是爺的。」

「無恥！」人不要臉，天下無敵，蘇婉如實在拿他沒轍了。

沈湛摟著她的肩膀，「那邊有間竹屋，還有許多零嘴，去坐坐。」

他特意讓盧成照著那天她和蔡萱買的，又買了一份。

「我不想去。」蘇婉如拒絕，她不想和他孤男寡女共處一室。

沈湛根本不是和她商量，腰一彎，將她打橫抱在懷裡，「乖，那零嘴可好吃了。」

「啊！」蘇婉如驚得揪著他的衣襟，一雙眼睛滴溜溜的看著四周，生怕被人發現。

「放心，一路都有人守著的，其他人無法靠近。」沈湛笑了起來，忍不住在她額頭上啄了一口。

蘇婉如也不掙扎了，任由他抱著，反正他要做的事，她越反抗他就越來勁兒。

「真乖。」沈湛想到讓周奉買宅子的事，低聲問道：「喜歡應天還是平江府，或者京城？」

「什麼意思？」

「怎麼就聽不懂人話呢？我問妳喜歡哪裡，妳直接回答喜歡哪裡就好了。」沈湛抱著她進了一間竹屋，籬笆院外盧成垂首守著的。

「我喜歡京城。」這樣等她拿到如月令去京城了，沈湛就不會懷疑了吧？

「那我們就住京城。」沈湛坐下來將她摟在懷中，「聖上給了我一間宅子，我自己也買了一間，到時候妳去瞧瞧，弄成妳喜歡的樣子。」

這是打算金屋藏嬌了，蘇婉如譏諷的道：「侯爺正妻未娶，就打算納妾了，不怕傳出去沒人敢嫁你。」

「這不正打算娶了嘛！」沈湛親了親她的臉頰，她皮膚真好，軟滑滑的跟豆腐似的，「跟著爺，不會虧了妳的。」

看來他是真打算在應天娶一位小姐，若是這樣的話，那麼韓正英就是最好的選擇了。

蘇婉如哼了一聲，她是瘋了才會給他做妾，她真的想撬開他腦子看看，他是真不知道她的身分，還是裝作不知道呢？

要是有一日讓人知道他後院的妾室是後宋的公主，趙之昂那邊還會像現在這樣信賴他嗎？

她還是趕緊促成他與韓正英好事，「我今天來是幫司公公招待各家小姐的，你讓我待在這兒，一會兒司公公要是知道我辦事不力，定然會怪責我，還有掌事和姑姑，你讓我先回去，我等會兒再來找你好不好？」

沈湛聽了就沉了臉，「誰讓待在那破地方的，到我身邊來，我看誰敢怪責妳？」

蘇婉如翻白眼，到你身邊被你欺負，我還不如在錦繡坊呢！至少那些人欺負我，我有能力反擊，被你欺負，我連哭都沒地方哭去。

「我是繡娘，錦繡坊就是我該待的地方。所以你先放我離開完成任務，我等會兒再來找你。」

「等會兒是多久？」

「半個時辰。」

「好，我就在這裡等妳。」

「你給我個信物，一會兒我來了他們不讓我進來怎麼辦？」

「真麻煩。」沈湛一臉嫌棄，卻還是在身上找了找，發現除了銀票什麼都沒有，「給妳一張銀票，上面有爺的私章。」

蘇婉如無所謂什麼，拿了銀票也不管上頭的面額，提著裙子就跑了。

「就這麼不願意跟我多待會兒嗎？」沈湛氣歸氣，還是讓盧成去盯著，免得她被人欺負了。

而另一頭，江陰侯府的婆子在韓正英耳邊說著悄悄話，「蘇繡娘方才被一個小丫鬟請走了，兩人進了林子後，奴婢打算跟過去，卻被人攔住了，那人面生奴婢分不出是司公公這裡的人，還是別處的？」

「不用分辨了。」韓正英沉了臉，在這裡能不動聲色成事的，除了沈湛沒有別人。

她本來沒將一個小繡娘放在眼裡，就算沈湛喜歡又能怎麼樣，至多給她一點臉面抬個貴妾便是，她沒有必要和一個妾爭長短。可是祖母卻提醒她，沈湛出身不高，身邊又沒有長輩管著，他要是喜歡誰了，就會不管不顧，寵妾滅妻的事他絕對能做得出來。

到時候就算她嫁過去做了正室，也會被人笑話暗地裡議論，日子過得不自在。所以一定要防著蘇繡娘，不能讓她勾了沈湛的心。

她又想起杜元，平日裡一副天真無邪，可碰到沈湛還不是機關算盡，沈湛就像一塊肥肉，天下人都盯著呢！

「小姐，您要是想去竹林，奴婢知道一條小道，就算侯爺的人守著也不會被發現。」

韓正英猶豫了一下，平日的教養讓她很尷尬，若非為了韓家，她這輩子都不可能做這種事，可是現在她沒有選擇，沈湛是他們最大最直接的希望，「好，妳帶我去。」

韓正英起身和諸位小姐道：「我去更衣，妳們再坐會兒，等一下大家就在戲臺那邊見。」

劉小姐便建議道：「既然如此，我們就先過去戲臺那邊等姐姐吧？」

「也好。」韓正英微微頷首，領著婆子丫鬟先走了。

大丫鬟紅袖扶著她，韓正英便壓著聲音吩咐道：「去將我帶來的食盒拿過來。」

紅袖卻有些猶豫，「小姐，那封信也不知是誰寫的，能信嗎？」

昨日她們收到一封信，信中詳細寫著沈湛的喜好。

「能不能信，試了就知道。」

待紅袖將食盒拿來，韓正英已將其他人遣走，由婆子領著和紅袖一起進了林子。

就在這時，婆子見到前面一個女子的身影一閃而過，「是蘇繡娘，要不要奴婢跟過去看看？」

「不用管她，我們進去！」

看著她們進去，蘇婉如從樹後出來，微微一笑，去找青紅與劉三娘了。

劉三娘見她沒事鬆了口氣，畢竟能在司公公的府中使喚下人不動聲色辦事的，身分只怕不簡單。

三人相攜去看戲，蘇婉如打眼就看到了韓老夫人，便笑道：「我去韓老夫人那邊請個安。」說著就穿過人群去了前面。

戲唱著，蘇婉如就在韓老夫人的手邊坐了下來，沒多久，朱公公親自過來，「原來蘇繡娘在這裡，讓咱家一頓好找。」

「失禮了，我不知道您在找我。」蘇婉如站起身，露出誠惶誠恐的樣子。

朱公公就笑道：「有件是還非要妳去辦不可，妳隨我來。」

這是準備好了，想要將她帶走獻給沈湛？蘇婉如心頭冷笑連連，轉頭就露出滿臉喜色，和韓老夫人告辭，「老夫人，公公找我去一定是大事，我稍後再來陪您說話。」

「這怎麼行！」韓老夫人陡然就覺得蘇婉如的笑很刺眼，順勢拉住了蘇婉如的手，「公公您可不能奪了我這老婆子的心頭好，等把這戲聽完，您再派人來尋她可好。」

好你個司三葆，真當著這麼多人的面，給沈湛送人，給我們添堵。普通的女人也就罷了，這個小繡娘，休想！

朱公公深看了韓老夫人一眼，也拉住了蘇婉如的另一隻手，「按理說咱家不該和老夫人您搶心頭好，可誰讓這件事除了她還真沒有別人做得了，就請老夫人割愛，咱家一會兒就將她送回來。」

江陰侯府怎麼回事，都日落西山了，居然還如此張狂，我乾爹要做什麼事，他們也配阻攔過問？朱公公心頭冷笑。

蘇婉如聽著兩人的話，擺出一副不知所措的樣子，心裡卻是拍手叫好，打起來才好啊，打了她就有機會離開，打了應天就亂了，等她拿到如月令，離開應天就會簡單一些。

兩廂僵持，韓老夫人身邊的婆子就拉了拉她的衣袖。

一個愣神，韓老夫人就鬆了蘇婉如的手，「既是要事老身也不敢誤了，改日老身再請這丫頭到府中說話便是。」

朱公公就滿意笑了起來，眼底露出得意之色，「多謝老夫人割愛。」看來韓老夫人還沒老糊塗。

「走吧！」朱公公親昵的語氣，拉著蘇婉如要走。

蘇婉如應了一聲是，手落在腰上拿帕子，一帶一落一張銀票就飄在了韓老夫人的腳邊，她毫無察覺般走了。

「老夫人，蘇繡娘掉的。」韓老夫人身邊的婆子撿了起來。

韓老夫人沉著臉點頭，「妳給她送去。」

婆子應是正要走，韓老夫人卻是臉色一變，看清了上頭的面額和私章。

一萬兩的銀票，蓋著沈湛的私印。

若不是真的喜歡，怎麼會給一個小繡娘這麼大面額的銀票，還蓋著自己的私印。

幾乎是一瞬間，韓老夫人朝婆子使了個眼色，婆子飛快的收了銀票，扶住了她驚呼一聲，「快來人去請大夫，老夫人熱暈過去了。」

現場頓時亂了起來。

朱公公眼皮一跳轉頭過，就看到韓老夫人人事不省的倒在婆子懷中，他面色微變疾步折了回去。

蘇婉如也焦急的跟著過去，和聰明人合作真的是省心省力，過了今天，司三葆再想將她送給沈湛，韓家就有正大光明的理由干預了。

想到這裡，她不禁腹誹，韓正英，妳祖母我幫妳照顧著，妳可一定要成事才行。

沈湛血氣方剛，天天想著女人，稍微用手段勾引一下，一定能成功。

第十章 原則

沈湛在竹屋裡等著，約莫過了一刻鐘，屋外傳來窸窸窣窣的腳步聲，他眼睛一亮頓時理了理衣袍，在椅子上四平八穩的坐下來，端著茶，若有所思為考慮正事的樣子。

腳步聲越來越近，隨即他餘光看到一抹窈窕的身影出現在門口，他的嘴角微勾，並未朝門口看去，也叫她知道爺不是在這裡苦等她的，免得她蹬鼻子上臉的鬧騰。

房子裡外很安靜，那丫頭也沒有急著進來，立在門口看著他。

沈湛愈發的高興，得虧他今兒穿了件華貴的長袍，頭髮也理得不錯，覺得今兒的茶格外好喝。其實平日裡他不大喝茶，這勞什子東西有什麼稀罕的，人渴了就喝水，餓了吃饅頭，這是最頂用管飽解渴的。只是那丫頭講究，吃的用的都要好的，所以他得學著，免得她一個人吃用，嫌棄他無趣。

想著，門口的影子動了，碎步進來，垂著頭聲音柔柔綿綿的，「韓氏拜見侯爺。」是女人，但不是蘇婉如。

沈湛臉上的笑容驟然一失，周身的氣息冷沉肅殺，一張臉如同結了冰似的，讓人恨不得退避三尺，不敢靠近。

「小女子路過這裡，才知道這裡有間竹屋，沒承想侯爺您在這裡歇息，沒打擾您吧？」

韓正英鼓足勇氣走了幾步，手裡提著的食盒被她攥得緊緊的，她有些後悔，沒有想到沈湛這般可怕，還沒開口說話，她就能感受到他身上散發出的濃烈殺氣。可是她沒有退路，韓家也沒有退路，韓正英硬著頭皮，期盼的看著沈湛。

「都知道打擾了，還不走？」沈湛放了杯子，語氣冷漠。

雖然害怕，韓正英還是乾笑著將食盒放在了一邊的高腳茶几上，「侯爺一早出門，這會兒又沒到午膳的時間，您可餓了？小女子恰好做了些點心，還望您不嫌棄。」

沈湛忽然抬起眼來，看著韓正英，也不說話，更沒有玩味的意思，僅僅只是厭惡，明晃晃的，毫不掩飾的。

韓正英抖著手，臉上火辣辣的，卻又忍不住朝沈湛看去，心頓時跳得極快。之前她見過沈湛兩次，卻每每都是慌亂一眼，不敢細細打量，此刻離得近她看得清楚，驚訝他居然有這樣俊朗深邃的容貌。

飛揚的劍眉，星子般的眼眸，高挺的鼻子以及抿著的透著堅毅的唇瓣，這張臉既有著少年的輕狂張揚，又有著長者的從容冷肅，讓人不敢直視之餘，卻又忍不住想要細細欣賞。

韓正英很震驚，一時間眼中露出驚豔來，看痴了。

沈湛蹙著眉頭，他知道這女人是韓江毅的妹妹，當初韓老夫人幾次三番的暗示，他聽懂了，就是懶得理他們。

他也看在韓江毅的份上，給他指了一條明路，沒想到他們居然還在動這個歪腦筋。

刷的一下，沈湛拂袍起身，瞇著眼睛看著韓正英，「老子數到三，妳要是不走，老子就讓妳永遠都出不去。」

韓正英嚇得一抖，神思頓時清明起來，慌忙解釋，「侯……侯爺誤會了，小女子並沒有別的意思。」

「一！」沈湛開始數，這三聲算是給韓江毅面子。

韓正英一時呆了呆，她沒有想到對方這麼不解風情，難道是她生得太醜？不會，她的容貌她有自信，在應天城的世家小姐中，沒有幾人有她的顏色。就算是那位蘇繡娘，她也不比她差。

難道是她的氣度不夠端莊？可她自問禮教儀態不落任何人，那是為什麼？

韓正英看著沈湛，聽到他數到二，她立刻慌了，知道他絕非只是故意拿翹開玩笑，她忙將食盒打開，想到那封信裡寫的，結結巴巴的道：「侯……侯爺，小女子做了點心，您嚐一口吧！」

為了家裡，臉面算什麼，沒有江陰侯府，她什麼都不是。

一碟子如嬰兒拳頭大小的饅頭呈在了沈湛面前，白生生的泛著奶香氣，韓正英心頭其實沒有底，沈湛位高權重什麼好的享用不到，怎麼會喜歡吃饅頭呢？

不過那封信裡解釋了，沈湛如今身分雖高，可出身不好，兒時困苦挨餓是常有的事，對於這樣的人來說，什麼花俏的東西都是虛的，只有饅頭裹著香噴噴的肉，才是最實在的。

所以儘管不信，可韓正英還是讓廚房做了，端到他面前，做最後的努力。

沈湛眸光就落在盤子上，一碟子他再熟悉不過的饅頭了，他突然伸手抓了顆饅頭。

韓正英看得一喜，期待的道：「裡面裹著肉餡，侯爺嚐嚐，若是喜歡，小女子再給您做。」

「肉餡？」沈湛托著饅頭，看著她。

韓正英點頭，看來沈湛是真的喜歡，不然不會特意問一句。

沒想到沈湛卻是臉色一變，像是暴風驟雨即將來襲的陰沉，丟了饅頭一把掐住了韓正英的脖子，就這麼直接的提她起來，「誰告訴妳老子喜歡吃肉餡的饅頭？說！」

突如其來的變化，讓韓正英魂不附體，脖子被掐住，她一瞬間面色由白轉紅，她喘著氣剝著沈湛的手腕，「小……小女子素來喜歡吃這個，所以就做了，是……是不是哪裡衝撞了侯爺，小女子知錯了。」

沈湛將她丟在地上，居高臨下的看著摔倒在地，面色驚懼的韓正英，「最後一遍，誰告訴妳的？」

他不是在開玩笑，也不是試探，韓正英明白過來，騰挪著後退著，「真……真的沒有。」

乒乒乓乓！沈湛將桌椅踹倒，怒容滿面。就算韓正英不說他也知道，就是那個小白眼狼告訴她的。

世人只知道他喜歡吃饅頭，卻不知道他最喜歡的，是她那年送他的那碟子蓮蓉餡的饅頭，他還嗤笑，說裏著餡兒的就是包子，她還偏偏咬定了說是饅頭。

「她還說了什麼？」沈湛看著韓正英，「告訴妳老子血氣方剛，天天想女人？」

韓正英目瞪口呆，因為信裡真的這麼說了，說他血氣方剛，說讓她略使手段勾引。

「告訴妳老子好色暴戾，只要一勾引就一定能成功？」

韓正英下意識的點了點頭，因為沈湛猜對了。

「告訴妳老子喜歡女子溫柔乖巧，讓妳欲拒還迎，媚眼如絲？」

韓正英垂了眼眸，滿臉通紅。

「告訴妳，她都說對了。」沈湛大喝一聲，指著韓正英，「老子天天想女人，可就是看不上妳，滾！」

韓正英來之前設想過很多結果，最壞的就是沈湛瞧不起她，她名聲盡失，她下半輩子都要在庵堂裡度過。可是儘管這麼想，她還是覺得她有七成成事的把握。

沈湛是年輕人，年輕人總有獵奇心，對於她這樣平日端莊持重的大家閨秀，總有一種征服的慾念，所以她只要拿捏好分寸，不怕沈湛不受用。可是她怎麼也沒有想到，對方會是這樣的反應！

韓正英咬著唇，爬起來捂著臉跌跌撞撞的往外跑，一下子撞在了趕來的韓江毅身上。

韓江毅一瞬間就猜到結果了，「妳怎麼跑這裡來了？祖母四處找妳，快點回去，別讓祖母著急。」

韓正英也不傻，淚眼朦朧的看了一眼兄長，點了點頭，忙跑走了。

韓江毅猶豫了一下，硬著頭皮進去。他知道沈湛在裡面，要是換做別人，他有許多辦法將這件事不動聲色的揭過去，大家都留了臉面，可是對沈湛，他不敢。

「侯爺對不住，祖母自從見了侯爺後，便日日想著結親，想要將舍妹許配您，只覺得這天底下只有您是最好的孫女婿。」他直言不諱，也知道只有這樣說，才有可能讓沈湛略消氣，「還請侯爺息怒，此事子陽定當給侯爺一個交代。」

沈湛睨著韓江毅，只問他，「你知道？」

韓江毅搖了搖頭，「祖母暈倒，我去服侍才知道事情始末，就急忙趕來，可到底還是遲了一步。」

「當年我困在徐州，六千人以吃屍求活路，是你送了一日的糧草來，度我走出困境。這恩我不曾忘。我給你指了明路，你照我說的做，將來江陰侯府有寧王扶持，我也不會不管，東山再起指日可待，可你若不聽，那就休怪我不給你機會。」話落，沈湛拂袖，大步往外走。

「侯爺……」韓江毅急喊一聲，追了幾步。

沈湛頭也沒回，擺手道：「現在沒空和你廢話。」

「是。」韓江毅緊跟著，「侯爺可是有什麼要緊的事，要不然，交給子陽去辦？」

沈湛掃了他一眼，面上的怒氣像團火似的燒著，「收拾個小白眼狼，用不著你！」說完大步流星的走了。

韓江毅嘆了口氣，才驚覺自己也是出了一身的冷汗。當年他誤打誤撞給沈湛偷偷送了糧食，沈湛許了他一句承諾。他一直沒捨得用，想為家門留條後路，後來大周贏了，他更想將這份恩情留到最關鍵的時候用，卻沒有想到今天就這麼白白的用掉了。

沈湛沒殺韓正英，沒讓江陰侯府名聲掃地，讓這件事悄無聲息的揭過，已是還清恩情了。往後想再讓沈湛對他心無芥蒂是不可能了，韓江毅揉了揉額頭，悔嘆一聲。

而另一頭，蘇婉如眼皮直跳，感覺非常的不好。她得走了，韓正英要是成功了，明天她就應該能聽得到風聲。若是韓正英失敗了，以沈湛的脾氣和精明，一定會想到她。

這麼多人在這裡，他要是發瘋找來，抓著她一頓打……她還不如讓司三葆把她送沈湛房裡做妾呢，好歹佔個名頭。

想到這裡，她立刻就扶著青紅，「青紅姐姐，妳是不是受涼了，可要順便請裡面那位大夫看看？」

青紅先是一愣，隨即笑了起來，她也想走了，可又怕找的理由不合適，瞌睡送枕頭，蘇婉如這話正合她意，「是受了涼，倒也不用請大夫看，我回去歇一歇就好了。」說著，就和段掌事道：「掌事，我們三個人留在這裡也幫不上忙，能不能先回去？」

青紅還在趕製聖上的龍袍，爭分奪秒的，所以段掌事也不為難她，「行，妳們先回去。妳好好休息，明天再做事也來得及。」

青紅笑著應是。

段掌事卻猶豫的看了蘇婉如一眼，又朝朱公公看一眼，今天鬧的事不少，聽說侯爺也離開了，事情應該辦不成，留著蘇婉如在這裡也沒用。

私心裡，她瞧不上司三葆的行徑，錦繡坊在她心中向來是乾淨驕傲的地方，可是她不敢違逆司三葆的意思，才有今天這一齣。

「走吧！」邱姑姑拉了一把蘇婉如，「回去都歇著，明兒再說事。」

「是。」蘇婉如扶著青紅笑盈盈的出了門，阿彌陀佛，各方神明請保佑韓正英順順利利。

三人回了錦繡坊就分了道，劉三娘和蘇婉如單獨走了一段，她在自己院子前停下來，看著蘇婉如淡淡笑道：「別的話也不多說，咱們來日方長。」

劉三娘在和她示好，這點蘇婉如早就看出來了，至於個中緣由，她現在不知道，可相信用不了多久，就會清楚，所以她不問，客氣的道：「謝謝三娘姐姐，您早點休息。」

劉三娘頷首，回了自己的院子。

蘇婉如則拐了彎回自己院子，雀兒不在，院子裡靜悄悄的，她推開門，隨後轉身拔腿就跑。

「妳跑跑看！」冷沉沉的聲音從房裡飄了出來，沈湛大刀闊斧的坐在椅子上，而椅子就正對門擺著，他看著外面嬌俏逃跑的背影氣笑了，「再跑一步，老子把妳腿打折了。」

不是辦了她，是打折她的腿，看來韓正英不但沒有成事，還讓沈湛知道了她寫信慫恿的事。這口氣要不讓他出了，他鐵定還會折騰出別的事。

蘇婉如頭皮發麻，轉頭過來，橫眉冷對先發制人，「青天白日的，你到底想幹什麼？是嫌我在這裡太自在，你故意來刁難我是不是？」她一邊說一邊走到門口，指著沈湛，「我到底哪裡得罪你了，你非要讓我日日提心吊膽，活不痛快？」

還學會了倒打一耙了！沈湛朝著她冷笑，「想被人知道的話，妳聲音可以再大點。」

蘇婉如後背涼了涼，還是老實的進門反手關了門，順便將窗戶也合上，瞪著沈湛，「說吧，你到底想幹什麼？」

沈湛盯著她，似笑非笑，「這話應該是爺來問妳，妳想幹什麼？」

「不懂！」蘇婉如裝傻，腳卻出賣她，膽怯的往後退了退。

「妳給韓家那女人寫信，告訴她爺喜歡吃饅頭？」

果然猜到了，沒想到韓正英這麼不頂用，蘇婉如只能打死不承認，「你的喜好莫說應天城，就是全大周也知道的，用得著我告訴她？再說，你有證據嗎？就跑來誣陷我。」

沈湛不想和她吵架，只想動手，話不多說上前一步就將她提溜過來，一把按趴在自己腿上，啪的一聲打了她屁股一下，「爺時時想女人，所以耐不住勾引？」然後又一巴掌，「爺色慾熏心，饑不擇食？在妳心目中，爺就這麼下作？」

難道不是嗎？蘇婉如蹬著腿，滿臉通紅，「姓沈的，你別太過分啊！」他居然打她的屁股，這個粗鄙武夫，太欺負人了！

她氣得發抖，伸手掐他的大腿，可他的肉硬邦邦的，她非但掐不動，還讓自己指尖生疼。

「爺對妳掏心掏肺，妳居然背地裡捅刀子，妳義氣被狗吃了，良心也被狗吃了！」沈湛氣得不行，一想到她將自己送給別的女人，他恨不得立刻弄死她，「爺今天非得好好教訓妳不可。」啪啪啪又是幾巴掌。

縱然他沒捨得用全力，可她還是疼得紅了眼睛，開始落淚，哭喊著，「我捅刀子還不是你逼我的！你怎麼對我的，你尊重過我嗎？想擄走我就擄走我，想親我就親我，你根本不尊重我！你要殺就殺，要剮就剮，別廢話那麼多，我不怕你。」

還強詞奪理，沈湛將她擺正，束著她的手站在自己面前，「妳再說一遍。」

蘇婉如被他打痛了，又想到這半個多月她受的屈辱，氣不打一處來，「我說十遍都一樣，你想讓我做你的女人，這輩子都別想了。」莫說做妾，他就是八抬大轎娶她過門，她也不同意。

「小兔崽子。」沈湛蹭的一下站起來，低頭看著她，「妳暗算爺，還能扯出這麼多廢話來。爺告訴妳，妳就是死了也得和爺葬一個穴。」

蘇婉如滿腹絕望，瞪著沈湛，豆大的淚珠直往下掉。要是擱在幾年前，早讓他死個百八十回，可是現在她只能站在這裡被他訓，被他欺負。

你等著，等我救出二哥來，第一個就殺了你。

「哭什麼？」沈湛看著她滿臉的委屈，眼睛鼻子哭得紅紅的，頓時頭皮發麻，怒火一下子就拋到了腦後，忙將她拉過來摟在懷裡，恨鐵不成鋼，「沒用的東西，就知道哭。」

蘇婉如哭得更凶，恨不得將所有的委屈都哭出來。

「真是麻煩。」沈湛捧著她的臉，從懷裡掏出帕子，小心翼翼的給她擦臉，上次用袖子磨得她臉都紅了，這回他特意帶了手帕，就怕她鬧騰，「真打疼了？」

面對她，他已經一點原則都沒有。

倒不是很疼，就是氣得肝疼，蘇婉如推開不知道哪個女人送給他的帕子，嫌棄的道：「你走開！」

「哪裡疼？爺給妳揉揉。」

蘇婉如頓時臉色大變，胡亂的打他，「你就是流氓，你給我滾，滾遠點！」

「妳再不歇，爺就親妳了啊！」

哭聲戛然而止，蘇婉如打著嗝瞪他。

沈湛暗暗鬆了口氣，抱著她在自己腿上坐穩，「誰讓妳沒事找事惹爺生氣。」又捏了捏她的鼻尖，「下次不准再做這種事，否則爺不會輕饒妳的。」

「你不惹我，我至於用這種手段嘛！」

「說來說去都怪爺了是吧？」

蘇婉如點頭，斜睨他一眼。

沈湛被她這一眼看得心頭一蕩，連最後一點不服氣都散了。他和她置什麼氣，她都沒長大，對男女情愛都沒開竅，說了她也不懂。

「是爺錯了，行了吧？」

蘇婉如心氣略順了點，可想了想又覺得哪裡不得勁，「你什麼意思？這事本來就怪你，要不是司三葆想要討好巴結你，打算將我送你做妾，我會這麼做嗎？」

私心裡她不全是因為司三葆，而是覺得沈湛娶妻後，就有夫人管著，肯定不會來找她。

「司三葆？」沈湛臉色一變，「他這麼和妳說的？」

蘇婉如點頭。

「這個狗東西！」沈湛瞇起眼，滿身的殺氣，「爺的家事讓他鹹吃蘿蔔淡操心，妳等著，爺定給妳出了這口惡氣！」

蘇婉如一愣，斜眼看他，譏誚道：「你少和我裝好人，心裡還不定多樂意呢！你後院裡的那些女人不都是這麼來的嗎？」

「妳放……」他說著一頓，轉了話，「妳和她們能一樣嗎？」

對於你來說恐怕就是一樣，蘇婉如根本不信，「哪裡不一樣？我不信。」

沈湛看著她，露出他自己都未察覺的無奈，「那妳說，要我怎麼做妳才信？」

她心裡動了動，「第一，不經我同意，你不准碰我。」

沈湛立刻搖頭，「這個問題說過了，不行，換一個。」

「你！」她咬牙，怒目而視，揪著他的衣襟，「那我們就同歸於盡。」

跟隻拔了牙齒的小老虎似的，非但不可怕，還很可愛，沈湛看著歡喜，在她嘴角一親，「爺可以答應妳，除了這個別的事不做。」

別的事要留到成親洞房時做，他不能委屈她。

也就是他還會動手動腳，蘇婉如氣急，可後面的條件更重要，她忍了這口氣，「不經過我同意，你不准讓別人知道我們認識，更不能動心思納我做妾！」

這個好說，他本來也沒想她做妾，娶她當然是明媒正娶，八抬大轎，十里紅妝。他不可能偷偷摸摸讓她跟了自己，所以豪爽應了，「行，這個可以。」

他既答應了就不會變卦，只要他不強逼她，她就有辦法的，說了第三點，「我的事你不准插手，錦繡坊的事你也不准插手。」

沈湛猜到她來錦繡坊是有原因的，只是到底為什麼他暫時還沒有查到，不過應該和蘇季脫不了干係。

蘇季是聖上心頭大患，親自由羽林衛關押，他一時不能做什麼，只要確認他還活著，這件事就有機會慢慢籌謀。只是事未成他沒什麼可和她說的，而且就算他說了，她不但不會感謝他，恐怕還會因為她身分的這層窗戶紙被捅破，避他更如蛇蠍。

「行，妳說什麼就是什麼。但不要沒事和爺談條件，一遍一遍的真麻煩。」

蘇婉如撇了撇嘴角，你不遵守，我見一次說一次！

見她不哭不鬧了，臉上神情也輕鬆了一些，沈湛也跟著高興起來，「還沒用膳吧，爺帶妳去吃頓好的？」

蘇婉如搖頭，拒絕得乾脆俐落，「我好些天都沒睡好，那天又生了一場病，所以什麼好吃的都不想，就想睡覺。」

「病了？」他用額頭抵著她額頭試溫度，「怎麼病的？我帶妳去找大夫。」說著，就抱著她起來要出去。

「我沒事，你放我下來。」她拍著他，「怎麼聽風就是雨的，我已經好了，現在只想睡覺。」

沈湛停下來看她，見她氣色確實還不錯，就作罷抱著她往床榻走，「那爺陪妳睡。」

「不用，我不睏了。」她是瘋了才讓他陪著睡覺，那還不如抱頭狼呢！

「那就去吃飯。」沈湛摟著她掂了掂，「這分量，都沒有閔望養的那隻狗重。」

「你才是狗！」

「是，是，爺是狗！」他笑咪咪的，心情出奇的好，「妳不是，妳高貴嬌氣好看。」

蘇婉如噗嗤一聲笑了起來，一時間忘了要說的話。

沈湛也笑，滿心的歡喜幾乎要溢出來，他一轉一翻將她壓在了床上，撲上去就封了她的唇。

強勢霸道是他一貫作風，所以儘管吻得生澀，可他不遺餘力，恨不得將她拆吞入腹，身體更如著了火似的，他現在總算是想親就能親得到了。

蘇婉如抵著他，一開始還有力氣，不一會兒連氣都喘不了，嚶嚶哭了起來。

「怎麼了？」沈湛突然清醒過來，捧著她的臉往旁邊讓一讓，「壓疼了？」

蘇婉如卻只哭不理他，他急著四處查看，「哪裡疼？妳說句話啊！」

「摸什麼啊！」蘇婉如噙著淚，抓住他亂倒騰的手，「你得寸進尺，太過分了。」

原來是因為這事，沈湛摸了摸鼻子，笑了起來，「是妳笨，親吻就不會換氣。」

蘇婉如翻身坐起來，推開他，「你怎麼封侯的，整天腦子裡就想這些亂七八糟的事。」

哪個男人不想，他都想了好些年了，想得渾身都疼，「這是正事，這天底下就沒有比這事更重要的。」

蘇婉如翻了個白眼，覺得不能和他獨處在房裡，起身整理衣服和頭髮，「不是要去吃飯，走啊！」

「這也是大事。」他順手就將她扛在肩膀上往外走，不等蘇婉如抗議，反問道：「妳是會爬屋頂，還是會翻牆？」

她一個都不會，上次翻牆她還磕著腿了，現在都還疼著。

蘇婉如沉默的被他扛著出去，幸好還沒下工，她的院子又偏僻，四處無人。

「你……真的不和韓家結親了？」蘇婉如試探他，「你沒殺韓小姐吧？」

「那女人生得太醜，爺瞧不上。」

「你娶妻生子，是為了壯大門庭，開枝散葉，和妻子容貌有什麼關係？」蘇婉如覺得沈湛果然是小門小戶出身，這點遠見都沒有，而且韓正英非但不醜，還很美，「娶個對你有助益的妻子，再討一房美貌貼心的小妾，不就兩全其美了。」

她覺得沈湛可能沒開竅，沒想好未來人生規劃，她應該適當提醒，指條明路。位高權重的鎮南侯，就是納二十房妾室也是美談。

「就妳懂得多。」沈湛不耐煩，他用不著別人幫他壯大門庭，「一輩子六十年，爺過那麼委屈，把舒心日子給誰存著，閒的！」

蘇婉如愣住，她以為沈湛很看重權勢，所以才九死一生掙前程，封侯拜相，光耀門楣，沒有想到，這些事在他眼中都成了委屈！

所以他才不在乎韓家的親事，僅僅是因為不喜歡韓正英？

看來這件事她得再細細想想才行。

沈湛一走，司三葆的宴席自然也就散了，送走客人他沉著臉回了書房，朱公公小心翼翼的跟著伺候。

「居然在我的地盤上玩這種下作的手段，這個仇咱家勢必要報！」司三葆一想到韓家的事，就一肚子的火。

朱公公回想韓老夫人暈倒一事就明白過來，她肯定是猜到了他們打算將蘇繡娘送給沈湛，所以故意不讓他們成事，還讓自家孫女去行勾引的下作事。

「侯爺還恩不追究，您也不用為那種小門小戶氣壞身子，一個江陰侯府兒子隨手就能解決了。」

司三葆沒有反對，朱公公一向機靈聰明，知道怎麼辦事才會滴水不漏，「倒是鎮南侯……今兒的事怕得罪了。」他辦宴席，不但沒有討好沈湛，還他得罪了，實在是得不償失。

「要不……兒子這就去一趟侯府，將那個小繡娘帶著？」

「你去不行。」司三葆擺了擺手，他準備親自去一趟，「小繡娘暫時不用，咱家剛剛知道，鎮南侯來應天時收的幾位美人，他一個都沒動過。」

朱公公一愣，沈湛不近女色那是不可能的，唯一的解釋就是他處事謹慎。

「去取五萬兩銀票來。」司三葆當機立斷，「咱家這就去侯府走一趟。」

美人行不通，那就用錢，總有一樣能打動鎮南侯。

朱公公應是，立刻去了取了五萬兩的銀票裝在一個茶罐裡，罐子又放在一個精緻的錦盒裡呈給司三葆，「乾爹，寧王來，這件事您要不要順便探一探侯爺的底？」

問一問鎮南侯去不去碼頭接人，若是去，他們心中也有底怎麼對待寧王。若是不去，往後他們做事就要小心翼翼。

「當然要。」喚了小內侍捧著錦盒，又吩咐朱公公，「行宮那邊你安排好，再去和周知府商量一下接待細節，讓段英娘跟著一起去，京城錦繡坊的人這次也隨行了。」

「京城那邊竟還不死心！」

聖上明年祭天所穿龍袍因司三葆的關係交給應天的錦繡坊繡製，這種立功的差事，京城那邊自然不甘心。

「隨他們作去，耐何不了咱家。」司三葆拂袖，大步走了。

朱公公就立刻吩咐人將段掌事喊來。

而韓家的馬車裡，沒了外人，韓正英再也忍不住委屈的哭了起來，「祖母，往後我沒臉見人了。」

「怎麼見不得人？侯爺沒有追究，此事也沒有鬧大，都不說誰會知道今天的事。況且妳兄長定然會從中周旋，我們還有機會。」

聞言，韓正英擦了眼淚，也知道當下她沒有退路了。

「喝口茶壓一壓。」韓老夫人揉著眉頭靠在車壁上，「今天這一鬧，妳的婚事我們要從長計議了。」

韓正英端著茶喝著，紅紅的眼睛裡漸漸露出鎮定之色。

韓老夫人看她這樣滿意的點了點頭，「你兄長說，寧王就要啟程來應天了。」

寧王？韓正英一驚，韓老夫人不可能無緣無故提起誰的，難道……她蹙眉試探道：「祖母，兄長還說別的了嗎？」

韓老夫人點了點頭，將沈湛和韓江毅說的話說了一遍，「這是侯爺指的路，妳怎麼看？」

「寧王雖才認祖歸宗，可卻第一個封王的，這和他當時立的軍功有直接的關係。雖然聖上沒有對外明言，但肯定和後宋兵敗有關。」

「妳說的沒有錯，端看此事，可見這位寧王不一般，可到底如何，還要再留意，細細打聽才知道。」

韓正英應是，寧王和沈湛相比，雖然前者身分高，可在權勢和人脈上，卻遠遠不如沈湛。直覺告訴她，寧王此番來京，也是因為沈湛！

祖孫兩人沒有再說話，一起回了韓府，韓老夫人將蘇婉如的一萬兩銀票遞給韓江毅，「你想辦法，不動聲色的將東西還給她。那小丫頭也不是蠢的，雖身分低了點，可將來誰又能斷定她的造化，我們謹慎些比較好。」

韓江毅就想到蘇婉如看他時的眼神，澄澈平靜，毫無因身分懸殊而露出膽怯驚慌，很有意思。

「侯爺那邊，我會再去解釋。」韓江毅讓祖母和妹妹放心，「妳們好好休息，外面的事有我。」

韓老夫人欣慰的看著孫子，「去吧，你辦事祖母放心。」

韓江毅笑著應是，轉身出門。

韓正英跟著兄長出來，「大哥，侯爺那邊，很難處理好了是不是？」

「倒也不是，侯爺脾氣雖不好，但素來對事不對人。他當時沒動妳，可見以後也不會再算舊賬。」韓江毅其實想說，沈湛根本沒有將韓正英放在眼裡，當然不會為了一個不相干的人一再動怒。

「可是侯爺當時彷彿要殺人似的，是不是很生氣？」

「應該不是因為妳生氣。」韓江毅正色看著妹妹，「妳仔細想想，他是因為說到什麼事才勃然大怒的？」

韓正英立刻就想到他逼問她，是誰告訴她，他喜歡吃饅頭的事，難道是因為給她寫信的那個人？

「我……我不知道，我當時真的被嚇得腦中一片空白。」韓正英不想將這件事告訴兄長，對於沈湛，她不想這麼快放棄。還有那個送信的人，她到底是誰？又是什麼居心？為何沈湛會這麼生氣？她一定要查清楚。

一切都是為了韓家，韓江毅也不忍逼問了，「妳不要多想，後面的事如何做，我心裡有數。」

韓正英點了點頭，突然問道：「哥，你可打聽到侯爺的母親在什麼地方了？」

當初沈湛從軍，母親尚在人世，回來後卻不見了蹤影。

「還沒有。」韓江毅不想多談，擺了擺手走遠了。

韓正英回了自己房中，將紅袖召來，「妳去找外院的管事，讓他幫著將那天送信來的孩子找出來。」

「小姐是想查送信的人到底是誰？」

「嗯，不查清楚，我心裡總是梗著這件事。」她覺得送信之人和沈湛有關係，因為信中所寫之事是真的，不過她想不明白，對方為什麼想幫她？

紅袖應是而去，過了兩個時辰外院才有消息進來，「那個孩子是找到了，可他說請他送信的姑娘戴著帷帽，根本沒看到長相。」

「這麼說，除了對方是個女人外，什麼都查不到了。」韓正英並不意外，「妳近日多去錦繡坊走動走動，那位蘇繡娘找人留意著她的動向。」

送信人的慢慢找，她直覺蘇瑾才是關鍵。若是別人她壓根兒不擔心，可對方是沈湛，一個不按牌理出牌的人，她也需走偏門。

韓正英突然想到什麼，「看我這腦子，倒是把她忘記了。」說著，在紅袖耳邊吩咐了幾句。

紅袖點頭應是。

與此同時，沈湛說話算話，帶著蘇婉如吃了頓飯就悄無聲息的將她送回來，剛到院子門口，就碰到正從裡面出來的蔡萱，「我聽說今天的宴會不太平，妳沒事吧？」

「放心，我沒事。今天館裡怎麼樣，沒出什麼事？」蘇婉如拉著蔡萱進門。

「巧紅被陸繡長訓了一頓，別的事倒是沒有。不過秋月姐姐今天告假，說身體不舒服，在房裡歇著的。」

「病了沒有請大夫嗎？」

「那我就不知道了。」

兩人坐下，茶壺裡的茶早就涼了，蘇婉如提壺道：「妳坐會兒，我去打壺熱水回來。」

蔡萱點頭，抓了桌上的零嘴打發時間。

內院設了專門燒水的小廚房，裡頭有幾口小爐子，一整天都燒著開水。蘇婉如去的時候裡頭沒人，她倒了水轉身要回去，卻是一頓，因為一個男子就站在外頭。

二十五、六歲的樣子，穿著一件白色長衫，皮膚白皙卻過於柔弱，眼底下有明顯的青影，看清是她神色明顯一怔，隨即轉身就跑了。

「怎麼會有男人？」她驚訝不已，急忙追了出去，可男子已經不見了蹤影。

回屋後她和蔡萱說了，蔡萱也是驚訝得很，「我還沒見到過男人進來，會不會是前院的畫師？」

錦繡坊是養著一批畫師的，多是寒門子弟，一邊替錦繡坊畫畫一邊苦讀，等待時局安穩後，好考恩科謀前程。

「也有可能。」蘇婉如覺得那人神色有些奇怪，一副做賊心虛的樣子，不像個好人。

第十一章 名額

「侯爺，司三葆方才遣了人來，說酉時來拜訪您。」

沈湛翹著腿正在翻摺子，一本一本的翻，又隨手丟在桌子上，沒什麼表情，也看不出他對司三葆來是什麼態度。

周奉暗嘆口氣，幫著沈湛收拾摺子，「司三葆在聖上跟前服侍多年，於聖上而言，他們之間是有情分的。」

沈湛掀了掀眼皮，懶洋洋的嗯了一聲。

有了回應，周奉心裡有了點底，「司三葆此人能力不行，可溜鬚拍馬的功夫無人能及。他在織造府不會超過三年，屬下猜測聖上是想將他摘出來，留給太子用的，所以……」

「所以要給他臉面，不能得罪是吧？」沈湛抬眸看著周奉。

「是。」周奉點頭，「他若是個大度的也就罷了，可這人心胸狹窄，眼皮子又淺，若是在這裡和他對上了，將來回京他定要記恨在心。就算奈何不了侯爺，可也是隻蝨子，給您添堵。」

「先生說的我都聽懂了，爺不會和他一般見識。若是沒別的事，我就去練劍了，司三葆來了先生直接領來見我便是。」

周奉很高興沈湛對他的敬重，他自問胸有丘壑卻遺憾沒有伯樂，當年他投靠沈湛時，是抱著自暴自棄的心思，並未瞧上這個出身不高的武夫。可這幾年相處，卻讓他刮目相看，在行軍打仗上，沈湛是天生的將才，他現在是心服口服。

「閔望，拉弟兄們出來練練！」

閔望跟在沈湛後面應了一聲是，立刻去喊人。

盧成卻是奇怪的問道：「爺，家裡場子小，還是借衙門的校場用用吧？」

「太遠了，懶得去。」沈湛一邊走一邊將上衣脫了。

青柳將他的大刀抬過來，他單手接過便舞了幾招，刀柄往地上一杵，震得一陣煙灰飛起，「爺今兒就在家裡練兵。」

盧成應是不敢再問。

沈湛這個人，有時候你看著他做事全憑心情，可事後你只要細想一二，就會發現，他做事從來不是興之所至。

一盞茶的時間，四下裡就多出來三十幾人，盧成將石墩子都搬走，一枝花也沒有的後花園裡光禿禿的，比起校場也小不了多少。

有人喊道：「爺，今天怎麼練，有沒有彩頭？」

沈湛指著說話的人，「讓你睡三天醉春樓，你行不行？」

那人哈哈一笑，拍著胸口，「爺，屬下這體格，三年也不夠啊！」

「出息！」沈湛刀一揮，「架靶子，分三隊，贏了的來和爺要彩頭。」

這是不定彩頭，誰贏了說自己想要的。

眾人頓時起鬨，大家都知道，真正練兵時沈湛是嚴肅苛刻的，現在這樣，不過是怕弟兄們閒得無聊，找找樂子罷了。

三兩下的工夫，操練的東西都擺好了，對著外院放了三個箭靶子，近百步的距離，看準頭定輸贏。

嗖嗖嗖，三個人三支箭，不分高低。

哄笑聲此起彼伏，盧成看著都手癢，偷偷摸摸的站隊去了。

隊裡的人卻不肯了，「你摻和什麼？這是爺給我們的好處，你不能白來撿便宜。」

盧成哼了一聲，過來和沈湛告狀。

「怎麼，你也想去醉春樓。」沈湛揚眉看他。

盧成的臉倏地一下紅了，「不是的，屬下就只是手癢。」

「那就別瞎摻和，一邊待著去！」沈湛踢他一腳，指了一個十四、五歲的小兵，「小魚，你上。」

「是！」小魚頓時抬頭挺胸的上來。

四周的人又起鬨道：「小魚啊，這回可要看清楚了，要是脫靶了，我們就不帶你去醉春樓。」

「我不會。」小魚不服氣的瞪眼，「等著瞧！」

此時，周奉親自接待司三葆，「侯爺今兒興致好，正帶著弟兄們在後面練兵。」

興致好，就是沒生氣，司三葆暗鬆口氣，「侯爺手下都是以一當十的猛士，就算是玩鬧那也是讓人熱血沸騰的，咱家一定要去見識見識。」

沈湛已經吩咐過了，周奉當然不會攔著他，笑著作了請的手勢，「那公公請。」

兩人由一群內侍簇擁著往後院走，司三葆眼觀六路，院子很大可修得很隨意，也沒什麼花草，倒是很像沈湛的風格。來往也有丫頭婆子，但卻沒有出挑的。他想起沈湛後院的女人，他能讓自己弟兄隨意進出後院，在後院操練，可見他根本就沒有動過心思收那些女人。

一行人進了後院，遠遠就聽到哄鬧聲，司三葆滿嘴的奉承，走了一會兒就看到三個箭靶子立在路中間。

「這是……」司三葆歪著身子，看著百步外幾十個赤裸上半身的糙漢子，心頭直皺眉，這些兵油子到哪裡都是這副德行，再一看沈湛也是一樣，到了嘴邊的嘲諷就嚥了回去。

「在練箭呢！」周奉愣了一下，奇怪沈湛怎麼將箭靶放在這裡，「公公往這邊走，刀箭無眼。」

司三葆立刻點頭，隨著周奉往一邊讓，可不等他走幾步，就聽到嗖的破空聲傳來，隨即被周奉拉著後退，「公公小心。」

「怎……」怎麼了還沒說出來，他就看到一支箭脫了靶子，直直的朝他射了過來，嚇得雙腿發軟，臉色煞白的愣在原地，周奉拉了幾次都沒拉動。

箭之快，眨眼到跟前，周奉頓時抱頭蹲下來，身後也是一片驚恐慌亂撲地聲此起彼伏，只有司三葆愣在當場，那箭直接就釘在了他的大腿上。

司三葆慘叫一聲，捂住腿撲通跪倒在地了。

「公公，您別動別慌，在下這就派人去請軍醫來。」周奉反應過來，嚇得魂飛天外，「別動，別動！」

一片慌亂中，有人跑去請軍醫了。

「疼，咱家好疼！」司三葆疼得滿頭大汗，捂著腿直抖，他兒時家境苦寒，可後來跟著趙之昂後，他的日子就一直很舒坦，哪裡受得了這種皮肉之苦。

「快來人！」周奉喊著，「過來搭把手，將司公公扶進屋裡。」

對面的人聽到，呼啦啦的朝這邊跑來。

司三葆疼得咬牙切齒的，拉著周奉的手，「誰……誰射的這一箭，咱家要他的命！」

周奉皺了皺眉，朝對面目瞪口呆的小魚看去。

「混帳東西！」沈湛呵斥小魚，「還不快過來給司公公賠禮道歉！」

小魚立刻回神，跑過來抱拳單膝跪下，「公公，剛才的箭脫了靶，是小人的錯，還請公公責罰。」

「侯……侯爺！」司三葆雙眸含淚，滿臉委屈。

沈湛擰眉上前一步單手扶住了司三葆的胳膊，「不知司公公會來這裡，害你受傷，是沈某的錯。」

司三葆本來是想殺小魚的，可沈湛將錯攬在自己身上，他就是再氣再疼也得忍著，「沒……沒事，就一點皮肉傷罷了，侯爺無需掛懷。」

「這不行。」沈湛說著，轉頭呵斥小魚，「自己去領八十軍棍，三年的軍餉一併罰了，給公公做藥費，你可服氣？」

「服！」這情況下他哪敢不服。

「這怎麼使得，他們一年拿點軍餉不容易，咱家養幾日就行，不用什麼醫藥費。」司三葆反過來給小魚求情，「還請侯爺開恩。」

沈湛看著司三葆，眼中的神色就變成欣賞，拍了拍司三葆的肩膀，「司公公真男人！」

司三葆嘴角抖了抖，忍著肩膀酸麻、腿上的疼，陪沈湛說話。

軍醫趕了過來，給司三葆拔箭上藥，沈湛全程作陪，和司三葆說話。

好不容易包紮好，司三葆疼得真想大哭一場，可看著沈湛，他半滴淚都不敢落，笑著道：「咱家來，給侯爺添麻煩了。」

「公公客氣了。」沈湛坐在他對面，「公公來，可是有事？」

「是這樣的，今日宴席，是咱家安排不周，讓侯爺敗興而歸。侯爺一走，咱家思來想去，心裡越發惶恐不安，就不請自來了。」

「沈某一個粗人，不好的事過後就忘，公公不必多慮。」

司三葆一顆心頓時放回肚子裡，「侯爺貴人事多，那些不重要的小事，不重要的人，自然不會放在心上。」

身後，周奉撫額，他就說侯爺今天為什麼答應得那麼乾脆，不能明著來，那就暗著來，侯爺就沒打算放過司三葆。

「這是咱家的一點心意。」司三葆將錦盒遞上，「這茶入了侯爺的口，也是它的福氣。」

侯爺最煩喝茶了，周奉暗忖，司三葆還是不瞭解侯爺啊！

「這茶是好。」沈湛一點不客氣的收了禮，「勞公公費心了。」

周奉打了個趔趄，差點兒沒站穩。

司三葆就更放心了，和沈湛說起京城的事情來，「寧王爺的船已經離了通州，不出一個半月就能到應天。這王爺來如何接待，還請侯爺吩咐一二。」

「住行宮啊！」沈湛笑看著司三葆，「至於誰去迎，就由公公安排。」

這麼說，侯爺和寧王之間不但沒有矛盾，看起來關係應該還不錯，司三葆覺得今天這一趟真沒白來，頓時笑著點頭，「那咱家就照著侯爺的意思著手去調度安排。」

沈湛頷首，留了司三葆用晚膳，酒過三巡沈湛忽然想起一事，拍了桌子喊周奉，「去將那個什麼揚州瘦馬拾掇拾掇，一會兒給司公公送去。」

「是。」周奉應聲，嘴角卻忍不住直抽。

司三葆的嘴角也抖了抖，「侯爺，這別的東西咱家都能想想，這女人……咱家這輩子是無福消受啊！」

「怕什麼！」沈湛像是喝多了，「在老子看來你就是真男人！」

司三葆眼睛發亮，連箭傷都不疼了，感激涕零，「多謝侯爺，多謝侯爺。」

這頓飯賓主盡歡，司三葆滿意的領著一個美人走了。

沈湛去了後院，小魚從一邊蹦蹦跳跳的迎了過來，「爺，路大哥贏了。」

「嗯。」沈湛頷首，看著小魚，「箭法有進步，接著練。」

小魚湊上來，壓著聲音道：「下回準能射他個對穿。」

沈湛哈哈一笑。

「侯爺！」周奉捧著司三葆的錦盒跑來，「您看！」

錦盒茶罐裡根本沒茶葉，而是塞了一罐子的銀票，他方才數了數足足有五萬兩。

「收了，正好缺錢。」沈湛一點都不意外，「往後再有人送錢來，一律照單接了。」

周奉頓時高興起來，沈湛在募私兵，銀錢是關鍵，眼下他們正缺，「爺這趟沒白去。」

沈湛揚眉，「司三葆的腰包鼓得很，爺瞧著嫉妒呢！」

屬他們挖得最多。

「侯爺，您……」周奉心頭一跳。

沈湛已經拍了他肩膀，笑得高深莫測，「先生放心，君子愛財，取之有道。」

周奉無語，侯爺這是現學現用啊！他不是君子，這道不道的更不用談了，當年那墳堆就

✣　✣　✣

蘇婉如想去找段掌事，在她看來，想進登月塔，最直接的關鍵人物就是段掌事。只要得了她的青睞，說不定明年三月三，她就能跟著一起進塔了。只是她還沒去找段掌事，邱姑姑就派人來尋她，讓她過去一趟。

敲了門，蔡媽媽熱情的請她進門，「可都來齊了，就差姑娘了。」

「那是我失禮了。」原來請的不只她一人，她笑著進門，「還有誰呢？」

「還有青紅姐姐，三娘姐姐和振英姐姐。」

原來如此，蘇婉如道了謝隨著蔡媽媽進去，果然她們圍坐了一圈，桌上擺著冷碟熱菜，倒也不算多豐盛，但氣氛卻極好。

「阿瑾來我這裡坐。」青紅拍了拍自己身邊的椅子，「今兒掌事做東，請我們吃飯。」

蘇婉如就順著青紅的話恭維段掌事，「早知道晚上掌事做東，我應該從昨兒就餓著肚子的。」

眾人都笑了起來，氣氛越發的好，邱姑姑道：「這丫頭我還以為是個木訥話少的，不承想面皮底下是個鬼靈精。」

「就算昨兒吃了，那現在也能多吃點。」段掌事失笑，「今兒大家都辛苦了，好好吃個飯，回去踏踏實實睡一覺。」

蘇婉如笑著點頭，就感覺劉三娘朝她投來視線，兩人相視一笑。

段掌事這是讓她們三個不要亂說，睡一覺起來，把今天在司公公府中發生的事都忘了。

青紅就端起酒杯敬段掌事，「我這人只要有的吃，有的喝，眼裡就沒別的事了。」

段掌事笑著舉杯，正要說話，蔡媽媽推門進來，「掌事，江寧侯府派了個媽媽過來，送了許多的禮，說是答謝青紅姐姐今兒救了杜小姐的恩情。」

「江寧侯是重禮的人家。」段掌事點了點頭，和青紅道：「妳就親自去一趟，也不用推推搡搡，大方收了。」

她們這樣的人，別人不是送禮，是打賞，打賞就不能拒絕。

「是。」青紅應聲出了門，過了一會兒就帶了一堆東西回來，笑著道：「我今兒可救對人了，江寧侯府大手筆，送了一堆東西。」

吃的、用的、擺設的，零零總總堆了半個羅漢榻。

「該妳得的。」段掌事頷首，隨意掃了一眼禮物，說起正事，「今日朱公公說寧王爺的船出了通州碼頭，估摸著一個半月就能到應天。」

邱姑姑便擰眉問道：「掌事，可是燕京那邊派人來了？」

「嗯。」段掌事點了點頭，看著青紅，「到時候恐怕要委屈妳了。」

繡龍袍是美差，又是聖上第一次祭天穿用的，燕京和應天兩處繡坊都爭了。應天本是沒機會的，可沒想到司三葆來了應天，這美差自然就落在他的手裡帶到應天來了。

燕京錦繡坊不服氣，就走了後宮的路子，派了一位掌事姑姑和兩位得力的繡娘過來，美其名曰是學習，實際上是搶功的。

「我不怕委屈，我一個小繡娘只做掌事和姑姑分派的事，別的事我哪敢管。至於教學，那就更談不上了。」

青紅脾氣好，說話時笑咪咪的，讓人覺得沒心沒肺，卻又妥帖得很。

「妳能這麼想就好，我會再和妳們姑姑細細說說。」段掌事也很無奈，可司三葆都沒有攔，她就更不好說什麼，「把事情做好，將來定有妳的前途。」

青紅原打算明年回家的，可話到嘴邊還是嚥了回去。這世道，女人想成事不容易，現在有了機會，她要不要把握住，還得和家裡人再商量商量。

「問問司公公的意思。」邱姑姑若有所思，「若是司公公願意攔在前面，我們行事就要方便很多了。」

段掌事有些為難，其實她有點摸不透司三葆的意思，「這話不好開口，就怕司公公也想給自己留後路，不想將人都得罪了。」

邱姑姑覺得有道理，不排除司三葆這麼想，到時候京城的人一來，他當甩手掌櫃任由兩邊的人鬥，等鬥得差不多了他再出來當和事老，為難的還是她們。

「兵來將擋，水來土掩，掌事和姑姑不用擔心，她們再囂張也是客，難不成還能騎我們頭上了！」

青紅話說得有趣，大笑都笑了，氣氛又重新活絡起來。

「阿瑾明兒就去二樓點卯。」邱姑姑看著蘇婉如，見她點頭，便和焦振英道：「人是妳從思秋手裡要的，妳可要用心教，阿瑾的底子厚，妳略引導一下，將來她定當能給妳帶來好處。」

焦振英就挑眉看著蘇婉如，打趣道：「這麼說我要錯人了，說不定將來我這繡長的位置都不保了。」

「妳好好做事誰能奪了去。」邱姑姑嗔怪的瞪了眼焦振英。焦振英笑著點頭，「對，我也不是好欺負的呢！」

蘇婉如就朝焦振英的舉杯，「繡長放心，您方才的警告我可是聽得一清二楚，我保證斷不會搶您的繡長之位。」

焦振英被將了一軍，和邱姑姑告狀，「姑姑您瞧，這丫頭可真不是省油的燈啊！」

邱姑姑摸了摸蘇婉如的頭，這小丫頭生得太好了，將來錦繡坊能不能留得住還兩說呢！她心裡有些愧疚，可又無從說起。

「陸姐姐來了。」門外，蔡媽媽笑著喊了一聲。

房裡一靜，隨即邱姑姑就笑著道：「是思秋來了，請她進來，正好一起說話。」

她對三個繡長在公事上一視同仁，可私心裡她還是難免偏頗劉三娘一些。

「掌事、姑姑。」陸思秋笑著進來，蘇婉如不得不起身讓位，陸思秋頓時笑著道：「妳坐妳的，我今兒有些吃醋的，非要擠在姑姑和掌事身邊坐著不可。」

蘇婉如很驚訝，平時不是極活絡的人，今天卻變得能說會道會哄人了！

「難得這樣熱鬧，我看不如再叫個席面來，將其他人一起喊來，免得一會兒又有誰到我跟前說吃醋了。」

蔡媽媽笑應去叫席面，另一個婆子則去請其他兩個館的管事姑姑和繡長。

蘇婉如不喜歡和陌生人說話，可這樣的場面對她來說是極大的榮耀，非但不能走，還得乖巧的坐在這裡。不一會兒，席面送來，錦繡館的王姑姑，喜居館的劉姑姑，並著五位隨來的繡長，一下子熱鬧不已。

蘇婉如位分最小，不得不挪了位子往後讓，焦振英拉住她，「讓什麼，就坐我旁邊，將來什麼樣誰知道，不用心虛。」

蘇婉如就拖著凳子坐焦振英旁邊，青紅就湊過來，「振英說得沒錯，妳資歷最淺，可偏偏掌事讓妳平起平坐，可見對妳很看重，將來妳前途不可限量。」

蘇婉如笑了起來，給青紅倒酒，低聲道：「姐姐快多喝一杯，將來我可不給您倒酒了。」

「嘿！」青紅越發喜歡蘇婉如，生得漂亮還不嬌氣，也不曾仗勢生事，「這小丫頭我非得好好收拾不可。」

焦振英就護著蘇婉如，「她從明兒開始就是我手底下的人了，妳要想收拾，也來我們山水館好了。」

「我才不去呢！」

這時陸思秋就坐了過來，「說什麼呢？小聲說話大聲笑的，讓我們也聽聽嘛！」

青紅就捏了捏陸思秋的臉，「說妳越長越美，我瞧著嫉妒了。」

陸思秋失笑，餘光掃過蘇婉如，眼中閃過不屑，「蘇瑾可是在這裡，我這臉巴不得藏桌子底下才好呢！」

「別理她。」焦振英接了話，「她今晚又是吃醋又是嫉妒的，都快成鞭炮筒子了。」

蘇婉如抿唇隨著大家笑著，抬眸看了眼陸思秋，對方也正似笑非笑的看著她，眼底滿是冷意。但她從來就沒有忌憚過陸思秋，心思放在臉上的人不足為懼。

陸思秋心裡是真的嫉妒，今晚要不是她厚著臉皮來，掌事和姑姑根本不會請她。三娘也就算了，焦振英又沒比她好，憑什麼落了她。

難道……陸思秋心裡一跳，她一直沒往這方面想，因為山水館不像其他兩個館競爭激烈，邱姑姑管得嚴，繡活來了後都是輪著分的，從來沒有厚此薄彼的事情發生。可是這一次不一樣，八月十五的評比，贏了的人是要跟著劉三娘繡皇后娘娘的壽禮的，說不定還可以進宮謝恩。

天下剛定，又是皇后第一次壽誕，這無疑會留下極深的印象，將來前途定然大不同。這麼大的事，邱姑姑會不會偏袒焦振英？

陸思秋胡思亂想著，忽然就聽到對面的劉姑姑道：「論起來，三娘手底下的幾個人底子厚實些，不過年紀卻又偏大，將來不好說。倒是振英手裡有幾個，年紀小不說，手藝也扎實。」

陸思秋心頭越發的涼，不經意的就有人碰了碰她的胳膊，她一愣看向青紅，「想什麼呢？阿瑾給妳敬酒，妳也不理。」

「哎呀，我都有些醉了呢！」陸思秋掩飾似的拿了杯子，一抬頭就發現蘇婉如正看著她，那一瞬她有種錯覺，她似乎能看穿她心裡在想什麼。

慌忙間，陸思秋喝了酒，便說頭暈不能再喝了。

一頓飯大家吃得開心，也喝得不少，幾位姑姑更是被扶著回去的，蘇婉如幫著蔡媽媽收拾桌面，蔡媽媽笑著道：「時間不早了，姑娘早點回去歇著，這事我一個人就行了。」段掌事身邊還有小丫頭和婆子，只是今晚讓那些人都各自回去了，這會兒就沒有人做事了。蔡媽媽其實不用做，可今晚掌事要住在這裡，不收拾出來不好。

「這麼多碗筷，您收拾好也要天亮了，我幫您。」

蘇婉如做這種事情其實很生疏，蔡媽媽一眼就看出來了，「別弄壞了手，明兒邱姑姑可要找奴婢算帳了。」

蘇婉如笑著，手並未停下來。

段掌事洗漱好出來，見蘇婉如還在，便笑著道：「妳這孩子倒是勤快的，我當妳走了呢！」

「回去也睡不了幾個時辰了，我幫蔡媽媽收拾好，天亮了直接去上工。」

年輕有衝勁還勤快，這是段掌事願意見到的，贊同的點頭，「我年輕時也像妳這樣，那時候和五娘兩個人常常幾夜不睡覺，就琢磨著針線這點事。」

宋五娘！蘇婉如想到師父，老了以後的宋五娘眼睛壞了，不走近了她連是人是物都分辨不出。還是她尋了個老花鏡給她用，方才好點。

「回吧！」段掌事擺了擺手，「別累著，好好顧著身體。」

蘇婉如應是，擦了手出門走了。

蔡媽媽就扶著段掌事回房裡躺下，「蘇繡娘不但生得好，腦子也是機靈得很。」

「嗯，邱紅還是看重她的，妳就不用操心了。」

蔡媽媽就笑了起來，將燈調得暗了些，「奴婢倒沒多想，只是覺得天天看著一張好看的臉，心情也敞亮。」

段掌事笑笑，翻了個身睡了。

蘇婉如確實不打算睡覺了，洗漱後點了燈她翻了一塊墨藍的布出來，嘟噥道：「他哪是不滿意別人針線不好，分明就是不想我舒坦。」

沈湛摁著她，非要她答應為他做件衣服，她很沒骨氣的應了，沈湛就爽快的送她回來。

「放根針在裡面，扎死你！」蘇婉如忿忿的將料子鋪在床上，又回身去桌上取針線簍子，隨即愣了一下，簍子下壓著一張紙片，她忙抽出來。

是一張銀票，蓋著沈湛的私印。

「不是在韓老夫人那邊，怎麼會在這裡？」蘇婉如翻來覆去的看了一遍，又去檢查了房間，除了多了這張銀票，其他的沒有不同，「韓家人送來的？」

這才發現銀票面額居然是一萬兩的，「神經病，居然帶這麼多銀票在身上。」折起來放枕頭下，想了想又找了椅子堵在門口，才略放心點。

門外，韓江毅從暗影中走出來，看著亮著燈的房間眉頭略挑，很驚訝蘇婉如的沉穩，發現有生人來過自己的住處，竟然不驚不怕。

他站在門口，窗戶上蘇婉如的身影時而動時而靜，一會兒還有輕輕緩緩的歌聲傳出來，聽不懂她在唱什麼，倒也不是多優美，卻讓他覺得有趣。

好一會兒他才失笑，驚覺自己做梁下小人窺探女子的事也做得這麼興致盎然，搖了搖頭，才笑著出了門。

他前腳剛走，蘇婉如就開了門，她心頭疑惑，在門邊拿了門栓跟了出去，遠遠的就看到一道身影極快的往後院而去，她四下看了看，決定跟著那人後面。

跟了百來步，那人一轉身就沒了影子，蘇婉如找了一圈，一抬頭才發現她不知不覺到登月塔這邊來了。

「走了？」她在原地站了一會兒，忽然一陣細碎的腳步聲從身後傳來，她驚了一跳忙躲到樹後，就看到兩個人影一前一後的進了對面的小道。

是一男一女，女的她有些面熟，男的不是剛才走在前面的那人，但是也像在哪裡見過。

這個時候男女見面很古怪，蘇婉如忙跟了過去，可惜兩人已經走遠。

找了一會兒，天已經亮了，她尋了蔡萱一起去了館裡，二樓和一樓的格局類似，焦振英組裡的人一共十六個，倒比樓下要少些，但氣氛明顯好很多。

她們一來，一位胖乎乎叫周槐娟的繡娘就道：「多了兩個人，這下就更熱鬧了。繡長，聽說您和樓下討的，那一定很高興吧！這麼高興的事您好歹慶祝一下，請我們吃零嘴嘛！」

「就知道吃。」焦振英假意怒道：「吳平這幾天身體不舒服，妳多幫幫她，別耽誤了正事。」

周槐娟嘟著嘴點點頭，「知道了，知道了。」又推了推吳平，「妳早不生病，晚不生病的，偏生現在病上了，要是讓我們組輸了，看我不吃垮了妳。」

蘇婉如就看向吳平，她臉色確實不好，似乎很虛弱的樣子。

吳平勉強笑笑應了話，「我爭取不拖大家的後腿。」

「繡長，我手上的事做完了，要不，我幫吳姐姐吧，各位姐姐手裡都有活。」

蘇婉如就著重看了眼竇嬈。

「也好。」焦振英頷首，就拿了兩幅底圖給蘇婉如和蔡萱，「這兩幅是常州那邊來的，中秋節前做好就行了。」

蘇婉如應是，看了一下底稿，是一幅前朝徐英達的山村炊煙畫，圖不算大，但是配色很考究。

大家各自落坐，周槐娟笑嘻嘻的湊過來坐在蘇婉如身邊，「聽說妳也是平江府來的？那妳認識卞先生嗎？」

卞先生是誰？蘇婉如搖了搖頭，卻是反問，「周姐姐，館裡也有畫師嗎？他們都住在什麼地方？尋常能進內院嗎？」

「館裡當然有畫師。」周槐娟一副你傻的表情，「不過他們鮮少進來，錦繡坊規定未經允許男子不能進內院。」

蘇婉如哦了一聲，視線在吳平身上一轉。

「妳會畫底稿嗎？要是不會就去請畫師來。」周槐娟指著蘇婉如的底稿。

「那請誰呢？是把東西送去，還是請人進來？」

「請楊長貢啊，他手藝最好。不過找他的人也多，妳恐怕要等個十天半個月才行。」

周槐娟話落，蘇婉如就發現吳平的手指被針扎了一下，神色恍惚的嗦著手指。

「那算了，我自己來就好了。」這幅底稿確實難畫，上色也不容易，她索性不再描，而是用細若髮絲的針，按照稿樣的細線刺出小孔，再將面料貼在上面，一點點的臨拓。

到中午吃飯時她才做了一半，周槐娟已經拉著大家去吃飯。

蘇婉如也放了針，視線掃過吳平，「吳姐姐，我們一起走吧！」

「好。」吳平點著頭。

蘇婉如就扶著她下樓梯，餘光瞥見陸思秋從裡屋出來，她便一邊走一邊好奇問道：「吳姐姐，繡坊的畫師一共有幾位？我昨天好像見到一位男子在內院，不知道是不是畫師？」

吳平慌忙回道：「畫師有很多，妳見到的應……應該是吧？」

蘇婉如吃過飯，在內院溜達消食了許久，才慢悠悠的回來，剛上樓梯就見陸思秋笑盈盈的從樓上下來，她停下來朝對方行了禮，兩人擦肩而過。

樓上除了早早回來的吳平外，並沒有別人。

吳平本一副絕望氣餒的樣子，見她回來匆忙起身，「我回去午歇了。」就下樓了。

「這麼緊張？」蘇婉如擰眉走到吳平的繡架前，上面的繡品已經繡了一半，也是江南水煙畫，繡得很細緻，只是配色上略顯死板了。

不過雖有些不足，可吳平的手藝還是很不錯的，難怪焦振英會讓她參加中秋節的評比。

這個評比的名額很珍貴啊！

蘇婉如笑了笑轉身也下了樓，跟在吳平身後。

吳平卻沒有回住處，而是往登月塔那邊的林子走去，一個人焦慮的搓著手，來回的跺著步子，神態很奇怪，像是失了魂似的念念叨叨的。

「她在做什麼？」蘇婉如躲在樹後靜靜看著，忽然一陣腳步聲傳來，她忙往後縮了縮，隨即就看到一個男人快步走了過去，蘇婉如一愣，是昨天見到的那個男人。

那個男人在吳平面前停下來，兩個人很謹慎，說了幾句男人就拂袖而走，吳平捂著臉在原地哭了好一會兒，才順著小徑失魂落魄的離開。

蘇婉如看著她的背影，眉梢微微挑了挑。

吃過午飯後焦振英和劉三娘一起回住處，兩人不疾不徐的走著說著館裡的事，「振英，這次評比怕是妳最不上心了。今兒早上，我看思秋將手底下幾個人天不亮就喊起來了。」

焦振英發現了，山水館的氣氛似乎和以前有些微妙的不同，「她怎麼突然就著急了？」以前有要爭的，她和劉三娘也都讓了，陸思秋也不是沒眼力的事事都爭的，所以一直都相安無事，這一次倒是有些奇怪。

「這次和以前不同，若做得好，是可以進宮謝恩的。」

焦振英眼底劃過不屑，「那就讓她爭吧，且看看她的本事。」

「吳平。」劉三娘看到院前有人過去，喊了一聲，「中午吃飯了嗎？身體可好些了？」

吳平有些慌，搖了搖頭，「沒……沒事了，我回去歇會兒就好了。」

劉三娘頷首沒有再問，焦振英接了話，「下午若實在是難受就在房裡歇著吧！」

「是。」吳平應聲行了禮，提著裙子快步走了，卻並沒有回自己的院子，而是徑直回了山水館。

吳平一個人坐在繡架前，好一會兒像是下定了決心似的，起身進了焦振英的房間裡，過了一會兒又跑了出來，她心慌意亂走的，一頭撞在一人身上。

「吳姐姐，可要我幫忙？」蘇婉如抱臂冷笑。

吳平如遭雷擊，倏地一下後退了幾步，驚恐的看著蘇婉如。

第十二章　成功

陸思秋在一樓喝著茶，與林秋月說起東街鋪子裡賣的冰鎮桂花酒釀，已經沉寂好久的巧紅活絡了起來，「這個我會做的，我在家裡時看我娘做過。」

「怎麼不畏縮了？」陸思秋揚眉看著她，「前些日子妳不是跟鋸嘴葫蘆似的，今兒嘴又回來了？」

巧紅倏地一下紅了臉，垂著頭道：「我……我沒有。」

「膽小如鼠。」陸思秋點了她的額頭，「不要以為我不知道。蘇瑾是不是拿住妳什麼把柄，所以妳在她面前不敢說話了。」

巧紅搖著頭，不敢往下說。

陸思秋冷哼一聲，端起茶盅喝茶，視線落在門口，焦振英領著周槐娟有說有笑的進來。大家相互打了招呼，周槐娟打趣道：「陸繡長怎麼還有空喝茶，時間可不多了啊！」

「急什麼？我和你們繡長什麼時候為這些爭的，一切順其自然就好了。」

「對，你們最和睦了。」周槐娟抓了桌上一串葡萄，一溜煙上了樓。

陸思秋就指著周槐娟的背影對焦振英道：「我真是要多謝妳給我解決了個麻煩。」

「不謝，我瞧中的都是寶，就妳沒有發現而已。」焦振英不願與她多說，與蔡萱上樓。

沒想到才剛踏上階梯，就聽到周槐娟的大嗓門喊道：「哪裡來的野貓？快把牠趕出去，我們的繡品都毀了！」

焦振英面色微變，快步上了樓。

陸思秋也露出焦急的樣子，「怎麼會有貓？」

貓的爪子鋒利，但凡碰到繡品，就肯定會勾絲的，那繡品就不能要了。

一時間，樓上樓下都亂了起來，大家紛紛找東西將繡架蓋上，生怕一會兒貓受了驚嚇到處亂撲毀了自己的繡品。

「在哪裡？」焦振英一進門就看到周槐娟趴在窗戶上，吳平正捂著胸口心有餘悸的指著窗口，「跑……跑出去了。」

焦振英趕過去，果然就看到一隻貓已經跑遠了。

「東西毀了沒有？」焦振英視線在幾個繡架上一轉，就看到最近的一個架子上的繡品被勾了好幾根絲，頓時大怒，「怎麼會有貓進來的？把守門的婆子喊來，她們是怎麼當差的！」

周槐娟擼了袖子，「我去喊！」

「快看看毀了幾塊？」陸思秋也趕上來了，「都是費了功夫的，若是毀了就不好了。」

焦振英檢查一遍，好在別的繡架都蓋著布，只有臨窗的那塊毀了，鬆了口氣，看著吳平道：「這塊是妳的？」

吳平點了點頭。

「妳剛才在做什麼，怎麼有貓進來妳都不知道？」八月十五吳平也要參加評比的，現在東西毀了，她再想繡肯定是來不及了。

吳平飛快的掃了一眼陸思秋，垂著頭眼睛紅紅的。

陸思秋便拉著焦振英勸道：「她心裡也難受，妳說她做什麼？」

焦振英擺著手，煩躁的道：「妳自己看著辦吧！」話落，就推了門去了裡間。

吳平難受的哭著下了樓。

陸思秋目光在房間裡一溜兒蓋著的布上轉了一圈，冷冷一笑轉身下去。

過了一會兒守門婆子來了，那隻貓之前沒有人見過，真的像是從哪裡跑進來的野貓。沒有線索，焦振英再怒也沒有辦法，只讓大家往後回去，繡架上的布要蓋嚴實了。

吳平哭著回了房裡，不一會兒房門便被人敲響，她起身開門，就看到陸思秋立在門口，「身體可好些了，要不要請大夫來？」

「陸……陸繡長。」吳平臉色微變，後退了幾步。

陸思秋卻是冷笑一聲，「記性不錯，我還以為妳忘了我呢！」

吳平搖著頭，陸思秋推開她進了門，在椅子上坐下來，「我讓妳辦事，妳便這樣敷衍我。怎麼，以為毀了自己的繡品，這事就算完了？」

吳平紅了眼睛，跪了下來，「陸繡長，我不敢，要是被姑姑知道了，我肯定不能留在錦繡坊了。」

「妳以為妳現在就能留下了？」陸思秋忽然拍了桌子，「吳平，我給了妳機會妳不珍惜，就不要怪我翻臉無情了。」話落站了起來。

吳平趕緊膝行幾步，「陸繡長，我知道錯了，求妳再給我一次機會，這一次我一定做好。」

陸思秋打量著她，「好，吳平，我再給妳三天時間，若這一次妳再失敗，就別怪我了。」

「思秋，妳給吳平三天時間做什麼呢？」忽然，焦振英的聲音自門外響起，隨即她推門而入，冷著臉站在門口。

陸思秋驚愕的看著焦振英，忽然反應過來，反手就是一巴掌要打吳平，「賤人，自己做了見不得人的事，居然還倒打一耙！」

焦振英上前猛然抓住陸思秋的手，阻止她，「我的人不是妳想打就能打的！」

「振英，妳可知道，這個賤人和人無媒苟合，如今珠胎暗結懷了野種。」

這種事，在錦繡坊從來沒有發生過，因為錦繡坊的規矩向來嚴格，莫說無媒苟合，便是尋常上街也要三五人結對，絕不許有人做出敗壞錦繡坊名聲的事。

她正犯愁怎麼贏焦振英，沒有想到瞌睡就有人送枕頭，聽到了蘇瑾和吳平的對話。吳平和楊長貢的事她早有耳聞，加上她如今遮遮掩掩說身體不舒服，她一猜就猜到了她有了身孕，不知羞恥。

「她無媒苟合妳是什麼時候知道的？這麼大的事你告訴姑姑了嗎？」

陸思秋臉色一變。

「妳知道她敗壞了錦繡坊的名聲，卻沒有告訴任何人，還利用她這個把柄威脅她。陸思秋，她不要臉，難道妳就有臉了，居然用這種陰損下作的手段來陷害我們。我們共事十幾年，我知妳心思不淨，卻沒想到妳居然齷齪到這個地步！」焦振英越說越氣，上前啪的就是一巴掌，打在陸思秋臉上，「在我的眼皮子底下用這種手段，妳當我焦振英是泥捏的嗎？」

陸思秋摔在地上，頓時大怒，「焦振英，妳居然敢和我動手！很好，這件事沒有完，我現在就去告訴姑姑，妳縱容吳平和男人通姦，妳們就等著被逐出去吧！」

「妳去告吧！」焦振英上去揪著陸思秋的頭髮啪啪就是幾巴掌，「不要以為我話少，就以為我好欺負，這件事我也和妳沒完！」

陸思秋臉腫得跟饅頭似的，嘴角破出了血，頭昏腦脹的喝道：「焦振英，我記住妳今天的話了。」爬起來指著吳平，「和我玩心眼手段，我讓妳吃不了兜著走。」說完，跑了出去。

蘇婉如站在院門口靜靜的看著她，陸思秋一愣頓時明白了過來，「是妳！」

焦振英雖聰明，卻不是個心細的人，而吳平素來膽小，又有把柄在她手中，她料定了這件事不會出岔子。

「妳說什麼？」蘇婉如揚眉，淡淡一笑，「繡長，妳的臉腫得不大好看。」

陸思秋大怒，抬手就要打她，蘇婉如一抬手擋住，「不是所有人都是吳平，妳想打就打。」

「我明白了，妳想借焦振英的手來報復我？」

蘇婉如不置可否，笑了笑。

「賤人！」陸思秋快步離開。

蘇婉如進了院子，就聽到焦振英罵道：「妳這個蠢貨，若非蘇瑾攔住了妳，妳豈不是真做了蠢事！」

吳平哭了起來，蘇婉如進來扶著吳平和焦振英道：「繡長，事已至此，您別說吳姐姐了。」

焦振英嘆了口氣，「這次幸虧有妳，要不然這事真不知道怎麼收場？」

「這話說得見外了。」蘇婉如扶著吳平起來，讓她坐下，「妳也別太激動了，眼下妳肚子裡的孩子最重要，但就算瞞著姑姑，也不過這一、兩個月的事，等顯懷了也瞞不住。」

吳平一籌莫展，焦振英蹙眉道：「這事還是要和姑姑說的，那楊長貢要是想負責，早就和姑姑提親了，也不會現在做縮頭烏龜。」

「他……他有難處的。」吳平哀求的看著焦振英，「繡長，這事不怪他，是我自己不小心。」

焦振英氣到不行，一拍桌子指著吳平的鼻子，「妳長腦子沒有？這事沒有他，妳一個人能行嗎？」

吳平頓時紅了臉沒話說。

「妳想嫁給他嗎？」蘇婉如要冷靜很多，「妳如果想嫁，我們就讓他娶。」

吳平眼睛一亮，隨即又黯淡了下去，「他娘不會同意的，而且以他的才學，可以娶一個家世更好的，將來能對他有助益的，我……我會拖累他。」

「放屁！」焦振英大怒，指著吳平氣得說不出話來。

蘇婉如卻在心裡頭嘆口氣，「真有本事的男人，怎麼會借女人的勢，妳只要說想不想嫁他？」

吳平愣了愣，垂頭摸著肚子點了點頭，又想到什麼看著蘇婉如，「阿瑾，妳有辦法是不是？」

蘇婉如沒有立刻說話。

「阿瑾，求求妳再幫幫我。」吳平現在很信任蘇婉如了。

焦振英也朝她看來，「妳有什麼想法就說吧，她自己要找死，我們攔不住。」

「讓楊長貢娶她不難，難就難在，她成親後，楊長貢會不會待她好？」

吳平想也不想的點頭，「不管他待我好不好，我都想一輩子跟著他，哪怕做妾我也願意。」說著，突然跪在焦振英面前，「繡長，我願意將我的名額讓給阿瑾。只要能嫁給他，無論姑姑怎麼罰我，我都願意。」

「妳可知道走出這一步，妳就再也沒有回頭路了。」

「我知道，可不嫁給他，我就只有死路一條啊！繡長、蘇瑾，妳們幫幫我吧！」

如若楊長貢擔起責任娶了吳平，這事還能壓下去，否則邱姑姑惱怒了，連她這個繡長也會被牽連。她受了罰無所謂，怕就怕在邱姑姑和段掌事直接取消了她們這組評比的資格，得不償失。

「好，我答應妳。」焦振英點了頭，不是被脅迫，而是權衡利弊的結果，況且蘇瑾的手藝確實不比吳平差。

「謝謝繡長。」吳平高興起來，拉著蘇婉如，「阿瑾，妳聽到了嗎？繡長同意了，妳能和她們一起評比了。」

「吳姐姐，繡長說得沒錯，這一步走出去就再沒有回頭路了。」

「我早就沒有回頭路了，若不是妳，我真的不知道怎麼辦。」

蘇婉如微微一笑，沒有說話。

焦振英打量著蘇婉如，她可不認為以蘇婉如的聰明，會因為幫著一個陌生人而將自己陷入危險之地。要知道，若是此事辦不妥當，掌事和姑姑會認為她們包庇吳平，一起責罰的。

難道是衝著吳平的名額？焦振英心頭一動，方才恍然明白。

「楊長貢此人我略打聽了一下。」蘇婉如將話題繞開，名額的事定了，就不要扯著不放了，反而顯得她處心積慮似的，「他雖風流浪蕩，卻頗有幾分才氣。聽說等明年開恩科，他就要赴考，可是如此？」

「是的，他打算明年參加會試，他一定能高中的。」

「那他授業恩師是何人？」

「是草場書院的張畢然先生。」

「知道了，妳且先和繡長去姑姑那邊解釋一番，三日內楊長貢必會來提親。」

吳平一喜，毫不懷疑，「好，我聽妳的。」

「先去姑姑那邊，說不定陸思秋已經惡人先告狀了。」焦振英說著便要出門。

蘇婉如和她們一起往外走，「她此刻不敢去的，畢竟她讓吳姐姐做的事也不光彩。不細細琢磨一番，她不會貿然去找邱姑姑。」

「嗯，妳說的有道理。」焦振英便拉著吳平叮囑，「等會兒姑姑說什麼妳就聽著。錦繡坊妳定然是留不得了，只望妳成親後能長點腦子，別再做傻事了。」

吳平想到會被趕走，頓時紅著眼睛。

三個人分頭行動，焦振英和邱姑姑保證五日內楊長貢會來提親，她怕蘇婉如辦不妥當，多留了兩日時間，可沒有想到，第二日下午，楊長貢就去和邱姑姑提親了。

吳平被家裡人接走，楊長貢留了文書也離了錦繡坊，他們一走邱姑姑就將陸思秋喊去。

「跪下！」

「姑姑。」陸思秋紅著眼跪下。

「妳可知道我找妳來是為了什麼事？」

陸思秋昂著頭，辯解道：「姑姑，我什麼都沒有做，您要替我做主。振英她還打了我，她們三個人分明就是聯手起來欺負我。」

「妳得知吳平有孕，卻不來告訴我，反而是想脅迫她幫妳陷害姐妹，這也叫她們欺負妳？」

陸思秋突然想到若非那天聽到蘇瑾和吳平聊天，她根本不可能想得到吳平有孕的事，心頭突然一跳，想到了一種可能。蘇瑾很有可能是故意讓她知道吳平的事，也算準了她知道事情後，一定會做什麼。

這個女人太可怕了！她心頭發寒，手腳冰涼。

陸思秋迫不及待的將那天的事告訴邱姑姑，「姑姑，蘇瑾有意讓我知道，利用我將吳平的事捅出來，她好頂替吳平的名額。一定是這樣。」

「這麼說，妳也承認妳威脅吳平來毀掉振英她們的繡品？」

「沒有，我沒有，我怎麼會做這種事！我……我只是讓吳平退出評比，因為振英的組裡，就屬她的繡技最好。這是我的私心，我不敢欺瞞姑姑。可毀掉振英組裡的繡品這話，我絕對沒有和吳平說，是她們誣陷我。」

邱姑姑沒有說話，盯著陸思秋嘆了口氣。

「姑姑，我七歲進館，是在您身邊長大的，我是什麼性子您也知道，有時候雖任性了些，可從來沒有做過對不起姐妹的事。姑姑，求您明察啊！」

「不要說了。」邱姑姑很失望，擺了擺手，「妳回去吧，這次評比妳這個組的名額悉數取消。」

陸思秋臉色大變，「姑姑，我真的沒有做那些事，是蘇瑾和吳平陷害我啊！」這次評比太重要了，她不能不參加，她還要去京城，還要進宮，總有一天她會超過劉三娘，成為山水館最得力的繡娘。

「妳還狡辯！若非這次的事不宜鬧大，若非我看在妳在山水館這些年的份上，我豈還能留妳在這裡。」

吳平有孕是醜事，按她的性子自然是不可能再留，可是楊長貢擔了責任許諾這個月就會成親，她就當放一個繡娘出去。壯士斷腕，先保住錦繡坊，保住山水館的名聲再說。

「妳口口聲聲說蘇瑾陷害妳，妳們無冤無仇她為何要陷害妳？更何況，妳可有證據？妳走吧，好好反思自己。」

陸思秋臉色發白，她瞭解邱姑姑的性格，做了決定斷不會再改了。

她混混沌沌的起身，忽然想到什麼，「姑姑，楊長貢真的來提親了？」

楊長貢的為人館裡的人都知道，他心比天高，可又風流浪蕩。讓他處處留情還差不多，斷不可能低頭來娶一個繡娘。

「不然呢？若非他來提親，解決了此事，妳和吳平我一個都不會留。」

陸思秋驚愕的後退著，不敢置信，怎麼會這樣，難道又是蘇瑾？她用什麼辦法說服楊長貢？

陸思秋魂不守舍的出了門，不一會兒一樓就炸開了鍋，她們組的評比資格莫名其妙的就沒有了，眾人都將陸思秋圍住，而她卻說不出個一二三來。十幾雙怨懟的眼神，讓陸思秋落荒而逃。

一樓水深火熱，二樓卻是一派平靜，焦振英和劉三娘以及蘇婉如圍坐在桌邊，她開門見山的問道：「楊長貢居然來提親，妳是怎麼辦到的？」

蘇婉如也很意外這麼快，「我沒做什麼，只是寫了封匿名信將他的老師罵了一頓罷了。」

焦振英愣了一下，和劉三娘對視了一眼，隨即兩人皆噗嗤一聲笑了起來。

「妳罵他的先生？怎麼罵的？」

「他們自詡文人士子的，風流是雅趣並不覺得恥辱。所以我不罵他，就罵他先生徒有虛名，誤人子弟，敗壞士林風氣。」

「不是因為自己的事被罵，卻因為自己的學生而受牽連，他先生得多生氣啊！妳這個主意好，比罵楊長貢要好多了。」

「嗯，我說他若不把學生管好了，明日我就將信貼在衙門口的八字牆上去。」

「真恨不得貼八字牆上好好罵他們一頓。」焦振英一副出了口惡氣的樣子。

「最後受累的還是吳平。」劉三娘搖了搖頭，「妳也算做了一件好事，成全了吳平，不讓她受人唾罵，半生流離。」

蘇婉如尷尬的笑了笑。

「妳老實告訴我，陸思秋是怎麼知道的？」焦振英覺得她和劉三娘既然想讓蘇婉如成為自己人，就沒有必要拐彎抹角，也順便試探蘇婉如到底對她們有沒有戒備心。

蘇婉如明白了焦振英的意思，便不再隱瞞，「是我暗示的。」

她在院子裡看到楊長貢時還不曾多想，後來一連串的事情讓她有了猜測，就試探的和周槐娟討論畫師的事。果然，吳平的反應驗證了她的想法，她遮遮掩掩不肯請大夫，根本不是生病，而是有孕了。所以她扶吳平下樓時，瞥見陸思秋，就故意問起了畫師一事。

女人的心思有著常人難以理解的細膩，尤其是陸思秋這樣存著害人之心，正苦無機會的人。

「妳遞了刀給陸思秋，最後得利的卻是自己。一來讓兩位繡長反了臉，二來振英當著妳的面，根本無法拒絕吳平要將名額讓給妳的話。」

蘇婉如有些臉紅，這事她無愧，可到底不光彩。

「沒什麼，妳能利用我，是妳的本事。」焦振英無所謂，「不過得利的也不是她一人，吳平若沒有她幫忙，這會兒恐怕已經被攆出去了。」

現在姑姑願意將這件事壓下去保住她的名聲，她又嫁給了自己喜歡的男人。吳平看似最無辜，卻是最大的受益者。

「我們也有機會和一樓劃清界限，以後井水不犯河水，用不著讓著她了。」焦振英笑著，給蘇婉如倒了茶，「妳算做了件好事。」

劉三娘也好，焦振英也好，對她的態度都很有趣，蘇婉如端著茶笑著道：「好事不好事，端看人心怎麼想罷了。」

「妳說的有道理，不過妳現在也要參加評比了，妳打算繡什麼？」

蘇婉如其實並未細想，劉三娘這麼一問，她腦中便浮現出一個想法，「既是評比，比的自然是手藝，可雙面繡太費時間了，所以我想繡個半尺長的條屏。」

畫幅小，所用的時間自然也就少了一些。

「這個主意不錯，繡花鳥還是山水？」

蘇婉將想法說了，「時間緊，我又想贏，所以便要取巧，只希望兩位姐姐不要嫌棄我急功近利。」

蘇婉如的急躁劉三娘看出來了，否則她的繡品只會更好，「我們曉得了，妳的事妳自己做決定。人都有私慾，為了這個目的竭盡全力，並沒有什麼。」

她也是如此，所以更沒有立場去說蘇婉如。至於蘇婉如的目的，卻不是她該去追問的，等到時機成熟了，她願意和她們說，自然會開口。

「那我出去做事了。」

焦振英也隨著她起身，「這事要和大家說一聲，免得以為我們暗箱操作，嫉恨妳。」

蘇婉如笑著道謝，兩人出門，焦振英拍手喚大家，「吳平要成親的事，想必妳們都知道了。她今日就離了錦繡坊，所以她評比的事也不作數了。」

她的話一落，下面的人眼睛都發亮，蘇婉如靜靜看著，視線落在竇嬈身上。

「不過吳平走前，自願將這個名額給了蘇瑾。從現在開始，蘇瑾就會全力趕工，她若有需要幫忙的地方，妳們得閒了也幫幫她，一切以大局為重。」

竇嬈期待的目光突然就黯淡下來，跟著眾人向蘇婉如道喜。

「我還當是我呢！」周槐娟嘿了一聲，「我知道了，吳平這是怪我們平時對她不好，所以臨走前故意將名額給蘇瑾，好氣我們呢！」

她這話惹得大家都笑了起來，「那她成親，我們一點添箱都不要去，讓她丟臉吧！」蘇婉如暗暗鬆了口氣，佩服的看著焦振英，若非是她平日的影響，在這樣的情況下，大家不可能還這樣毫無芥蒂的說笑。

不管內心想法如何，這面上的事，就要比一樓好看許多。

「行了，就妳的手藝，她把名額給妳，妳敢上嗎？」焦振英笑罵周槐娟，「都去做事，有不服氣的就拿繡品說話！」話落，就進房關了門。

「我還真是不敢，丟人。」周槐娟嘿嘿笑著，「這回名額只有咱們組和三樓平分，妳們參加的人機會又多了許多了呢！。」

大家都笑了起來，剛剛略顯尷尬的氣氛煙消雲散。

蔡萱一下子撲了過來抱著蘇婉如，「阿瑾，妳打算繡什麼？猜加評比的個個手藝都不凡，妳一定要選個別致的圖啊！」

「我會的。」這麼辛苦得來的機會，怎麼也不能白白浪費了。

「阿瑾，這麼好的事，妳得請我們吃好吃的。我要吃糖炒栗子、桂花糕、蓮蓉糕……」周槐娟報了一串零嘴糕餅，「妳要不請，我一定會給妳好看。」

大家也都跟著點頭，蘇婉如豪爽的應了，「行，我這就去買，大家想吃什麼我都記下來，一樣都不少。」

「這還差不多。」周槐娟滿意的點頭。

阮思穎小心翼翼看了竇嬈一眼，低聲問道：「竇姐姐，妳想吃什麼？」

「蓮蓉糕就好了。」竇嬈勉強笑了笑，又和眾人道：「我肚子不舒服，去一趟淨房，妳們記得幫我要蓮蓉糕啊！」

周槐娟應了，竇嬈極快的跑下樓，阮思穎也跟著出去，兩人關在淨室裡。「是吳姐姐給她的，恐怕繡長也不知道。」阮思穎安慰竇嬈，「還有機會的，妳別難過。」

竇嬈理了理頭髮，朝著阮思穎笑了笑，「我難過什麼？我們幾個一起來的，她能好我不知多高興呢！」

阮思穎看著竇嬈面色如常，不由鬆了口氣。

另一頭，林秋月匆匆從角門回來，陸思秋在半道等她，焦急問道：「怎麼樣？」

「跟著楊長貢的小廝回來說，楊長貢被喊去書院，出來後垂頭喪氣，還在江邊長吁短嘆了好一會兒，才來錦繡坊提親。看樣子，像是事情捅到了草場書院，他被自己的先生斥責了，才不得不來提親。如果讓楊長貢知道了這事是誰在背後推波助瀾，他一定不會善罷甘休的。」

蘇婉如居然不是直接去找楊長貢，而是從他的先生那邊下手，可真是聰明啊！

「沒有用的，他既然來提親，就知是個顧忌名聲又膽小的人。」陸思秋搖了搖頭，冷笑道：「放心，我有別的辦法。」

陸思秋在林秋月耳邊低聲說了幾句，「她幫別人手段了得，現在事情到她的身上，我便要看看她能怎麼自保？」

林秋月聽著沒有說話，若非蘇婉如，她這次的名額也不會被取消，多難得的機會，就這麼從手裡溜走了，她也不甘心。

而蘇婉如拿著單子帶著荷包，和蔡萱兩人結伴上了街，提了一堆的零嘴回來，然後就一直忙到下午下工才回住處。

她累得倒在床上，雀兒笑著端水進來，「還沒恭喜姐姐得了評比的名額，像姐姐這樣的，還是錦繡坊的頭一份，一般人來了都要熬個好些年才有這種機會呢！」

「運氣好罷了。」蘇婉如笑著洗臉換衣，「妳娘身體好些了嗎？」

「換了個大夫吃了藥就好了，謝謝蘇姐姐關心。」

「那就好，若是有事需要我幫忙，儘管說。」

「是。」雀兒的神情全然沒了前些日子的垂頭喪氣，「姐姐這回還待在房裡繡嗎？」

「這事要繡長同意才行，我也不知道。」蘇婉如說著倒在床上，「雀兒，我這裡沒事了，妳就先回去照顧妳娘吧！」

「那我回去了。」雀兒端盆出去，「衣服留著我明兒一早過來洗。」說著，關門出去。

蘇婉如這才長長的吐出口氣，心裡的大石終於落下。

她不覺得對不起吳平，因為她扶著她下樓的時候，就和她說了自己的目的，她讓出名額，她幫她嫁給楊長貢。

她們之間是交易，否則吳平不會主動說將名額給她。

可縱然這樣，她還是覺得好累，想起在平江府皇宮的日子……這些事莫說她遇不到，就算遇到了也有杜舟為她解決，根本輪不到她自己來操心。

「怎麼這麼難啊！」蘇婉如嘆氣，蒙在被子裡發牢騷，「我什麼都不想做，就想吃吃睡睡的。」

話落，一道低沉的嗓音在被子外響起，「這還不簡單，爺養妳就成了啊！」

「啊！」蘇婉如驚了一跳，一個翻身躥了起來，卻像隻離水的小魚跳出水面，正好被釣者捉住一樣。

沈湛將她抱在懷裡，在她臉上親了一下，歡喜的道：「見到爺這麼高興啊！」

「天都沒黑，你怎麼來了，快走快走！」蘇婉如緊張不已，「一會兒指不定有人來找我！」

「爺又不是鬼，非得半夜出來嗎？」沈湛臉一沉，「和爺說說，做了什麼虧心事？」

蘇婉如搖搖頭。

「沒有？」沈湛眉梢一揚，「爺可是聽說有人寫了封匿名信到草場書院，將一位德高望重的先生氣得吐血暈倒了。」

蘇婉如沒想到，驚訝的道：「這麼嚴重！」

「嗯，很嚴重。」沈湛煞有其事的道：「妳可知道這位張畢然先生是誰的朋友？」

蘇婉如搖頭。

「是周先生的多年好友，他和周先生說了，周先生又求到我這裡，說定要找到這位寫信的宵小，妳這次可闖了大禍了！」

「所以呢？你今天來是為張畢然討公道的？」蘇婉如立刻戒備的從他懷裡掙脫，在桌邊坐下來睨著他，「他既做了先生，教書育人，就不該只教授學問，對學生的德行操守也該負責。而且此人也是道貌岸然，既認錯罵了學生，卻又私下求周先生來教訓寫信的人，根本就是偽君子！」

「妳倒是有理了。」沈湛負手走過來，坐在她對面，伸出一隻拳頭比劃了一下，「只可惜，道理從來不是靠說的，而是靠拳頭，靠權勢。」

「行，你的周先生怎麼求你的？而侯爺您又怎麼打算替你的幕僚出這口惡氣呢？」她氣嘟嘟的模樣著實有趣，卻又氣人，她遇到事情不想找他幫忙，卻自己暗搓搓的去辦事，這回是周奉，下回要是惹了別人，順藤摸瓜找到她，她怎麼辦？

仗著自己聰明，就天不怕地不怕了，得給這小丫頭一點教訓。

「此事不能善了，爺既答應了，就要給周先生一個交代。收拾一下，隨我去應天衙門，本侯素來大公無私，絕不能因為妳是我女人就目無法紀。」

「好啊！」蘇婉如蹭的一下站起來，就往外走，「我就不信張畢然真敢將此事鬧大。」楊長貢是想要科考的，若是鬧大了，就他這名聲，將來就算是高中了，也不會有什麼前途。朝中做官，從來靠的就不是學識。

本來只是想嚇唬她一下，順便出出氣，沒想到她油鹽不進。

「站住！」沈湛斥喝一聲，「爺說現在去了嗎？到底是妳說了算，還是爺說了算？」

蘇婉如冷笑一聲，「怎麼，侯爺又想到新的羞辱我的法子了？」

「妳知不知道牢裡是什麼樣子的，就這麼大無畏去了？但凡進衙門，先不管事由就是三十堂棍，妳可知道？」

蘇婉如愣了一下，還有這種事？

沈湛見她變了臉色，頓時高興起來，再接再厲，「一堂審不清楚，就是二堂、三堂，每一次都是要用刑的。還有，女牢雖不比男牢，可也不乾淨，十惡不赦的女人多得是。就妳這臉，進去不用一個時辰，就能開了花。晚上躺在地上，一不留神蟲子、老鼠就鑽妳衣服裡，妳還敢去嗎？」

蘇婉如氣不打一處來了，話都被他一個人說完了，「不是侯爺要給你的人討公道嗎？你現在反倒來問我，真是可笑！」

「求爺吧！」沈湛翹起二郎腿，「妳好言好語的求求爺，爺就發發善心，饒妳一回。」

不求，求了這次他往後只會越發得意。

蘇婉如哼了一聲，重新坐下，「你想怎麼樣就怎麼樣吧！我就一條命，誰想拿去就拿去好了！」

沈湛見她一點求他的意思都沒有，頓時拍了桌子，「妳寧願坐牢也不想求爺？」

「對！」蘇婉如撇過頭，語氣堅決。

她不能丟了父皇母后的臉，不能丟了後宋的臉，趙之昂當年見著父皇都得行禮，沈湛不過一個侯爺，算什麼！

沈湛也沉了臉，冷颼颼的盯著她，像要吃了她似的。

蘇婉如能感受到他周身散發的殺氣，她其實很害怕，但她絕不能屈服，否則真會淪為他的玩物。

「還去不去衙門？要是不去我要去吃飯了，沒空和你閒磕牙。」

沈湛恨得牙癢癢，「妳給爺蹬鼻子上臉是不是？」

「你有臉嗎？」蘇婉如反唇相識。

沈湛倏地起身，大步過來一把將她拉起來。

蘇婉如的心一下子跳到了嗓子眼，卻一副視死如歸的模樣，閉上眼睛，「沈湛，我做鬼也不會放過你的！」

沈湛卻沒有像以前那樣掐她，過了一會兒她睜開眼睛，就見對方眯著眼睛盯著她，「看什麼看？要動手就趕緊動手！」

「老子看妳好看，不行嗎？」沈湛咬牙切齒，「不求就不求，爺懶得跟妳計較了。」

蘇婉如先是一愣，隨即沒來由的鼻頭一酸，劈頭蓋臉的打他，「既然懶得計較，為何又對我呼來喝去的？你分明是來看我笑話，就是想看我怎麼窮酸，怎麼受人欺負！」

「誰看妳笑話？爺把他眼睛挖了。」沈湛緊抱著她，「行了行了，爺只是和妳開個玩笑，誰知道妳竟當真了！」

「開玩笑!?這種玩笑能隨便開的嗎？我看你是有病，有病你就去找大夫，別老是跑來戲弄我！」

「是，我是有病。」他摟著她一轉身倒在床上，「爺病入膏肓，無藥可醫了，妳幫我治治。」

蘇婉如沒哭，只覺得心酸難受，一回神才發現他已壓在她身上，還一副慾火焚身的樣子，她頓時大驚。

第十三章　歹毒

「你給我起來！」蘇婉如真怕他用強的，他要真這樣，她一點辦法都沒有，拼命掙扎著。

「別亂動！」沈湛斥喝一聲，努力壓抑波濤洶湧的情慾，「妳再動，我就立刻要了妳！」

蘇婉如頓時明白，立刻僵直著身體不敢動了，「我不動，你趕緊離我遠點！」

「吵死了。」沈湛當機立斷堵住了她的唇，他真的恨不得立刻將她吞吃入腹，「爺乾脆死在妳這裡好了。」

蘇婉如被他吻得喘不過氣來了，嗚嗚嗚的推著他，「你沒死，我卻要先窒息而亡了！」

他這才鬆開她，含笑道：「妳也很沉迷啊！」

蘇婉如翻了個白眼，「你走開點，我會更沉迷。」

「不說話酸爺，妳會渾身不舒坦是吧？」他發狠咬了口她的脖子。

她皮膚白，一咬便留了個紅痕。

「疼！」蘇婉如打他，「你留了印子，我還怎麼見人！」

一想到她身上留了他的印記，就像銀票上蓋私章似的，頓時高興起來，「下次留下面點，藏起來別人就看不見了。」

「你還想留哪裡？你就是個流氓無賴。」

「對，爺是流氓，是無賴。」沈湛不以為然，指著自己的脖子，「妳要是不服氣，給爺也留幾個，爺不生氣。」

「幼稚！快起來，重死了。」

沈湛笑著起身，「爺帶妳去吃飯。」

「我不去。」她想都不想就拒絕，「我還有事。」她只有一個月的時間，條屏不好繡。

沈湛也不勉強她，「那我們叫席面，就在這裡吃。」

錦繡坊的伙食太差，所以他決定往後有空就來陪她吃飯，將她養胖一些。

蘇婉如有種秀才遇到兵的感覺，氣餒道：「隨便你。」

沈湛見她順從了，立刻朝外面吩咐幾句。

外面盧成應了一聲是。

「外面還有人!?」蘇婉如一驚，那他們剛才說的話盧成不都聽到了？

沈湛嗯了一聲，反問道：「妳說了什麼機密嗎？」

蘇婉如嫌棄的看著他，實在不想和他說話。

「這衣服是我的？」沈湛眼睛一轉，就看到疊在床尾，裁剪好的長褂，高興的拎了起來。

她睨了他一眼，裝什麼裝，要不是你逼迫，我寧可給豬做衣服，也不給你做！

「這顏色不錯，爺喜歡。」

「僅此一次，要是讓別人看見我做男式的衣服，流言肯定傳得滿天飛。」

「就說給爺的，誰敢說妳，妳讓她來找我。」沈湛哼了一聲，「給自己相公做衣服，怕什麼？」

蘇婉如趁機溜下床，想起段掌事說的寧王的事，決定和他打聽一下，「聽說寧王要來應天？」

「嗯。」他漫不經心的應了一句，又想到她不會無緣無故的問寧王，便有意加了一句，「他得了聖上的信任，來江南走一遭，自挑封地。」

「來江南挑封地!?」蘇婉如很驚訝，自古君王再寵愛哪個皇子，都不可能將江南劃出去做封地的，江南富庶，這等於為後代埋下隱患呀！

沈湛揚眉看著她，小丫頭不愧是出身皇室，對朝政的敏感度與普通女子大不相同，「自然不會是江南，但中原一帶他可挑選。」

那還差不多，蘇婉如卻更好奇了，「那他為什麼來應天？不會是你做了什麼事惹上頭那位不快，所以他派了兒子來收拾你吧？」

她一副幸災樂禍的樣子，讓沈湛很不爽，「怎麼，爺被聖上猜忌妳很期待？」

蘇婉如揚眉，一副盡在不言中的樣子。

「別忘了妳是爺的家眷，生相隨，死同穴！」

「呸！我就是死也要離你遠遠的。」

沈湛看著她磨牙，很想立刻將婚事辦了。這個小丫頭養不熟，他就不該等她自願了。正要說話，盧成敲響了門，「爺，飯菜來了。」

沈湛嗯了一聲，這個話題就揭了過去。

盧成將飯菜擺好正要退出去，蘇婉如卻忽然道：「一起吃吧！」

盧成腿一抖，下意識的去看沈湛。

沈湛將飯碗啪的一聲拍在蘇婉如的面前，也不說話。

「我吃過了。」盧成摸了摸脖子，想到上次爺罰他，只因為他先看到姑娘爬牆，要是他這會兒留下來吃飯，估計明天他就能被爺宰了，「爺和姑娘慢用。」話落，逃命似的出去。

姑娘是爺的命，不對，比命還重要，他懷疑姑娘是故意整他，下次他不站牆角還不行嘛！

房間內，蘇婉如盯著沈湛撇嘴，「不是說他是你最得力的屬下之一嗎？不是說情同兄弟嗎？怎麼就不能一起用膳了？小氣！」

「廢話真多，吃飯！」沈湛給她夾菜，菜是逸仙閣的淮揚菜，都是蘇婉如愛吃的。

蘇婉如看著碗裡堆得跟小山似的菜直皺眉，吃了一半便飽了，「吃不下了。」

「吃這麼少！」他嫌棄不已，指著她的碗，「妳什麼時候吃完，爺什麼時候走。」

「你真的有病，哪有人這樣逼人吃飯的！」

「一粒米來之不易，有妳這麼浪費的嗎？」他指著桌上的三菜一湯，「妳是沒被餓過，所以不知餓的滋味，才會這般浪費。」

蘇婉如無語，她當然知道糧食的重要，可她是真吃不下了，「要吃你吃，我不吃了。」

沈湛不說話了，安靜吃飯。他吃得極快，一轉眼一碗飯見了底，又將所有的菜吃完。上一次吃飯他好像也是這樣，兩個人三個菜一個湯，多一個都沒有，同樣不許她浪費，把剩菜都給她送來。

沒來由的，她脫口問道：「你被餓過？」

話說出來她就後悔了，以他的出身和經歷肯定吃過很多苦，又怎麼會對飢餓陌生。

她這個問題問得太失禮了，想到這裡，她又唾棄自己，對他有什麼好失禮的，他對自己失禮的地方還少嗎？

「嗯，餓得最狠的時候，我連死老鼠都吃過。」

蘇婉如心頭一窒，「什麼時候？」

「四、五歲吧？」他滿不在乎的拿過她的碗，「我娘進山採藥摔了腿，被村民救了躺了半個月不能動。我在家等不到她回來，饑寒交迫，就逮到什麼吃什麼了。等她回來時，發現我還活著，很驚訝。」說完，他想到當時他娘的表情，失笑。

蘇婉如奪回碗，「我吃還不行嗎？」

沈湛笑著摸了摸她的頭，「妳太瘦了，多吃點，養肥些！」

「我又不是豬，你養肥了賣錢嗎？」蘇婉如瞪他，一嘴飯的她實在吵不了，就垂頭嚼著。

沈湛笑著伸手過來，捻了她嘴角的一粒飯，很自然的塞自己嘴裡，看著她笑盈盈的道：「小豬崽子。」

蘇婉如愣住，隨即暗罵自己沒出息！有什麼好驚訝的，對這個神經病，就不該用正常人的邏輯去衡量。

蘇婉如硬將碗裡的飯菜吃完，撐到喉嚨口，趴著不能動了。

「起來走一走，免得撐得難受。」沈湛拉她起來。

「你別動我，動一下我就要吐了。」

是因為聽他說不能浪費糧食，她才乖巧的將飯吃乾淨，他心裡熨貼，越發的歡喜她，這個小丫頭就是刀子嘴豆腐心，「哪裡難受，爺給妳揉揉。」說著，他就上手在她肚子上輕揉起來。

他不揉還好，一揉她就更難受了，捂著嘴眼睛紅紅的，「你快出去，我要吐了。」

「真難受啊！」他頓時打橫就將她抱了起來往外走，「太嬌氣了，多吃點也能難受成這樣！」

「你幹什麼？放我下來！」天還沒全黑，他們這麼大搖大擺的出去，指不定就碰到別人了，「我沒事，歇會兒就好了。」

「還是找大夫瞧瞧。」沈湛大步流星走出去，又想到她擔心的事，「不會有人發現的。」胃裡翻江倒海，連胸口都開始發悶，蘇婉如難受極了，不由後悔剛才的意氣用事。

沈湛也後悔，明明知道她嬌氣，不就半碗飯菜而已，非得逼著她吃。她也不是不懂事的，說吃不下就肯定吃不下了。

往後再不能這樣，沈湛暗惱，腳下越發的快，躍出院牆上了馬，用披風將她一裹，「丫頭，妳忍會兒。」

蘇婉如輕嗯一聲，難得的乖乖順從。

天才黑，路上行人如織，沈湛故意走小巷，一會兒工夫就進了一家醫館的後門。

大夫得了消息匆匆趕來，只看到鎮南侯抱著個被裹成粽子似的人站在院子裡，看身形是個女人，但看不清臉。侯爺年輕，又生得俊俏，說不定是哪家小媳婦呢？

大夫心裡想著，面上半點不敢露，「侯爺光臨，有失遠迎，這就清出一間房來。」

「囉哩囉嗦的，就在這裡給她看看。」他聲音極冷，透著焦急和不耐煩，說完又換個腔調和蘇婉如道：「丫頭乖，把手伸出來給大夫瞧瞧。」

蘇婉如被悶出一頭汗，卻又不敢露臉，今天不認識，往後指不定會認識呢！她不想讓任何人知道，她和沈湛有瓜葛。

「好。」她應了一聲，將手伸出去。

大夫不敢耽擱，趕緊上前搭脈，問道：「姑娘哪裡不舒服？」這望聞問切是做不全了，還希望鎮南侯不要惱怒才好。

蘇婉如羞於啟齒，貼著沈湛不說話。

沈湛見她跟隻小貓似的，心疼不已，怒道：「你瞧不出嗎？她吃撐了難受。」

大夫又是一愣，吃撐了的小毛病，也能讓鎮南侯如此緊張，看來他懷中的女人不簡單啊！

可鎮南侯明明還沒有成親，大夫滿心好奇卻不敢多問，「姑娘有些積食，在下這就去取消食丸來，溫水送服兩粒，半個時辰就沒事了。」話落，忙小步跑著去了前堂，轉眼端著水和藥出來。

沈湛依舊抱著蘇婉如站在院子裡，低著頭和她輕聲細語的說話。

大夫不敢多看，遞了藥，又讓人搬了椅子，沈湛坐下親自餵藥，吃完藥她就偎在他懷裡，越發的不敢露臉了。

「你確定吃完藥就沒事了？」

「是的，不過往後不能再多食，這位姑娘身體嬌弱，近日怕是受了驚怒，脾胃虛寒，建議吃幾副藥調理調理。」

想到過去的幾個月裡，她家破人亡從雲端跌入泥沼，他又一陣心疼，「開，多開點！還有什麼補藥，一併開了，通通送到本侯府裡。」

「是，半個時辰內必送到侯府。」

沈湛頷首，抱著蘇婉如起身，「咱們先回家歇著。」說著，踢開後門上馬走了。

大夫一身冷汗，站在原地連送都不敢送。

「沈湛，我沒事了。」蘇婉如拉了拉沈湛的衣襟，「你送我回去吧，我剛得了評比的名額，要加緊時間趕工的。」

沈湛不滿意的道：「身體都這樣了，還繡什麼？誰愛繡誰繡去！」

「這對我很重要，就是積食而已，我吃了藥感覺好多了。」

沈湛根本不理她，直接回侯府，一路抱著她進了內院，將她放在自己床上，「覺得如何了？要不要再吃顆藥？」

蘇婉如掙扎著爬起來，「我真的沒事了，你快送我回去吧！」

「躺著！」沈湛隱怒將她摁回去，沒頭沒腦的給她蓋上被子，「一會兒藥好了喊妳起來吃藥。」

蘇婉如本來就一身汗，這會兒再捂，她覺得自己都要餿了，可又不敢亂動，「你說的哦，吃了藥就讓我回去。」

他睨了她一眼，轉身風一樣的出了門。

蘇婉如鬆了鬆被子，被窩裡都是他的氣息，清洌乾燥，和他粗獷的氣質不大符合，倒出奇安心好聞。

她閉上了眼睛，腦海中便浮現出沈湛抱著她站在院子裡的樣子，她看不到別處，他堅毅的下巴和冷硬的唇線就一直停留在她的視線中，不由翻個身咕噥道：「神經病！」

沈湛端著藥碗進房時，蘇婉如已經睡著了，縮在被子裡，露出半個嫩生生、紅撲撲的小臉來，他看著一頓在床頭坐下，擰眉將她推醒，「把藥喝了再睡。」

蘇婉如有些起床氣，可一想吃了藥就能回去，就不和他計較，起身接過碗一口氣喝完，「藥喝了，可以讓我回去了吧！」

沈湛不悅了，「妳留在錦繡坊的目的是什麼？和爺說，爺今晚就給妳辦妥了。」什麼亂七八糟的鬼地方，她非得孵小雞似的賴著不走。

蘇婉如一頓，看著他，有那麼一瞬她還真猶豫了一下，畢竟這件事她去做的話，就是命懸一線困難重重，可換做沈湛，簡直就是易如反掌，不出半天他就能拿到如月令。

可她能告訴他嗎？能請他幫忙嗎？

他是趙之昂的股肱之臣，是大周的戰神，後宋傾覆和他有脫不了的關係。

他願意把自己昔日的敵人救出來嗎？他願意背叛趙之昂而來幫她嗎？

今晚所有起起伏伏的情緒，在這一瞬間消失無蹤，蘇婉如語氣堅定的道：「我留在錦繡坊純粹是喜歡，還有你答應過我，不准插手我的事！」

「笨死了。」看著她嬌弱的樣子，還非賴著受罪，他心裡跟著了火似的，燒得五臟六腑都疼，「走走走！」

「你說的啊，不准反悔。」蘇婉如根本沒心思管他的情緒，穿了鞋子就朝外頭跑，一溜煙就沒影了。

沈湛坐在原地，壓抑著滿腔的怒火，過了幾息才倏地站起來，罵道：「小白眼狼。」然後大步追了出去，就看到蘇婉如的裙子在院門口一飄，小小的身影就不見了，他幾步追了出去，也不喊她，就沉默的跟在她後面。

蘇婉如感覺到後面似乎有人跟著，她不敢回頭，生怕沈湛會反悔。

一口氣跑到角門，斷了手的婆子半點不敢攔的開了門，蘇婉如的視線在她手腕上一掃，尷尬的道謝出門了。

「真是沒眼力見兒。」沈湛趕來瞪了一眼婆子，也跟著出去。

婆子一臉茫然，摸了摸自己的手腕，覺得這守門的差事真是不好做啊！

蘇婉如跑了一會兒就累了，扶著牆直喘氣。宵禁後街道上的腳步聲被無限放大，她驚了一跳回頭去看，就看到一道黑影被拉得長長的落在她腳邊，而黑影的主人正背著手昂著頭，從她身邊頭也不回的走了過去，像隻驕傲的公雞。

「喂，你跟著我做什麼？」她指著沈湛喊道：「大丈夫一言既出駟馬難追啊！」

沈湛不理她，昂首挺胸的走在前面。

蘇婉如撇撇嘴跟在他後面，她的影子從後方投過來，落在他腳邊，她就發現他有意無意的開始踩她的影子。

「幼稚！」她被氣笑起來，提著裙子追上去，扯住他的袖子，「沈湛，我和你說話呢！」

沈湛低頭看著她的小手牽著自己的袖子，目光不由自主的動了動，可鼻子裡還是冷哼了一聲。

「你答應讓我回去的，跟過來不會是反悔了吧？」

沈湛蹙眉，拍開她的手，「爺是言而無信的人嗎？」

蘇婉如深以為然的點頭，跟著他的腳步走著，又擔心被誰看到，就用手帕捂住了自己的半張臉，「是是是，鎮南侯最講信用了，所以最講信用的人快點回家去吧！」

沈湛停下來，一眼就看到她避嫌似的捂著臉，頓時氣不打一處來，抬手就敲了她的腦袋，「和爺一起很丟人嗎？」

突如其來的一下，蘇婉如又驚又疼，「你說話就說話，動手動腳的做什麼？很痛的！」

「能有多痛？」他咕噥了一句。

蘇婉如就氣得去打他，沒想到這次他卻閃躲了，她便撲空了，不由得一愣。

見她傻愣住了，心裡的那點不愉快頓時煙消雲散，沒等蘇婉如反應過來，他就捧著她的臉，吻住了她的唇。

夜風徐徐，蘇婉如睜著眼睛忘了呼吸，就這麼看著他。

「閉眼。」沈湛捂住她的眼睛，「跟死不瞑目似的，掃興。」

蘇婉如回神，一口咬住他的唇，沈湛吃痛鬆開，蘇婉如就惡狠狠的道：「你再這樣，早晚有一天我會讓你死不瞑目！」說完，她提著裙子就往前跑。

沈湛摸了摸下唇，並未咬破，卻火辣辣的全是她的氣息。

他笑了起來，神情愉悅的跟著她，就看到她艱難的爬上牆頭，坐在上頭顫巍巍的往下滑，他實在看不下去，縱身一躍將她提溜起來，放在地上，「多吃點就積食，跑幾步就氣喘吁吁，翻牆也翻不了。妳說說，沒有我，妳怎麼辦？」

「別念叨了，快走吧！」蘇婉如揮手趕人，沒有你我不會積食，不需跑步，不用翻牆，

「對了，這些日子你不准來找我，我有正事要辦。」

「好，藥每日都有人給妳送來，妳記得喝。若是有事就去府中找青柳，她會幫妳。」難得的，他居然沒有反駁，卻又補了一句，「記得將爺的衣服做好。」

蘇婉如不覺得他會如此乾脆，「你要出門？」

她在關心他！他笑著道：「是要出去，中秋節前回來陪妳過節。」

至少中秋節前不用見他了，蘇婉如頓時高興起來，沈湛卻是冷了臉，她忙收了笑容衝進屋裡關上門。

沈湛開心的翻牆出去上了街，走了約一盞茶工夫，忽然他步子一頓，面上的笑容頓時斂了，殺伐之氣暴漲，「給老子滾出來！」

剎那間，四面跳出來十幾個黑衣人，蒙著臉手中拿著武器，寒光凜凜，殺氣滿滿。

「沈湛，受死吧！」有人大喝一聲，撲了上來。

沈湛沒帶刀，就地取了路邊一根短竹竿在手，「得虧那丫頭回去了，要不然又該嚇著了。」

沈湛的武功沒有半點花俏，戰場練出來的，招招都是殺招，眨眼的工夫地上就躺了五個人。

盧成來遲了一步，大驚失色，忙提劍而上。

兩個人手腳更快，如同收割麥子似的，剩下的幾個人一看情況不妙，頓時轉身就逃。

「不用追了。」沈湛蹲身檢查地上的屍體，意料之內的沒有線索。

「爺，這還是頭一回，您看會不會和寧王的到來有關？」

「八九不離十。」沈湛不以為意的起身回了府中。

周奉帶著一個人迎了出來，「侯爺，聽說路上出了點事，您可安好？」

「小事。」沈湛擺手。

周奉鬆了口氣，將身邊的人引薦出來，「侯爺，這位是張先生的學生，姓楊，表字季芹。」

「錦繡坊的那位畫師，楊長貢？」

「是學生。」楊長貢拱手行禮，「學生叩見侯爺。」

沈湛微微頷首沒有說話，就聽到周奉解釋道：「張先生知道屬下求了侯爺，所以就讓季芹來走一趟，他已經去錦繡坊提了親，事後已了。」

「嗯。」沈湛大步走在前頭，「既提了親，以後就好好待人家姑娘，也不枉費年少風流。」

楊長貢聽著一愣，朝周奉看了一眼，他起初真沒有娶吳平之意，以她的身分，至多給個妾室的名分，可那封信一出，恩師大怒，他已經沒有退路，這不娶也得娶了，心裡不免覺得委屈。

「侯爺，學生雖出身不高，可早有功名在身，明年恩科也會赴考，一腔心願只想投報朝堂，實不想早早成家。」楊長貢覺得大家都是男人，這話肯定能引起共鳴，「娶妻娶賢，學生雖不會嫌貧愛富，可也想家庭和睦，琴瑟和鳴，學生和那繡娘實在是無話可談。」

沈湛就停下，回頭看著楊長貢，「這麼說，你不想娶？」

「不瞞侯爺，學生此番確實是無奈之舉。恩師他……」楊長貢嘆氣，拱手道：「還望侯爺主持公道，找出那辱罵恩師的歹人，讓他出面還恩師一個公道。」

「廢話真多。」沈湛聽得不耐煩，一腳將楊長貢踹倒在地，「不喜歡你還睡人家！你當你喝了幾口墨水就了不起了，信不信老子讓你娶了媳婦，也只能看不能吃！」

楊長貢本就被踹得臉色煞白，此刻更是抖如篩糠了，艱難的爬起來匍匐在地，「侯爺饒命，侯爺饒命，學生再也不敢了。」

「滾！」沈湛拂袖大步而去。

周奉看看沈湛的背影，又回頭看著楊長貢，蹙眉道：「是畢然兄讓你來和侯爺說這番話的？」

楊長貢頓時搖頭，「不是，不是，家師只讓學生來道謝。」

「道謝就道謝，你說這些廢話做什麼？」周奉恨鐵不成鋼，「此事不要再提，也告訴畢然兄，將那信燒了，此事就當沒有發生過。你既犯了錯就要有擔當，知錯認錯才是君子所為。往後好好待那女子，不可再胡作非為。」

「是是是！」楊長貢哪裡還敢造次，一個勁兒的點頭，可心裡還是不解，「周先生，學生還不知哪裡惹了侯爺不快？」

其實周奉也不知道，但以他對沈湛的了解，其中必然有緣由，「侯爺的心思不是你我能揣摩的，不過侯爺既說了，你就好好過日子，若讓侯爺知道了你對那女子不好，必然饒不了你。」

「是是是！」楊長貢拱手領命，捂著肚子顫巍巍的離開了。

楊長貢此生還真是對吳平不錯，後來又因吳平和蘇婉如有來往，他因此借力仕途異常順利，每每想起都要感嘆一番，此生做的最好的決定，就是沒有反悔娶吳平。

而不知沈湛離開後還發生那麼多事的蘇婉如，本打算夜裡點燈將底稿畫出來的，可拿了紙出來又沒心思，乾脆先縫製沈湛的袍子。

不知不覺到後半夜，她睡了會兒就去了館裡。

焦振英在房裡等她，將底布遞給她，「妳回房裡做事，免得人多手雜又生出別的亂子來。另外，姑姑取消了陸思秋的評比資格，她定然不會善罷甘休，妳要多加留意。」

沒有千日防賊的，蘇婉如頷首道：「那我回房裡做事，繡長有事就讓萱兒和我說一聲。」

「去吧！此事我會去和姑姑說，每日派婆子給妳送飯。」

蘇婉如應是，拿著東西回了房裡。

推開門，雀兒迎了出來，「姐姐往後還在房裡做事嗎？」

「嗯，繡長會派婆子來給我送飯，妳要是家裡有事就儘管回去，不必時時守著我。」蘇婉如擺好東西，眼角餘光就瞥到牆角放了一個包袱，她隨即對雀兒道：「我要做事了，妳去忙吧！」

雀兒應是掃了一眼她鋪在桌上紙，關門出去。

蘇婉如這才去取了包袱打開，裡面擺了一包一包的糕點和零嘴，都是她和萱兒那天在街上買過的，還有煎好的藥，忍不住勾了勾唇角，將藥喝了，撿了一塊豌豆黃吃著，又將其他的收好。

用了一天的時間，將底圖畫好，傍晚開始配線分線。

雀兒笑著提著食盒進來，「姐姐，先吃飯歇會兒吧！」

「好。」蘇婉如起身抻了抻腰，「坐了一天，感覺腰都要斷了。」

雀兒將桌子收拾乾淨，將飯菜擺好。

「今天怎麼這麼晚還沒走？」

雀兒目光動了動，回道：「我娘說我總提早回去，實在愧對每月拿的月錢。」

蘇婉如揚眉看了她一眼，「一起吃吧！」

「不用不用，我吃過了。」雀兒慌亂的擺著手，又補了一句，「今天的菜不錯，姐姐多吃點。」

「那妳去幫我打水來，我今兒太累了，吃了飯想睡會兒。」

雀兒應是去打水，等回來時蘇婉如已經吃飽，倒在床上睡著了，她上前輕喊，「蘇姐姐，妳要不要起來洗漱了再睡？」

蘇婉如睡得很沉，沒有反應。

雀兒忙將碗碟收拾了，吹了燈關門離開。

夜色越來越暗，各處都安靜下來，蘇婉如這邊偏僻本該更安靜，但院門卻被人嘎吱嘎吱的推開，有道人影迅速閃了進來，鬼鬼祟祟的躲在牆根下，好一會兒確定沒有人，才躥到門口，推門進了房中。

沒過多久，女子的尖叫聲從後院響了起來，穿透了整個錦繡坊，驚醒了許多人。

邱姑姑放了筆，開門出去，「方才是什麼聲音。」

「像是有人在叫。」守門的婆子驚疑不定，「聲音是從後面傳來的，不知道出了什麼事？」

邱姑姑抓了件衣服披上，帶著婆子就朝外頭走，「去看看。」

一行人提著燈籠出去，走到半道就看到好幾處院門口有人探頭探腦的，邱姑姑喝道：

「沒妳們的事，都回去睡覺。」

「是。」一個個的又關了門進去，但議論聲卻沒有消失。

焦振英和劉三娘一起打著燈籠過來，幾個人一碰頭，邱姑姑道：「可知道叫聲從哪裡來的？」

「像是最後的幾間院子。」焦振英指了指後面，和劉三娘對視一眼，面色都不大好，最後一排一共兩間院子，其中一間空著，另外一間則是蘇婉如一個人住的。

蘇婉如性子沉穩，大半夜的叫喚，定然是出了什麼事。

大家就沒有再說話，快步朝那邊走去，快到院子時，就看到那邊黑漆漆的，一盞燈都沒有，可院門是開著的，邱姑姑帶著婆子當先進了院子。

陸思秋和林秋月遠遠跟在後面，兩人看著，忍不住笑了起來。

「蘇瑾。」邱姑姑焦急的拍門，可手還沒碰到，門就從裡面打開了，卻不是蘇瑾，「瓊月，妳為何在這裡？」

「我剛從館裡出來，睡不著就散步到這裡，聽到這邊有叫聲，所以過來看看。」胡瓊月說著，目光掃過院子裡的所有人，眼中露出狐疑之色，「姑姑，是出什麼事了嗎？」

「蘇瑾不在房裡嗎？」邱姑姑說著，人已經進去找了一遍，「妳來時就沒有看到她？」

胡瓊月點了點頭，「沒看到。」

「妳回去看看，蘇瑾喜歡和蔡萱一起，說不定這會兒在妳房裡。」

胡瓊月點頭應是。

「我們也去找。」焦振英擔心蘇婉如，拉著劉三娘出去。

陸思秋與林秋月在拐角處聽著，也是驚愣不已，「她怎麼會不在房裡，難道事情沒成？」

「不可能的，高春說那藥極好用，只要一點就能讓人睡上一整天。」

陸思秋抿唇沒有說話，人不在，說什麼都沒有用，「先別聲張，說不定姓劉的將人擄到別處去了。妳悄悄去登月塔那邊看看，我去蔡萱那邊，以防萬一。」

「繡長，登月塔那邊太暗了，我不敢去。」

「妳不去，難道要我去不成？」陸思秋不耐煩，為今天的事她花了不少銀子，絕對不能失敗，「那邊沒鬼，吃不了妳。」轉身往蔡萱的院子去了。

「什麼事都讓別人做！」林秋月憤憤不平，可又不敢違逆，提著燈籠來到登月塔邊的林子前，她喊了一聲，「蘇瑾！」四周安安靜靜的，沒有人應她，她想了想又壓著聲音喊道：「劉大，劉大！」

話落，忽然就聽到林子裡傳來悶哼聲，她嚇了一跳轉身就走，可遠遠的一個男人壓著聲音道：「我殺人了，妳快來！」

「殺人!?」林秋月逃跑的步子一頓，周身血液逆流，腦子裡嗡嗡響著，一時間是走也不是，不走也不是，結結巴巴的道：「你……你把她殺了!?」

「是，失手殺了，快來幫我將人埋了。」

眨眼工夫，林秋月出了一身的冷汗，轉身就想走，「我去找繡長來，你等一下。」

「來不及了，一會兒人找來，我被抓到也一定會供出妳們，快進來幫忙。」

林秋月害怕東窗事發，咬著牙提著燈籠進了林子，「你在哪裡？要不要我回去取鐵鍬來？」她一邊張望，一邊說話給自己壯膽，循聲進去。

林子其實不大，但是樹影搖晃，燈籠的光線忽明忽暗更加的嚇人，「劉大，你在哪裡？」

四周靜了一瞬，忽然蘇婉如的聲音在她身後響起來，「我在這裡。」

「啊！」林秋月嚇得魂不附體，想要逃，但是腳像是灌了鉛一樣，怎麼都抬不動，「妳……妳是人是鬼？」

此話一落，一條繩索套在了她的脖子上，打的是活結，一扯一拉她就以一個上吊的姿勢，被捆掛在了樹幹上，若非她腳還能踏著地，她就真的要被吊死了！

「我是人。」蘇婉如晃悠著出來，拍了拍手上的灰，挑眉看著林秋月，「不過，妳就快不是了。」

「妳……妳想幹什麼!?」林秋月大驚失色，就想喊人，「救命……」

她怎麼也沒有想到，進了林子後，是這樣的情況。她不是吃了迷藥，怎麼會好端端的在這裡？還有劉大呢？

「喊吧！在人來前，我來得及吊死妳，且能拔光了妳的衣服，叫那位劉先生好好欣賞一番。」

林秋月立刻閉嘴，驚恐的看著蘇婉如，眼裡透出害怕和不安來，「妳……妳別亂來！」

她沒想到，蘇婉如這麼個嬌滴滴的小丫頭，居然能說出這種話來！

「不亂來，我只是以其人之道，還治其人之身而已。」蘇婉如不想耽誤時間，伸手去解林秋月的衣服，「那劉大雖生得醜，卻是真心想要娶媳婦，妳跟了他，他定然會好好待妳的。」

林秋月搖著頭，繩子磨得脖子生疼，「蘇瑾，妳別亂來。我一定會告訴邱姑姑的，我走了，妳在錦繡坊也待不住。」

「是嗎？」夏天不過一件外衣，解開裡頭就是貼身的小衣，淡紫的繡著並蒂蓮，蘇婉如噗嗤一笑，「還挺應景的嘛！」

林秋月這才知道蘇婉如不是和她開玩笑，哭著求饒，「求求妳，我還想留在錦繡坊，我不嫁人，求求妳放過我吧！」

「這話要是換做我來和妳們說，妳們會心軟嗎？」蘇婉如捏著林秋月的下巴，「劉大進我房間的時候，想必妳們是無比期待的吧！」

「不，我沒有，是陸思秋，是她啊！」

「別急，妳今兒不算倒楣，改日我會讓妳看到，陸思秋今晚讓妳來這裡，其實是份天大的恩情。」

這一瞬間林秋月終於明白為什麼自己一直覺得她們不是蘇婉如的對手了，因為所有的一切都是她們絞盡腦汁想出來的，但每一次蘇婉如卻都能輕而易舉的化解，在心智上她們根本不對等。

「蘇瑾，妳放了我，從今往後妳說什麼我做什麼，我什麼都聽妳的，真的。」

蘇婉如收了手，抱臂看她，「那妳說說，妳能幫我什麼？」

「我可以幫妳報復陸思秋，她根本毫無姐妹情誼可言，我可以預見，如果今晚我出事，她一定是明哲保身，不會為我說半句話，擔半點責任，就如當日的高春。」

「這理由不錯，可我不信妳。」蘇婉如說完，轉身進了林子，不一會兒拖著死狗一般的劉大出來。

林秋月打眼一看更加害怕了，劉大的額頭被人開了瓢，鮮紅的血糊了一臉。

這個女人根本是從地府來的索命惡鬼，和外表完全不符。

「早嫁人，早安生！」蘇婉如掃了一眼林秋月，蹲在劉大面前，問道：「想娶媳婦嗎？」

劉大點頭，「想！」

「坐起來，看看那女人。」蘇婉如指了指林秋月。

劉大掙扎著坐了起來，看到了林秋月，眼睛一亮，「好看，比妳好看！」

林秋月生得很清秀，但和蘇婉如相比還是差了一截，可劉大怕了蘇婉如，自然也就覺得她不美了。

「記住我說的話了嗎？一五一十的說，等你挨過了今晚，她就是你的了。」

劉大點頭不迭，「記得，記得，全都記得。」

蘇婉如頷首，抬眸看著林秋月，「妳現在可以喊了。」話落，拍了拍衣裙便走了。

劉大的繩子雖解開了，可頭疼得暈乎乎的站不穩，他騰挪著往林秋月身邊爬，像隻黑駿駿的蟲子。

「你別過來！」林秋月噁心得想吐了，「你給我滾！」

劉大盯著她露出來的鼓鼓囊囊的肚兜，眼睛發紅，死命的爬，「妳們果然沒騙我，說我進了錦繡坊就有媳婦，我劉大終於有媳婦了！」

「滾啊！」林秋月後悔不已，使勁的掙扎，可脖子上的繩子越掙扎越緊，她大哭，喊著人，「來人啊！救命啊！」

劉大爬到林秋月腳邊，抬頭看著她的胸口，「以後妳就是我媳婦了，我肯定會對妳好的。」

「在那邊！」林子外面腳步匆匆，就聽到幾個婆子打著燈籠喊道：「誰在裡面？」

林秋月一喜，「是我，是我！」

「是林秋月。」婆子聽出她的聲音，急忙跑了過來。

隨即邱姑姑和焦振英的聲音也跟著傳來，「找到人了嗎？」

「找到了。」五個婆子答著話已經率先進來，等燈光照亮林子，所有人都目瞪口呆的看著眼前的場景。

林秋月被捆在樹幹上，衣襟大敞，胸脯在掙扎中也露了半邊，而她的腳邊正坐著一個滿臉是血的男人，抱著她的腿傻笑著。

這畫面太過詭異，平生未見。

第十四章 幕後

邱姑姑指著林秋月吩咐婆子，「還不快將人解開！」

幾個婆子手忙腳亂的上去解繩子，又用繩子將劉大捆住。

林秋月捂住衣領，撲在邱姑姑腿邊大哭，「姑姑，是蘇瑾，是她害我的，是她害我的。」

邱姑姑的臉色極其難看，錦繡坊還是頭一次發生這種事情，她轉頭吩咐婆子，「不要聲張，將兩人帶回去。」想了想又補充了一句，「速速將蘇瑾找到。」

五個婆子應是，分了兩組，一組去喊人，一組拖著劉大和林秋月往前院而去。

婆子在蔡萱的房裡找到蘇婉如，她正穿衣服準備出門的樣子，見著婆子就道：「方才胡妹妹說姑姑找我，我正要過去。媽媽可知道，姑姑為何找我？」

婆子臉色複雜，看蘇婉如的視線更加的複雜，「蘇繡娘去了就知道了。」

「好。」蘇婉如應一聲，回頭和蔡萱說了幾句，就跟著婆子往外走了。

進院門時，她和陸思秋碰上，陸思秋看她的目光中透著殺意，好像恨不得化身一隻狼，上來將她咬碎了。

「陸繡長，先請。」蘇婉如一笑，示意陸思秋先行。

陸思秋走近，盯著她壓低聲音道：「要是秋月有三長兩短，我和妳沒完。」

「陸繡長說什麼？」蘇婉如露出驚訝的樣子，「秋月姐姐怎麼了？」和我裝大尾巴狼，我玩這些時，妳們還在門口捏泥巴呢！

陸思秋明白，蘇婉如現在是打算扮無辜，所以說什麼都沒有用，她推開蘇婉如，率先進去。

在門口，就聽到林秋月哭道：「我進林子後，蘇婉如就用繩子套住我的脖子，姑姑，她太可怕了，求姑姑主持公道啊！」

邱姑姑沉默了一會兒，反問道：「這麼晚了，妳去那邊做什麼？」

「我聽說蘇瑾不見了，就去找她。」

「去看看蘇瑾來了沒有？」邱姑姑面無表情，讓人猜不出她在想什麼。

焦振英和劉三娘各坐一邊，始終沒有開口說話。

今晚的事情太詭異了，她們至此都沒有想通其中的關節。

「姑姑，陸繡長和蘇繡娘來了。」門口婆子打了簾子，蘇婉如就和陸思秋進了門內。

一見蘇婉如，林秋月就像發瘋似的撲了過來，「蘇瑾，妳這個惡毒的女人，我和妳拼了！」

「林姐姐，妳這是做什麼？」蘇婉如迅速後退，站在婆子身後，「我哪裡做錯了嗎？」

她滿臉的無辜，滿眼的驚恐不安。

「住手！」邱姑姑斷喝一聲，指著婆子，「拉住她。」

婆子上前，輕而易舉將林秋月拉住。

邱姑姑喝道：「妳當我是死的嗎？當著我的面就敢發瘋！」

「姑姑，我心裡恨啊！」林秋月是要瘋了，她一想到劉大看她的目光，就恨不得殺了蘇婉如。

陸思秋這才上前扶住林秋月，哽咽的道：「秋月妳冷靜點，有姑姑在，姑姑會為妳做主的。」

邱姑姑看向蘇婉如，「蘇瑾，妳方才在什麼地方？」

蘇婉如上前一步，依舊是不解的樣子，「回姑姑的話，我方才在萱兒房裡睡覺。」又奇怪的看了一眼林秋月，「不知道我做了什麼，讓林姐姐這般生我的氣？」

「妳撒謊！妳明明就在林子裡！」

蘇婉如莫名的看了一眼林秋月，又規規矩矩的立著，等著邱姑姑問話。

「妳給我閉嘴！」邱姑姑拍了桌子，「一個晚上瘋瘋癲癲的，我看妳的腦子是不好了。」

陸思秋立刻拍了拍她，低聲道：「別鬧，聽姑姑的。」

林秋月就看了眼陸思秋，目光複雜。

「胡瓊月何時回去的？妳見到她了嗎？」

蘇婉如點了點頭，「她回來沒一會兒，還說聽到我院子裡有叫聲，所以進去看看。在我院子裡碰到了姑姑和兩位繡長，她便回來找我。我正打算穿好衣服就過來，兩位媽媽就到了。」

「那為何林秋月一口咬定妳在林子裡，還拿繩子套住她的，脫了她的衣服？就連劉大也一口咬定是妳將他的頭打破的。」

「哪個劉大？」蘇婉如愕然，又蹙眉想了想，「是個男人嗎？姑姑，內院怎麼會有男人？我來應天這數十日，不過出去過兩回，不認識什麼劉大呀！」

邱姑姑沉默下來，事實上，劉大並沒有說是蘇婉如打破他的頭，他只認得林秋月。只是其中疑點太多，而林秋月也實在不像有將男人打成那樣的能力。

不得不說，她有懷疑蘇婉如，但又處處連不上，不過蘇婉如的話提醒了她，她轉頭看向門邊的婆子，「去將今晚值夜守門的婆子都帶來審問。」又吩咐另外一個婆子，「審問劉大，他是從哪個門進來？又是誰放他進來的？」

此話一出，陸思秋面色幾不可聞的變了變，隨即又穩住了氣息。劉大自己不可能說，而守門的婆子也不敢承認，只要幾方咬死不認，就定然不會出漏子。

雖然沒有想到蘇婉如這麼狠，居然抓住林秋月！不過也無所謂，事情到了這個地步，就算她沒有被劉大毀掉，她陷害同門，手段殘忍的罪名也落實了，邱姑姑不會留她的。

想到這裡，陸思秋看了一眼林秋月，拍了拍她的肩膀。

蘇婉如餘光就一直注意著林秋月，如果她是林秋月，這個時候就該撞牆，以死明志了。她心思一轉，忽然就看到林秋月和陸思秋對視一眼，兩人目光一碰既分開，隨即林秋月推開陸思秋，就朝牆撞去。

「秋月姐姐！」蘇婉如大喊一聲，三兩步衝了過去。

焦振英和門邊的婆子也反應過來，紛紛過去攔了。

林秋月撞在婆子的懷裡，愣了一下，哭著癱坐在地上。

邱姑姑冷冷看著，和婆子道：「將她摁了，別叫她繼續發瘋。」

婆子摁住林秋月，林秋月氣得打顫，明明她是受害者，怎麼像個壞人似的被人鉗制著，而那個真正的壞人卻好端端的站在一邊看熱鬧。

「蘇瑾，妳還我清白，否則我做鬼也不放過妳的！」

蘇婉如根本不怕她，可面上還是露出不安的樣子，朝後退了一步，無助的看著邱姑姑，「姑姑，我真的不知道這事，我今晚在哪裡都有人證，可以證明我不在林子裡。」

她不怕林秋月，因為單憑她一個人發瘋似的攀咬根本沒有用。而劉大……就算劉大不按照她教的方法回答，邱姑姑也不會信他。

一個傻子的話，至多當個參考罷了。好在劉大是真心想要娶媳婦，咬死了林秋月倒省了她不少事。

她話落，門外有婆子進來，在邱姑姑耳邊說了幾句，「蔡萱說吃過晚飯，蘇瑾就去了她那邊。胡瓊月也說了，她從後院回去，蘇瑾確實在房裡。」

「嗯。」邱姑姑點了點頭，沒有再多問。

房間裡安靜下來，只有林秋月的哭聲。

陸思秋看著不對勁，邱姑姑的態度太模糊了，上前一步道：「姑姑，秋月來了錦繡坊多年，您一定要為她主持公道啊！」

邱姑姑依舊不冷不熱的掃了一眼陸思秋，沒有說話。

約莫等了一盞茶的時間，去門口問話的婆子回來了，「一開始守門的婆子都不承認，奴婢就靈機一動，告訴劉大放他回去，然後悄悄跟著劉大，就見他摸索了一會兒像是在辨識方向，過了一刻他就徑直朝西北面的後角門去了。奴婢就抓了守門的婆子，逼問下那婆子就招了。那婆子說，是林繡娘讓她天黑後留個門，放劉大進來。」說著，拿了三兩碎銀子出來，「這是林姐姐給那婆子的銀子。」

所有人都露出驚訝之色，邱姑姑擰眉沒有說話。

一絲絕望毫無徵兆的躥上心頭，連哭都忘記了，林秋月求助的看向陸思秋。

「這不可能。」陸思秋為她發聲，「姑姑，若是秋月放劉大進來，她又為什麼被綁在樹上？劉大為什麼又頭破血流呢？」

邱姑姑抿著唇，盯著陸思秋，忽然就反問道：「那妳認為呢？」

「我……」陸思秋被問得啞口無言。

一直沉默的焦振英忽然開口，「看來，這事也沒有想的那麼複雜。」話落，輕蔑的看著林秋月。

這意思再明白不過了，林秋月放劉大進來，兩人在樹林裡幽會，卻又不知怎麼回事，兩人鬧翻了。眼見事情圓不過去，就拉一直有仇看不順眼的蘇婉如出來頂包。

「姑姑，不是的，我根本不認識劉大！」林秋月慌了，「我沒有說謊，您讓他來，我可以和他當面對質。」

邱姑姑冷冷一笑，「妳可知他方才是如何說的？」她就是不想這麼快下定論，不想放棄林秋月，所以才沒有提劉大的供詞。

畢竟是她培養出來的，這麼多年耗費了多少精力，邱姑姑確實捨不得。

「他說是妳放她進來的，是妳喊他去樹林的。他要娶妳，妳不肯，你們爭執起來，最後鬧到如今這個局面。林秋月，錦繡坊這麼多年，妳也算是開了先河了！」

先是吳平，現在是林秋月，看來山水館真該好好整頓了。

「姑姑，不是這樣的姑姑。」林秋月猛然抬手指著蘇婉如，「是她，是她啊，姑姑！」

邱姑姑根本不想聽她的解釋，「妳今晚就收拾東西回家去，我會和妳家人說。妳是嫁給劉大，還是去做姑子不歸我管，往後我不想再見到妳。」

她說著，實在氣不過，摔了手中的杯子，怒不可遏的盯著三位繡長，「三個組，一個接一個的出事。你們三個身為繡長是如何管理的？妳們三個都給我去登月塔外頭跪去，日頭不出妳們誰都不准起來。」

焦振英率先應是起身，和劉三娘往外走，走了幾步發現陸思秋沒有跟著來，便喊道：「思秋，走吧！」

陸思秋警告的看了一眼林秋月，垂著頭隨著焦振英往外走。她怕林秋月腦子一渾，將她供出來。

想到這裡，她不禁回頭看了一眼，就見蘇婉如還和來時一樣，安安靜靜的站在門口，今晚她成了最無辜的局外人，可明明她才是罪魁禍首。

「還留在這裡做什麼，是要我命人將妳丟出去是不是？」邱姑姑氣得眼前一陣陣發黑，吳平的事她都沒有這麼怒過，「滾！妳給我滾！」

「姑姑，您饒了我這次吧！」林秋月膝行過來，「我真的和那個劉大沒有首尾，我發誓這輩子不成親的，我怎麼可能會做出這種丟人現眼的事。」

「那妳說說，妳為什麼讓婆子給他留門？」邱姑姑不傻，有的事她只是不想去深想，拔蘿蔔帶出泥，山水館丟不起這個臉。

林秋月噎住，是啊，她為什麼放劉大進來呢？難道要告訴姑姑，她放劉大進來，是讓劉大去糟蹋蘇瑾？

這情節更惡劣，她恐怕連被趕出去的資格都沒有了。

邱姑姑看著林秋月，想到這十來年的培養，想到她做的事，怒從中來，抬手便打了她一巴掌，「走，立刻就走，否則我交給掌事處理，妳就不是這個結果了。」

林秋月忽然絕望一笑，看著蘇婉如，「蘇瑾，妳早就算到了姑姑的態度了是不是？所以妳裝無辜，扮天真。我告訴妳，若要人不知，除非己莫為，總有一天，妳的醜陋面目所有人都會知道的。」

可見她還是心慈手軟了，剛才就應該弄死她和劉大，蘇婉如心頭腹誹，又知道自己沒殺人的本事，便有些氣餒，面上便顯得越發的無奈，「秋月姐姐，我真的不知道，妳今晚為什麼一直說我？是不是高春因我而走，妳為她打抱不平？」

「妳不會有好下場的！」林秋月知道，她被趕出錦繡坊，她的家人不會讓她進家門的，她現在的活路，就是跟著劉大走。

就算想和高春那樣，找戶人家做繡娘，也沒人會要的。她的名聲徹底毀了，這輩子也毀了。

「拖出去！」邱姑姑不想看到她，厭煩的下令，「將那個劉大打三十板子，要他留下字據，也丟出去。」

婆子應是，拖著林秋月出了門。

房間裡一時只剩下蘇婉如和邱姑姑，「阿瑾，妳今晚可聽到了那一迭聲的尖叫了？」

邱姑姑其實並不相信林秋月和劉大私通，只是因為事已至此她不得不這麼處理。這事蘇婉如心裡很清楚，就是因為清楚，所以她才有恃無恐。

「聽到了。」蘇婉如直言不諱，「但是我沒有細想，又見萱兒睡熟了，不想吵醒她，就沒有起來。」

邱姑姑看著她，點了點頭，「時間不早了，妳回去歇著吧！這次評比妳好好繡，無論是我還是掌事，都看好妳。」

蘇婉如應是，福了福轉身出了門。她提著燈籠，慢慢的走在空無一人的小徑上，忽然停下來，朝西北面的登月塔看去，塔影籠在黑暗中看不真切，她恍惚的伸出手去，卻什麼都沒有抓住，就和人心一樣的，難控！

「阿瑾，妳回來了。」蔡萱拉著她，站在院子門口壓著聲音說話，「姑姑怎麼說，沒有懷疑妳吧？」

這件事，從頭到尾瞭解最清楚的就是蔡萱了。

「或許有點，不過沒並沒有證據。」蘇婉如低聲解釋，林秋月毀了是事實，邱姑姑不會為了莫須有的懷疑，再趕走她。更何況，要想趕走她，她一定會扯出陸思秋來。她不好過，大家就都不要過。邱姑姑或許想到了結果，才留了一條退路。

「單憑林秋月一個人說根本沒有用。」蔡萱回頭朝房裡看了一眼，防止胡瓊月和竇嬈等人出來聽到，「況且劉大真的是她放進來的，這事她不敢解釋，也解釋不清楚。」

蘇婉如點頭，摸了摸蔡萱的頭，「萱兒變聰明了。」

「妳快別誇我了，今晚真是嚇死我了，我到現在腿都是軟的。以後妳就住這裡吧，省得再出這種亂子，嚇得我半條命都沒有了。」

也得虧是蘇瑾，要是自己，恐怕這會兒就已經沒命了。

「妳去睡覺吧！我去給焦繡長還有劉繡長送件衣服，免得夜裡受涼。」蘇婉如說著，指了指外面，「我回去睡了，今晚不會再有事了。」

蔡萱不放心，堅持和蘇婉如一起回去。

胡瓊月站在窗口看著合上的院門，看來今晚她又被蘇婉如利用了。

當時她還奇怪，為什麼她讓蔡萱轉告她，讓她去那邊一趟，說有話要說。她去了，可蘇婉如房間卻沒有人，她剛準備走，就遇到了邱姑姑。

如此一來，今晚蘇婉如到底是不是和蔡萱在一起，似乎就只有蔡萱一個人知道了？她想著，開門站在了門口，朝隔壁看去。

竇嬈和阮思穎的房間特別安靜，她們進進出出，隔壁卻毫無動靜。以竇嬈的性子不可能睡得這麼死，只有一種可能，她在靜觀。

這世上就沒有笨的人，胡瓊月冷笑著回身關了門。

蘇婉如將衣服送給劉三娘和焦振英，席地而坐，「沒想到最後是妳們被牽連了。」

「和妳無關。」焦振英說著，看向陸思秋，「自作孽不可活，今晚的林秋月就是某人的明天！」

她只差指名道姓，陸思秋轉頭便怒道：「不要和我裝清高，捫心自問，妳們誰又是乾淨的？」

「惡人也分貴賤。」焦振英冷笑一聲，「妳最好別落在我手上。」

陸思秋不再接話，盯著蘇婉如譏誚道：「看我們誰能走到最後？」

「天快亮了。」蘇婉如不理她，看看東面，「無論夜多麼的黑，總有黎明到來的一刻。」

劉三娘聽著一怔，彷彿想到了什麼，口中重複念了一句，隨即淺笑頷首，「妳說的沒錯，天總會亮的。」她的天也會有亮的那一刻，為了這一刻，她將不惜任何代價。

蘇婉如不想深想劉三娘為何如此，她現在沒有能力去為別人做什麼，也不敢去保證給誰保守什麼祕密，她已經自顧不暇，每一步都如陷泥沼，前行艱難。

四個人，三個跪著，一人坐著，在登月塔下靜靜等著黎明。

天一亮，錦繡坊就炸開了鍋，有的事壓不住，不脛而走。邱姑姑和段掌事解釋了來龍去脈，段掌事大怒，責令將昨晚所有守門的婆子全部打發出去。

「以後每隔一炷香時間巡視一次，不論春夏秋冬。」段掌事將三位姑姑請來，一通斥責，「管好自己館裡的事，若再有此類事情發生，我連妳們一併罰出去。」

三位姑姑只得低頭應是。

雀兒從家裡過來，一進門就聽到四處的議論聲，她的一顆心頓時提到了嗓子眼，在外面磨蹭了許久才去了院子裡。方推開門，就看到蘇婉如拿著小鏟子鏟著地面凝固的血跡，她沒來由的瑟縮一下，覺得此刻的蘇婉如很可怕。

她乾巴巴的笑著喊道：「蘇姐姐。」

「雀兒來了。」蘇婉如抬頭看著雀兒，朝她一笑，「妳娘身體好了嗎？」

這個問題昨天蘇婉如明明已經問過了！雀兒站在門口，臉上露著不安和心虛。

「不用怕，沒有人去和姑姑說，昨晚妳在我的飯菜裡下了毒。」

雀兒臉色大變，驚恐的看著的蘇婉如。

「妳去找姑姑吧！就說妳娘身體不好，要妳回家去照顧，錦繡坊的工作妳再做不得了。」

雀兒頓時哭了起來，哀求的看著蘇婉如，「蘇姐姐……我、我不是真的想要害妳，我實在是沒有辦法，我娘看病要錢，她們給了我錢，我……」

「良心大抵都是不值錢的。」蘇婉如並不在意，這樣的人她見多了，「妳既這般負疚，那我也允妳將功贖罪一下。」

雀兒眼睛一亮，期盼的看著蘇婉如。

「隨我來。」蘇婉如轉身進了門，雀兒隨著她進去，她站著蘇婉如坐著，依舊淺笑看著她，「妳且告訴我，誰給妳的銀子呢？」

「是……是林姐姐和陸繡長。」

蘇婉如一動不動的看著她，雀兒渾身發毛，心頭生出懼意來，好一會兒蘇婉如才開口，「人都是看本事說話的，我如今也沒什麼可讓妳信賴的地位和本事，妳不說實話我不怪妳。」

她有些自作多情了，蘇婉如自嘲一笑，「妳走吧！這次我不供出妳，不是因為可憐妳，而是因為情況不同，我不想惹一身腥，可妳要是沒事就在我眼前晃悠，我保不齊就忍不了了。」

指使雀兒的不是陸思秋，這背後的人她會知道的。

她丟了話，出了門，頭也沒有回。

雀兒站在門口，還是忍不住問道：「蘇姐姐，妳是怎麼知道我下藥了，我明明看到妳睡著了。」

「因為妳太心虛了。」蘇婉如掃了她一眼，「一開始說她娘病入膏肓，需要準備身後事，她哭喪著臉強撐每日來做事，可是不過幾日的時間，她的態度就轉變了，整個人都有了朝氣。

看了那麼多大夫都無法醫治的病，何以突然就又有希望了呢？

不是得了一筆能看得起病的錢，就是遇到了能治病的神醫，她認為是前者。

這筆錢如何來的？她起初並未在意，畢竟是雀兒的私事。可昨天她送飯來，那神態太過心虛了，就不得不讓她生疑，所以她讓雀兒去打水，隨後將飯菜倒了，躺在床上裝睡。

雀兒進來的反應，驗證了她的懷疑不是無中生有，所以劉大進來時她有準備，拿門栓將他打得頭破血流。

一心只想娶媳婦又膽小的劉大，被打懵了以後就聽話得不得了。

蘇婉如沒有再說話，轉身出了門。

雀兒站在門口，垂眸沉思許久才出了門，直接去找了陸思秋，站在夾道裡，她低聲道：「我稍後就去找蔡媽媽辭工，此番來和繡長道別。」

「嗯。」陸思秋沒什麼可說的，若非高春和她說，雀兒可用，她也不知道，「妳要不想走，我幫妳調到別的院子去也是一樣的。」

雀兒搖了搖頭，「不了，我早走晚來，別人受不了我這樣的。」也只有蘇婉如，從來不說話。

「去吧！」陸思秋跪了半夜，人沒什麼精神，加上林秋月走了，她整個人失魂落魄的。

雀兒看了她一眼，轉身走了。

蘇婉如還沒進山水館，就聽到裡頭嘰嘰喳喳的議論聲，她甫一進門，裡面就安靜下來，隨即就看到巧紅蹭的一下站起來，等發現自己有些失態，尷尬的道：「我……我去淨房。」說著，逃也似的走了。

其他人便如避蛇蠍般瑟縮了一下，規規矩矩的坐在繡架前做事，蘇婉如嘴角勾了勾，若無其事的上了樓。

焦振英和劉三娘都不在，她和眾人打了招呼，便開始畫中秋節參賽的圖稿，周槐娟和蔡萱嘀嘀咕咕的說著話，猜測著昨晚的事，「聽說那男人長得很醜，林秋月的眼光可真是差。」

蔡萱嗯嗯的點頭敷衍著，不說話。

一邊，竇嬈聽著就抬頭朝蘇婉如看來，含笑道：「阿瑾，昨晚妳沒住蔡萱屋裡嗎？」

「沒有。」

竇嬈微微點頭，笑道：「難怪早上起來沒看到妳，還當一早就走了呢！」

蘇婉如朝著她笑笑，沒說話。

林秋月的事看著是壓住了，可私底下大家都忍不住胡亂猜測，加上段掌事和邱姑姑嚴厲整頓，換人換物，連巡夜的時間都多加了三趟，大家就越發肯定了那夜一定發生了什麼不得了的事。

蘇婉如兩耳不聞窗外事，安安靜靜的準備著繡品，奇怪的是陸思秋也沉靜下來，每日乖乖做事，閒了就去邱姑姑跟前服侍。

蔡萱鄙夷道：「她就是想拍馬屁，重新得邱姑姑的信任。」

「這是她的本事。」蘇婉如抬頭揉了揉脖子，「若能成，我們該佩服才是。」

蔡萱哼了一聲，憤憤不平，壓著聲音道：「那天晚上要是她去林子裡就好了。」

是啊，蘇婉如也覺得可惜，林秋月做了替死鬼。

雀兒走了，她院子裡一時找不到人來伺候，蔡媽媽就遣了個粗使婆子早晚來一趟，她也無所謂，便應了這事。

過了十來天，吳平成親的消息傳來，她們紛紛拿了體己錢添箱。

吳平滿面嬌羞的來給姐妹送喜糖，見著蘇婉如就拉著她的手，「阿瑾，妳現在可有空，我有話想和妳說。」

「好。」蘇婉如放下針，和吳平一起下樓，兩人在後院裡散步。

「我前兩日和他見過一面，他和我說，雖一開始不願意這門親事，可既答應了，將來就一定會對我好。」她撫著尚平坦的小腹，「謝謝妳阿瑾，要不然我們母子此刻說不定已經一屍兩命了。」

「真不用謝我，明人不說暗話，我幫妳是有私心的。如今我也得了名額，咱們兩清了。」

吳平搖了搖頭，「所以我跟更要謝妳，妳做人坦蕩，讓我自愧不如。將來妳若有事需要我，儘管讓人來找我。」她報了自己的地址。

蘇婉如對吳平的印象其實一開始不好，一個不知道自重自愛的女子，受了騙還自我欺騙幫著男人說話，她瞧不起。可現在看來，吳平不是不知道自己的處境和楊長貢的為人。

她不恨不怨是因為她心甘情願，所以楊長貢到底是什麼樣的人，她已經不用去擔憂了，自己的路自己走，也要自己負責。

「好。」蘇婉如記了吳平報的地址，兩人又聊了一會兒，吳平才走。

轉眼到了七月底，蘇婉如的繡品繡了大半，但讓她覺得奇怪的是，沈湛居然一次都沒有出現，只是每日送藥，隔三天加送點心，各種各樣的，幾乎應天的小吃，都給她買了個遍。

八月十五的前兩日，她將繡品裱了框，交給了焦振英收好，後日司三葆和織造府的人會一起來參與評選，她們繡娘不用參加，她倒是能安心的休息一日。

她坐在桌前吃著點心，忽然便想起來她尚未縫製完成的衣服。她起身從箱子裡找出來，不由失笑，「這都快八月了，做出來也穿不了。」

沈湛不出現，她就將這件事和他的人忘得一乾二淨了。

「鋪層棉花好了。」她比劃了一下，決定去買棉花，這樣天冷了也可以穿。

收了布料，她將為數不多的銀子翻出來，上次的十兩還剩下三兩不到，再有就是沈湛那一萬兩的銀票，「得找機會還給他。」

她收拾妥當剛打開門，就看到盧成在她的院子裡踱步，她揚眉看著對方，「在散步呢？」

「姑娘。」盧成紅了臉，「您現在可有空，隨我走一趟。」

蘇婉如就抱臂站在門口看著他，「今天有禮貌了，不用擄人，而是請了啊！」

這一個多月，沈湛都沒有出現，是因為知道她確實在忙，沒有任何空閒，而今天得知她事情告了一個段落，便就上門了？

盧成不好意思的撓著頭，「姑娘先隨我去府裡一趟，爺有事找您。」

反正她要是不去，沈湛也會來，「你先回去，半個時辰後我會到。」

沒想到蘇婉如這麼乾脆，盧成鬆了口氣，「那小人在侯府門口等姑娘。」

「嗯。」蘇婉如頷首，眼見盧成飛簷走壁的消失在院子裡，她眼睛亮了亮，要是她也有這本事，是不是就能直接像鳥一樣，悄悄飛進登月塔裡呢？

她嘆了口氣笑了笑，去館裡找了焦振英，和她告了假就直接從角門上了街。

她一出去，身後不遠處便就有兩個婆子跟著，走了兩條街，蘇婉如才發現那兩個婆子，她便進了一家布料鋪子，借著挑棉花的時機，打量著兩個婆子。

她停下來，那兩個婆子也在對面蹲下來，假裝看東西。

「怎麼會有人跟著我？」蘇婉如拿了棉花付了錢，便和掌櫃道：「借你們後門離開。」

那兩個婆子一看跟丟了人，頓時臉色大變，繞著就去了鋪子的後門，可哪裡還有蘇婉如的影子。

「我四處找找，妳回去稟告主子。」兩個婆子商量好，其中一人拐彎走了，她在胡同裡穿來穿去，不一會兒就進了一間宅子的後門，對面的小胡同裡蘇婉如探出頭來，她抬頭看了門臉，又確認似的繞到正院，看過了門頭上的牌匾，冷嗤一聲。

「就這點本事也想跟蹤人！」她哼了一聲，抱著棉花重回了巷子，七彎八拐的來到鎮南侯府，老遠就看到盧成抱著劍守在門口，看似垂眸靜立，可耳朵卻聽著八方的動靜。

盧成聽到腳步聲，立刻朝對面看去，就看到蘇婉如抱著個包袱戴著帷帽，小心翼翼過來，他迎過去，「姑娘放心，沒有人跟來。」

蘇婉如頷首，隨著盧成進府，等關了門她擰眉道：「你看到有人跟蹤我了？」

「是。」盧成點頭，做了請的手勢，「自從上次姑娘去過司公公的宴會後，錦繡坊外就常有婆子盯梢。上回您上街，那幾個婆子也尾隨在後。」

蘇婉如停下來看著盧成，「這麼說，侯爺也派了人在那邊？」

盧成咳嗽了一聲沒有否認。

「我知道了。」前兩回她出門都和蔡萱一起，估摸著沈湛的人就不動聲色跟著，也沒有多做什麼。這次她自己發現了，沈湛的人就沒有出現。

兩個人進了內院，青柳迎面而來，腳步匆匆，見著蘇婉如她一愣，隨即躬身福了福，「見過姑娘。」

蘇婉如點了點頭。

「爺方才出門了，你不知道嗎？」青柳低聲提了一句。

「爺出門了？」盧成一臉懵，「沒告訴我啊！」

蘇婉如也很驚訝，請她過來，自己卻不在？但不在更好，「他既然不在，那我就回去了。」

「請姑娘稍等一下，我進去看看爺可有別的交代？」沒理由啊，沈湛有傷在身，而且也吩咐他今天將蘇婉如請過來的，怎麼會有出門了呢？

蘇婉如點了點頭，在如意門外的石桌旁坐了下來，青柳就守在旁邊，「姑娘可要喝茶，奴婢去給您倒茶。」

「不用。」她搖了搖頭，手下意識的扯了塊棉花出來撥弄著，「外院都是誰在住？」

青柳心頭一跳，姑娘這是打算試探侯爺側院養的那三個女人嗎？不對，這個月又有人送了四個來，如今是七個女人住在側院裡。

最近天一黑，府裡就格外的熱鬧，一會兒琴聲，一會兒笛聲，惹得他們常忍不住想過去把人收拾了。

「外院是周先生還有盧成和閔望幾人在住。」青柳說著，暗忖接下來是不是該問內院了？

蘇婉如點了點頭，若有所思的道：「那侯爺別的手下住在哪裡？」

青柳一怔，沒有想到蘇婉如會問這個問題，「巷子對面還有個院子，侯爺當時置辦時特意叮囑的。」

原來如此，難怪上次沈湛帶她去燕子磯，轉眼工夫就招了那麼多人出來。

「姑娘還想知道什麼？」

「沒有了。」她什麼都不想知道，只是單純好奇而已。

青柳點頭應是，就站在一邊候著。自從上次沈湛發怒後，她再見蘇婉如就不敢輕視。在侯爺的心中，蘇姑娘的重要性遠比他們猜測的還要重。

「姑娘。」盧成從內院出來，撓著後腦杓有些尷尬的樣子，「對不住，等侯爺回來，有什麼吩咐我再去找您可好？」

還是頭一回被沈湛放鴿子了，蘇婉如擺了擺手，「不用。」她求之不得，和盧成頷首，快步出了門。

走了幾步，聽到盧成跟著來了，她也不攔著從角門出去，走了幾步她停下來，「你們侯爺不回京城嗎？」

「明年回去，爺在這邊還有點事，等事情辦完了就回燕京。」

蘇婉如眼睛轉了轉，隨口問道：「什麼事？」

「爺這半個月去了鳳陽，姑娘可知道聖上將鳳陽定為中都了。」盧成知無不言，「中都要修建祖陵，太子推薦了皇孫來督建。」

蘇婉如壓根兒沒想過盧成會和她說這些，戴著帷帽的臉上露出驚愕之色，「這麼說，太子爺不放心小皇孫獨自留在中都，就拜託侯爺暗中照拂？」

「是，姑娘說的一點沒有錯。」

「不是寧王也要來，為什麼不拜託寧王？」

「太子和我們侯爺是過命的交情，他肯定是放心將皇孫交給爺，而不敢交給寧王的。」

見盧成這樣的態度，蘇婉如索性接著問道：「那侯爺和寧王呢，又是什麼關係？」

「不知道。」盧成搖頭，「沒見什麼往來。」

這麼說沈湛和寧王不熟悉了？她抱著手中的包袱慢慢走著，窄窄的巷子裡沒什麼人，走了一段她忽然又停下，盧成急忙剎住了腳，「姑娘怎麼了？」

「寧王是不是快到？」

盧成點了點頭，掰著指頭算了算，「按行程這幾日就能到。」

寧王特意來應天，肯定不是無事來消磨的，如果寧王和沈湛鬧翻了呢？或者，寧王和小皇孫翻臉了呢？

要是她手中有人用就好了，辦起事來也能方便一些，心頭轉了一圈，她和盧成擺了擺手，「你回去吧，我自己走就好了。」說著，腳步輕快的走了。

盧成猶疑的喊了一聲，「姑娘……」可蘇婉如已經走遠了。

回了錦繡坊，她將棉花送回去，直接去找焦振英，「焦繡長，明天司公公會來嗎？」

「說是要來的。」焦振英正在收拾東西，聞聲奇怪的看她一眼，「怎麼了，妳想見司公公？」

蘇婉如擺手，在桌邊坐下來，盧成說寧王要到了，難道司三葆不用去接嗎？

「想什麼呢？」焦振英歇下來坐在她對面，「眼睛滴溜溜轉著，看著就是在打什麼壞主意。」

蘇婉如噗嗤一笑，「我只是在想，司公公不用去碼頭迎寧王爺嗎？」

「應該會去，上次掌事不是說京城的錦繡坊來人了，估摸著掌事也會去，不過估摸也要等過了中秋節。」

寧王來了，應天又該不太平了吧？

「知道了，您忙吧，我回去了。」

焦振英點了點頭目送蘇婉如離開，待了一會兒她便上了樓，劉三娘在房裡做衣服，見她進來便道：「妳們組裡的繡品都交上去了？」

「嗯。」她在椅子上坐下來，「蘇瑾剛才來找我了。」她將蘇婉如說的話重複了一遍，「這個小丫頭，我總覺得她到錦繡坊的目的很不單純。」

「她難道想去接寧王？」劉三娘停了針線，若有所思，「她想幹什麼？」

蘇瑾看上去不像是想攀高枝的人，要不然當時沈湛來時她的反應不會那麼抵觸。

「妳有辦法隨掌事一起去嗎？若是能去，就帶著蘇瑾一起，到時候她想做什麼就清楚了。」

劉三娘起身踩著步子，「這事我沒法開口，但是有一個人可以。」

「妳說青紅？」

焦振英說完，劉三娘點了點頭，「京城錦繡坊來人，就是為了龍袍的事，青紅若是提出來想去，掌事定然會應允。」

「但是讓青紅開口也不容易。」

「先將明天的評比過了再說，能去京城才是關鍵。」

全十二冊，未完待續

國家圖書館出版品預行編目資料

繡韶華／莫風流 著 . -- 初版 .
-- 臺北市：東佑文化事業有限公司，2025.7
冊；　公分 . --（小說 house 系列；705）
ISBN　978-986-467-509-8（第 1 冊：平裝）

857.7　　114008343

小說 house 705 > 繡韶華・卷一

作者：莫風流
美術總監：T.Y.Huang
美術編輯：賴美靜
企劃編輯：江秋阮
發行人：黃發輝
出版者：東佑文化事業有限公司
地址：103022 台北市南京西路 61 號 5 樓
電話：02-2550-1632
傳真：02-2550-1636
E-mail：tongyo@ms12.hinet.net
網址：http://tongyo.pixnet.net/blog
劃撥帳號：18906450
戶名：東佑文化事業有限公司
登記證：行政院新聞局局版台業字第 5360 號
法律顧問：黃玟錡律師
出版日期：2025 年 7 月初版一刷
定價：290 元

書店總經銷：旭昇圖書有限公司
地址：235026 新北市中和區中山路二段 352 號 2 樓
電話：02-2245-1480　傳真：02-2245-1479
出租總經銷：華中書局
地址：108056 台北市萬華區長泰街 34 號
電話：02-2301-5389　傳真：02-2303-8494

阅文集团｜本書由閱文集團授權出版
原著作名／綉色生香